DIS-MOI QUE TU M'APPARTIENS

Les Milliardaires britanniques

Tome 1

J. S. SCOTT

Dis-moi que tu m'appartiens

ISBN: 979-8-513975-55-7 (Print)
ISBN: 978-1-951102-61-6 (E-Book)

SOMMAIRE

CHAPITRE 1

Damian

— ÉVIDEMMENT, TU SAIS déjà que ce n'était pas moi, maman.

Je jetai le journal sur une table non loin en croisant le regard inquiet de ma mère.

Bon sang ! J'étais arrivé dans sa demeure campagnarde du Surrey dès que j'avais vu les tabloïds, à Londres, mais apparemment, je n'avais pas été assez rapide. Maman avait *son propre exemplaire* du quotidien à scandale sortant tout juste de l'imprimerie. Il était juste à côté de son coude, et j'étais prêt à parier qu'elle avait lu *tout l'article.*

Peut-être plus d'une fois.

J'obtins sa réponse silencieuse lorsqu'elle leva un sourcil et me fixa avec ce regard entendu typique des parents que je détestais depuis l'enfance.

Isabella Lancaster avait soixante-trois ans, mais elle était toujours belle. Ses cheveux sombres étaient devenus blancs de façon assez gracieuse, et ses yeux marron étaient aussi vifs que des années auparavant.

Elle savait tout…

Elle avait tout vu…

Et j'avais été idiot de croire que je pouvais arriver dans le Surrey depuis Londres *avant* qu'elle découvre ce qui apparaissait dans tous les tabloïds cette après-midi. Maman tolérait les ragots de la classe supérieure beaucoup mieux que moi, donc était-ce vraiment surprenant qu'elle ait déjà appris la nouvelle ?

— Tu ne peux pas continuer de le protéger, Damian.

Sa voix était ferme, mais je pouvais reconnaître la détresse sous-jacente.

Je haussai les épaules.

— Que veux-tu que je fasse ? Dylan n'est pas dans un bon état d'esprit, actuellement.

Sans mentir, mon frère jumeau, qui avait quinze minutes de moins que moi, n'avait pas les idées claires depuis au moins deux ans. Non pas que je le lui reprochais vraiment, étant donné tout ce qu'il avait traversé.

— Ça fait deux ans, maintenant, Damian. Combien de temps comptes-tu assumer les responsabilités des… mésaventures de Dylan ?

Je secouai la tête en commençant à faire les cent pas dans le grand salon. Je ne qualifierais pas *exactement* le comportement de mon frère jumeau de « mésaventures ». Il n'était pas un adolescent qui faisait la fête et s'attirait quelques problèmes. Dylan était un homme de trente-trois ans, bien lancé sur le chemin de l'autodestruction. Il se fichait de tout et de tout le monde.

— Je me moque de savoir ce que les gens pensent de *moi*, lui dis-je, sur la défensive.

D'accord, peut-être que ce n'était pas totalement *vrai*. La dernière indiscrétion de Dylan avait été d'être vu, *cul nu*, entouré de plusieurs femmes tout aussi déshabillées et probablement aussi ivres que lui lorsque le cliché avait été pris.

Cette fois-ci, je n'étais pas particulièrement ravi par l'idée de faire croire au monde que j'étais assez ignare pour me laisser photographier dans cette situation.

J'étais le frère Lancaster *réservé* et j'aimais que ça se passe ainsi. Je voulais que mes concurrents et mes alliés me prennent au sérieux dans le domaine des affaires.

J'ignorais totalement comment un journaliste avait réussi à accéder à l'orgie enivrée de Dylan, mais ce n'était pas surprenant, puisque mon frère ne faisait pas grand-chose pour éviter la presse, ces temps-ci.

Je m'arrêtai et récupérai le quotidien.

Est-ce que c'était aussi horrible que dans mon souvenir ? Je n'avais fait qu'apercevoir la photo, à Londres.

Je grimaçai en regardant le cliché à la une, ainsi que le titre embarrassant.

DÉSOLÉ MESDAMES ! UNE FEMME NE SERA JAMAIS SUFFISANTE POUR LE MILLIARDAIRE DAMIAN LANCASTER !

Merde ! C'était aussi horrible que dans mon souvenir.

J'imaginais que je devrais leur être reconnaissant, puisqu'ils avaient flouté certains des détails les plus explicites sur les corps nus. Je n'avais pas vu mon frère nu depuis que nous étions enfants, et j'aurais aussi bien pu poursuivre ma vie sans observer ses fesses à l'air.

Dégoûté, je jetai à nouveau le journal sur le côté sans regarder le texte. La dernière chose dont j'avais envie, c'était de lire la chronique de la vie sexuelle de mon frère. *Non, merci !*

— Tu *devrais* t'en inquiéter, dit maman d'une voix plus calme, désormais. Tout le monde a supposé que c'était *toi*. C'est *ton* nom au-dessus de cette photo. Dylan ne les corrigera pas. Et Dieu sait que toi non plus, par désir malavisé de protéger ton frère. Ça va être difficile de te prendre au sérieux, après ça. Tu veux vraiment t'asseoir à une réunion d'affaires, essayer de conclure un marché, en sachant que tous les cadres présents dans la pièce *meurent* d'envie de demander des détails sur cette orgie ?

Merci, maman, songeai-je. Je n'avais jamais réellement envisagé cette possibilité, mais ce serait sans aucun doute le cas, à l'avenir. À chaque fois que j'aurai une réunion d'affaires à partir de maintenant.

Bien que je me fiche de savoir ce que les autres pensaient personnellement de moi, Lancaster International et toutes ses filiales m'importaient. Un jour, *Dylan* avait également eu à cœur les intérêts de l'entreprise.

Frustré, je frottai une main pour détendre la tension dans mon cou, conscient que ma migraine commençait à dégénérer. *Elle allait même devenir bien pire.*

— Je pars pour les États-Unis. Je vais parler à Dylan en arrivant.

Comme d'habitude, mon jumeau avait fui de l'autre côté de l'océan pour éviter toute attention des médias après avoir fait quelque chose d'incroyablement stupide.

Il *me* laissait assumer la responsabilité et faire le ménage derrière lui.

Jusqu'ici, j'avais fait un assez bon boulot en dissimulant une grande partie du comportement fantasque de Dylan.

Comme… la fois où il avait sauté sur une table dans une boîte de nuit populaire, micro à la main, et qu'il avait tenté de convaincre les gens que notre Premier ministre actuel essayait de faire du Royaume-Uni un pays communiste.

Ou comme… lorsqu'il était allé à une partie de poker et avait accusé un champion respecté de tricher.

Quand Dylan s'énervait totalement, il était impossible de prévoir ce qui se produirait et où son esprit partirait.

Heureusement, la plupart des prouesses enivrées de mon jumeau n'étaient jamais arrivées dans les colonnes people d'un magazine.

S'il y avait bien une chose que les gens aimaient plus que le scandale, c'était l'argent, donc j'avais été capable de payer pour que la plupart des incidents n'apparaissent pas dans la presse.

Vraiment, il n'y avait que quelques événements pour lesquels je m'étais fait passer pour lui.

Heureusement, le Premier ministre et moi fréquentions rarement les mêmes cercles.

Toutefois, je constatais avec regret que mon jumeau avait mené la mauvaise publicité à un tout autre niveau, cette fois-ci. Pour la première fois depuis que Dylan avait commencé ses frasques, j'ignorais totalement ce que je devais faire.

Maman fronça les sourcils en insistant :

— Tu dois faire plus que *parler*, cette fois-ci, Damian. Tu dois refuser d'assumer la responsabilité et de nettoyer derrière lui.

— Je ne peux pas, dis-je. Tu sais que j'ai fait une promesse à Dylan et j'ai juré que je ne briserais pas ma parole. J'ai dit que je lui offrirais du temps loin des Lancaster et tout ce qu'impliquait notre corporation, y compris les journalistes, pour qu'il puisse se recentrer après ce qu'il s'est passé. Je n'avais pas d'autre choix que de laisser croire aux gens que ses actions étaient les miennes, ou de m'assurer qu'ils étaient totalement tus.

L'image de mon frère jumeau suppliant, deux ans plus tôt, de rester loin de *tout* pendant un moment me hantait toujours. Dylan avait été complètement brisé, et je n'avais pas hésité à lui jurer qu'il aurait l'espace et la solitude dont il mourait d'envie.

J'avais fait tout mon possible pour effacer l'existence de Dylan d'Internet en embauchant une firme hautement qualifiée qui se spécialisait dans ce genre de choses. Ils avaient même retiré son nom et ses photos du site de l'entreprise afin qu'il puisse avoir une vie privée. Tout ce qu'il s'était passé ces deux dernières années avait également été supprimé. Admettons, j'avais effectivement assumé la responsabilité pour quelques petites choses, mais ces articles avaient disparu comme si de rien n'était.

Honnêtement, c'était étrangement similaire à ce vieux film de Sandra Bullock, *Traque sur Internet*, quand toute son identité s'était évaporée, comme si elle n'avait jamais existé.

D'accord, peut-être que ce n'était pas *si* extrême. C'était seulement son empreinte numérique qui s'était évanouie, et j'avais encore quelques articles concernant le business. J'avais fait profil bas au point de ne jamais avoir plus que ça dans les journaux.

— Damian, dit doucement maman. Quand tu as donné ta parole à ton frère, tu ignorais totalement qu'il finirait comme ça. Il ne buvait pas, il y a deux ans. Tu as tenu ta promesse, et il s'est suffisamment isolé. Malheureusement, Dylan n'a pas usé sagement de l'opportunité que tu lui as offerte. Il a esquivé et s'est échappé au lieu d'utiliser ce temps calme pour se soigner. Sa dernière frasque ne donne pas une bonne image à Lancaster International, et aucune femme décente ne sortira avec toi si tu n'arrêtes pas d'assumer le comportement de Dylan comme étant le tien.

Génial ! C'est reparti…

Je haussai les sourcils.

— Qu'est-ce qui te fait penser qu'une femme décente voudrait de moi à l'heure actuelle, maman ?

Je ne devrais probablement pas la provoquer, mais j'étais désespéré à l'idée de changer de sujet de conversation. Je n'étais pas préparé à exposer mon plan et à régler la situation présente. Sans doute parce que je n'en avais pas… encore.

Elle grimaça.

— J'aimerais vraiment avoir des petits-enfants avant de mourir, Damian.

J'aimais ma mère. Sincèrement. Mais elle était tenace quand il s'agissait de nous marier pour qu'elle puisse être entourée de petits-enfants.

Dylan n'était certainement pas en bonne voie pour trouver une femme.

Et mon frère cadet, Leo, était rarement au même endroit assez longtemps pour avoir une sérieuse discussion avec une femme, et encore moins en épouser une.

Donc, naturellement, tous les efforts d'entremetteuse de ma mère s'étaient tournés vers son fils aîné.

— Ne retiens pas ton souffle en attendant que je me marie, maman, la prévins-je.

Ouais, je pouvais m'envoyer en l'air aussi facilement qu'un mec quelconque, mais je gardais des relations peu compliquées en fréquentant des femmes qui aimaient leur liberté autant que moi.

Dernièrement, je n'avais même pas eu le temps de rechercher une aventure sans attaches. J'avais été bien trop absorbé par la gestion de Lancaster tout seul.

Leo n'avait jamais été concerné par les intérêts du business de notre père. Quand celui-ci était mort, Leo avait pris une partie de son héritage et, désormais, il était probablement le biologiste animalier le plus riche du monde.

Ma mère soupira longuement.

— Je sais que tu t'inquiètes pour ton frère, Damian. Moi aussi, mais ça ne veut pas dire que tu n'as pas le droit de lui faire remarquer que tu ramasses tous les morceaux à chaque fois qu'il y a un incident. Il est allé trop loin, cette fois-ci. Tu ne peux pas juste signer un chèque pour que cet article en particulier et la photo disparaissent. Tout est déjà là.

Elle avait raison. Dylan avait fait des choses idiotes ces deux dernières années, mais c'était la première fois qu'il apparaissait *nu, dans un foutu harem*.

— À mon avis, ça ne l'intéresse plus. Je ne suis même pas sûr qu'il soit au courant que la presse me met sur le dos tout ce qu'il fait. Et je ne pense pas non plus que ça aura de l'importance, s'il l'apprend maintenant. Il fuit aux États-Unis à chaque fois qu'il se passe quelque chose.

Mon frère ne m'avait jamais demandé *comment* je faisais en sorte que sa conduite embarrassante ne le rattrape pas. Il n'en avait pas besoin. Dylan *me* connaissait et il avait ma parole, je ne laisserais rien l'atteindre.

— Alors, *oblige-le* à s'en rendre compte, Damian. Je sais que ces dernières années ont été difficiles pour Dylan, mais ça me fait mal de te voir t'enfoncer à gérer Lancaster International tout seul. Tu fais ton travail, et le sien, aussi. Sans parler de tes efforts pour que personne ne sache que tu as un frère jumeau, sauf s'ils le connaissaient déjà avant que tout ça n'arrive.

Je jetai un coup d'œil interrogateur à ma mère.

— Je me suis déjà plaint ?

Elle secoua la tête.

— Non. Tu ne le ferais pas. Tu ne le fais jamais. Mais je suis ta mère. Je vois que la situation t'épuise. Tu crois que je n'ai pas remarqué que tu ne manges pas bien ou que tu as des migraines que tu n'as jamais eues auparavant ? Tu dors combien d'heures, par nuit ?

— Je dors, lui assurai-je.

— Quelques heures, peut-être, ricana-t-elle. Tu n'as pas eu l'air reposé et en bonne santé depuis deux ans, Damian. Tu *dois* confronter Dylan et lui faire comprendre qu'il te faut passer à autre chose dans ta vie, même si lui ne le fait pas. Tu ne peux pas continuer à gérer Lancaster International tout seul. Il faut qu'il rentre à la maison. Sinon, tu devras faire des restructurations et commencer à déléguer pour que tes cadres bien payés méritent enfin leur salaire.

D'accord, alors peut-être que j'avais du mal à confier des responsabilités à quiconque n'ayant pas Lancaster comme nom de famille.

— Est-ce que tu essaies de dire que je suis un genre d'accro du contrôle, maman ?

— Vraiment ? *Un genre d'accro du contrôle*, Damian ? Je jure que tu préférerais mourir plutôt que d'abandonner certaines de tes fonctions, et ça m'inquiète. Je pense que tu attends que Dylan revienne s'occuper de ses obligations. Pour le moment, la charge de travail est en train de te tuer, et Dieu seul sait combien de temps il faudra à Dylan pour se remettre les idées en place.

J'étais surpris par le ton catégorique de ma mère. Ces deux dernières années, elle avait pardonné le comportement Dylan, mais apparemment, son attitude envers lui avait… évolué.

Peut-être qu'elle avait raison.

Peut-être qu'il était temps d'arrêter d'excuser Dylan pour toutes les choses stupides qu'il faisait.

Ça ne me dérangeait pas qu'elle change d'avis.

Simplement, je n'avais pas trouvé comment le faire moi-même sans me sentir sacrément coupable.

Honnêtement, je comprenais pourquoi Dylan aimait passer autant de temps en Californie. La famille Lancaster était rarement reconnue, là-bas. Ici, en Angleterre, le nom des Lancaster était légendaire, et ce depuis des générations, donc nous évitions toute publicité pour rester éloignés des médias. En Amérique, nous avions beaucoup plus de libertés parce qu'il y avait de bien meilleures histoires à couvrir que celles concernant le comportement de quelques milliardaires britanniques. Leurs acteurs d'élite offraient à la presse américaine leur lot de scandales.

— Il est constamment là-bas, Damian, dit ma mère d'une voix douce et réconfortante. Dylan va traverser ça. Il est têtu. Ça lui a pris un long moment pour admettre qu'il ne peut pas changer.

J'étais ravi de l'entendre dire ça, ravi qu'elle soit encore optimiste, parce qu'à certains moments, je me demandais si le vieux Dylan existait toujours. Il n'était plus l'homme que je connaissais, le *frère* que je connaissais.

— J'espère qu'il gère.

Jusqu'à ce que Dylan ait à nouveau la tête froide, je continuerais de le préserver parce que c'était simplement… ce que je faisais. Peut-être que je n'étais l'aîné que de quelques minutes, mais j'étais *tout de même* l'aîné, et depuis que mon père était mort, cela avait été ma mission de prendre soin de la famille.

En plus, mon jumeau et moi nous protégions mutuellement depuis que nous étions enfants, et cet instinct n'avait jamais disparu. Du moins, pour moi.

Maman laissa échapper un soupir exaspéré.

— Parle-lui quand tu arriveras en Californie. Si quelqu'un peut l'atteindre, c'est bien toi. Vous deux, vous avez toujours été si proches. Il va peut-être s'ouvrir à toi.

Étant donné que je ne voulais pas anéantir ses espoirs quant au fait que Dylan finirait par aller bien, je répondis simplement :

— Tu as probablement raison, maman.

Elle ricana.

— J'ai systématiquement raison. Et je connais mes fils.

Peut-être qu'elle nous connaissait *trop bien*. Maman était effrayante, à sa façon.

— Je ferais mieux d'y aller. J'ai un avion à prendre.

Il y eut un éclat dans son regard sombre lorsqu'elle dit :

— Tu vas encore prendre un vol *commercial* ?

En fait, je n'avais pas pris de vol commercial depuis plus d'un an, mais ma mère aimait me donner du fil à retordre quand, à l'occasion, je volais avec Transatlantic Airlines, simplement pour voir comment notre entreprise s'en sortait.

— Comment pourrais-je savoir si nous avons des ennuis ? Transatlantic est notre boîte la plus lucrative. J'aimerais que ça continue. Je ne vais pas souffrir, maman. J'ai pris un billet en classe affaires.

Oui, je voulais savoir comment nos clients se sentaient quand ils prenaient un avion de ma compagnie aérienne, mais il était impossible que ma carrure d'un mètre quatre-vingt-douze tienne sur un siège avec presque aucune place pour les jambes pendant douze heures douloureuses.

J'étais un PDG inquiet, pas masochiste.

Ma mère se leva.

— Fais attention à toi. Essaie de t'accorder un peu de temps libre pendant que tu seras là-bas. Tu vas me manquer.

Je hochai sèchement la tête avant de l'embrasser sur la joue, et je l'attirai dans une étreinte.

— Je viendrai te voir dès mon retour, et je t'appellerai. Ne t'inquiète pas pour l'article. Je vais trouver une solution.

Je passais la majorité de mon temps dans ma maison de Londres, mais j'allais dans le Surrey aussi souvent que possible pour voir ma mère. Toute blague et plaisanterie mise à part, nous étions assez proches, et elle ne s'était jamais vraiment remise de la mort de mon père. Elle avait donc assez mal vécu l'abandon de Dylan envers notre famille.

Non pas que quiconque pourrait prétendre que maman était *fragile*, mais elle avait traversé beaucoup de choses, ces cinq dernières années.

Elle m'étreignit fermement avant de reculer.

— Tout le monde aura oublié la photo de Dylan nu, quand l'un des membres de la famille royale fera quelque chose d'intéressant.

Je gloussai, même si je n'étais pas vraiment du genre à rire.

— Espérons que ces gens-là ne soient pas d'humeur à se comporter correctement à l'avenir.

C'était assez pathétique d'escompter un scandale royal, mais les médias britanniques étaient volages. Ils allaient laisser tomber la nouvelle du faux pas de Dylan en quelques secondes si quelqu'un de la famille royale commettait une bévue.

Maman acquiesça.

— Il se passera autre chose qui fera la une, demain, et les médias se rapprocheront un peu plus de l'oubli de l'article d'aujourd'hui.

Ma mère avait un cran énorme et elle gardait toujours un certain flegme, mais je savais qu'elle était *réellement* inquiète, cette fois-ci.

À propos de moi.

À propos de Dylan.

À propos de la réputation que plusieurs générations familiales avaient fait tant d'efforts pour maintenir irréprochable et respectable pendant des années.

La famille Lancaster était respectée, et maman appréciait le fait de *ne pas* être en position d'encourager les ragots. Au point qu'elle s'était totalement transformée, quand elle était plus jeune, pour convenir au monde de mon père, avec aussi peu de censure que possible.

Au fond de moi, je m'inquiétais de l'honneur de ma famille, également. Je savais que c'était probablement inscrit dans mon ADN.

Cependant, ma priorité était la génération *actuelle* de Lancaster, et plus particulièrement mon frère, Dylan.

Je voulais vraiment rassurer maman en lui disant que je trouverais une solution et qu'elle récupérerait bientôt son fils rebelle sans davantage de scandales.

Le problème, c'était que *la* convaincre de quelque chose quand je n'étais moi-même pas certain que cela réussirait n'était pas aisé.

CHAPITRE 2

Nicole

PEUT-ÊTRE QU'À UN certain moment dans la vie, tout le monde se pose une question sur la sagesse de son choix de carrière.

Malheureusement, je connaissais actuellement *cette interrogation alors que j'étais à l'étranger*, au milieu de l'aéroport international d'Heathrow, attendant d'embarquer pour mon vol afin de ramener mon cul en Californie, où était sa place.

Mon affaire était terminée à Londres, et je partais en sachant que j'avais réussi à foirer totalement ma première tentative d'acquérir mon premier très gros client international au Royaume-Uni.

Peut-être que j'aurais dû laisser Kylie faire cette présentation. Mais ma vice-directrice avait des rendez-vous importants prévus avec nos clients américains, donc je m'étais, en fait, portée *volontaire* pour ce désastre.

Je soupirai alors que la file pour embarquer avançait si lentement que j'aurais pu jurer que je n'arriverais *jamais* à mon siège.

Derrière moi, je pouvais entendre les gémissements frustrés d'un enfant.

Je suis totalement avec toi, mon petit gars. Je veux dégager d'Angleterre, moi aussi.

D'accord, peut-être que ce n'était pas exactement la fin du monde si Ashworth Crisis Management n'obtenait pas de clients à Londres pour le moment, mais j'avais vraiment espéré que nous pouvions nous élargir.

Attendez ! *Correction* : cela avait toujours le but de *ma mère* de s'étendre à l'international.

Malheureusement, je *n'étais pas* ma mère, et ACM ne prospérait pas vraiment et ne grandissait pas non plus sous mon contrôle.

Je réussis à sourire faiblement au personnel de bord quand j'embarquai enfin, essayant d'effacer mon humeur horrible et de ne pas rejouer dans ma tête, encore et encore, mon échec à Londres.

Bon sang ! Je m'étais préparée.

J'avais été prête.

J'avais été parfaitement certaine de tous les mots précis que j'allais prononcer pour persuader Lancaster International qu'ils avaient *besoin* d'une équipe de gestion de crise douée à leur disposition.

Peut-être que c'était une vente difficile. Cette société avait tout un département rempli d'employés s'occupant des relations publiques générales, mais ce n'était pas *impossible.* ACM était différent, hautement qualifié pour gérer des situations d'urgence.

Ce qui était la raison exacte pour laquelle j'avais tout gâché. J'avais eu la chance de prouver la qualité d'ACM, en temps réel, de montrer ce que nous pouvions faire, mais j'avais échoué.

J'avais continué d'avoir confiance… jusqu'à ce que le PDG de Lancaster décide que *la nuit dernière* était le moment idéal pour faire exploser les tabloïds avec une photo de lui, nu, avec toute une troupe de femmes en tenue d'Eve.

Je n'avais pas vraiment eu le temps de lire l'article ou de voir l'image. La rumeur s'était propagée environ *trois minutes* avant ma présentation.

J'avais dû affronter une salle de conférence remplie d'hommes en costume, me regardant avec un air impatient, comme si j'allais pouvoir trouver en un instant une solution pour leur mégadésastre.

Je ne le pouvais pas.

Je n'avais pas été préparée pour ça.

Oui, je connaissais les *bases* de la famille Lancaster, mais puisqu'il n'y avait jamais eu de soupçons de scandale chez eux, je m'étais plus concentrée sur l'entreprise et sa très longue histoire d'achats de sociétés en dépôt de bilan pour les rendre lucratives à nouveau.

L'opportunité de faire une présentation à Lancaster International m'était tombée dessus sans prévenir, alors je m'étais focalisée sur ce que je pouvais faire pour *la boîte,* tout comme j'avais préparé très rapidement ce que je pensais être un discours complet.

À aucun moment dans mes recherches je n'étais tombée sur l'information que l'un des Lancaster était encore assez jeune pour s'envoyer en l'air.

Apparemment, l'aîné était toujours dans la fleur de l'âge, s'il s'était retrouvé au lit avec plusieurs femmes nues.

J'aurais dû changer de direction et commencer à régler leur souci. J'étais une gestionnaire de crise. C'était *ce que je faisais, nom de Dieu.*

Je n'avais *rien* pour eux. Pas une seule suggestion. Pas un mot à dire sur le management d'un tracas que je n'étais pas prête à conquérir. J'avais été plus concentrée sur les fuites de produits chimiques, les problèmes environnementaux, la soudaine instabilité des stocks, etc.

Comment aurais-je pu savoir que l'un des membres de la famille allait brusquement faire quelque chose qui attirerait l'attention de tout le pays ? Bien sûr, j'avais conscience qu'il y avait une famille Lancaster derrière cette immense corporation, mais j'avais lu tous les articles de presse sur *chacun d'entre eux* quand j'avais fait mes recherches. La possibilité qu'un tel événement puisse se produire n'avait même pas été visible sur mon radar.

Lancaster International avait une réputation en or et avait réussi à conserver cette envergure pendant des générations.

Arrête de stresser, Nicole. Tu ne peux pas changer quelque chose qui est déjà arrivé.

Je roulai mes épaules en arrière, essayant de détendre la tension qui s'y était accumulée. Généralement, j'étais le genre de femme qui pouvait oublier un échec et aller de l'avant, mais celui-ci me restait en tête. L'humiliation était encore trop fraîche dans mon esprit.

*Merci mon Dieu. Cette stupide file d'attente avan*çait *enfin.*

Certains passagers dans les sièges de devant avaient rangé leurs affaires et quitté l'allée. Alors que je cherchais ma place, je me dis qu'il fallait que j'arrête de tourmenter ma psyché avec tout ce que j'aurais pu dire ou faire.

C'était fini, et l'opportunité de prouver à quel point ACM était flexible avec l'une des entreprises les plus grandes et les plus puissantes du monde était hors de ma portée.

Il est trop tard pour s'en inquiéter… maintenant.

Je m'étais figée, bredouillant ma présentation élaborée plutôt que cherchant à trouver une façon d'aborder les besoins immédiats des Lancaster.

Je n'étais pas vraiment spontanée.

Je ne l'avais jamais été.

Je planifiais et exécutais *un plan* à la lettre, ensuite je conquérais.

Cet énorme pavé jeté sur mon discours bien préparé m'avait entièrement paralysée.

J'aimais que tout soit net et rangé. Mon manque de flexibilité m'était retombé dessus et m'avait mordu les fesses.

Bien sûr, *ils avaient dit* qu'ils me recontacteraient, mais le message « ne nous appelez pas, nous vous appellerons » avait été clairement compris à la fin de ma présentation.

Je n'aurais *jamais* de nouvelles de Lancaster International, et honnêtement, si je ne pouvais pas vendre nos services à une entreprise qui avait autant besoin d'une gestionnaire de crise qu'à ce moment-là, qui allais-je pouvoir convaincre à l'avenir ?

Maman pouvait changer de sujet immédiatement et utilisait de nouvelles informations à son avantage.

Le problème, c'était que je n'étais pas ma mère, et je ne serais probablement jamais aussi vive d'esprit qu'elle l'avait été dans les affaires.

Moi ? J'étais un échec côté spontanéité, et j'allais devoir vivre avec le fait que je venais de foirer une présentation critique qu'elle aurait accomplie sans souci.

Le soulagement inonda mon corps tendu lorsque je m'effondrai sur mon siège près du hublot, et je jetai un coup d'œil à l'espace vide à côté de moi, espérant qu'il resterait inoccupé. Il y avait un grand accoudoir entre moi et le siège inclinable d'à côté, mais les choses semblaient moins gênantes quand je voyageais seule.

Je ne savais jamais si je devais parler à la personne à côté de moi ou faire comme si elle n'était pas là. Je n'avais pas suffisamment pris l'avion pour connaître l'étiquette chez les clients fréquents en classe affaires.

Mon téléphone annonça l'arrivée d'un message alors que je plaçais mon bagage à main dans le petit compartiment fourni. Je pris mon sac et fouillai son contenu jusqu'à trouver mon portable.

Je lus le SMS.

Kylie : *Comment ça s'est passé ?*

Moi : *Ne demande pas. Je n'ai pas le charme de maman. Je doute que les Lancaster nous rappellent. J'aurais dû me charger des*

Américains et te laisser faire ce voyage. Nous aurions probablement notre plus gros client si tu avais fait la présentation.

Kylie : *Ça ne peut pas être si horrible. Tu as rencontré le président de Lancaster ? Je ne l'ai jamais vu, mais j'ai entendu dire qu'il était assez canon.*

Canon ? Le PDG de Lancaster International était *canon* ? Évidemment, Kylie en savait bien plus sur la famille que moi. Quand je songeais à des PDG milliardaires qui géraient d'immenses entreprises, j'imaginais des papys aux cheveux blancs, plus vieux que la Terre. Apparemment, ce patron en particulier était plus jeune que je le pensais. Ou alors ma meilleure amie avait soudain développé un fantasme pour les hommes assez âgés pour être son grand-père.

Moi : *Je ne sais pas. Il n'était pas là. J'imagine qu'il était probablement encore en train de dormir après avoir causé un scandale dont je n'étais pas au courant jusqu'à trois minutes avant la réunion. Longue histoire. Je t'expliquerai plus tard.*

Je sentis les larmes me monter aux yeux, mais je clignai des paupières pour les chasser. Une part de moi avait l'impression que je n'avais pas seulement échoué auprès de mon entreprise, mais auprès de ma mère décédée, également.

Kylie : *Je suis sûre que tout s'est bien passé. Tu t'inquiètes trop. Accorde-toi une pause. Tu étais habituée à ce que tout soit net et clair dans le droit du travail. Les relations publiques, c'est le foutoir. J'espère que tu as au moins réussi à trouver un beau Britannique et à avoir une petite aventure. Cet accent sexy dans la chambre à coucher doit être suffisant pour que n'importe quelle femme crie son premier orgasme.*

Je roulai des yeux. Kylie Hart n'était pas simplement une sous-directrice géniale d'Ashworth Crisis Management. Elle était ma meilleure amie depuis l'école primaire. Elle et notre autre copine, Macy, étaient les seules qui savaient que je n'avais jamais eu l'insaisissable O avec les hommes que j'avais fréquentés. L'événement apparemment capital allait, selon mon amie malavisée, changer ma vie et la façon dont je me voyais. Kylie était plus qu'impatiente de trouver mon Monsieur Orgasme.

Cependant, moi, je n'y pensais pas beaucoup.

Moi : *Pas d'aventures. Pas d'orgasmes.*

Pour ma part, j'étais convaincue que l'orgasme féminin pendant le sexe était probablement grandement surestimé. J'avais eu des relations sexuelles avec deux partenaires. Une femme n'arrivait pas à l'âge de trente-deux ans sans avoir couché avec un homme. D'accord. Oui. Le sexe était *plaisant* avec la bonne personne, mais j'étais persuadée que le plaisir crié dont parlaient les femmes était un peu comme une licorne. Je voulais croire qu'il existait, mais la preuve était sacrément difficile à trouver.

— Vous n'avez jamais eu d'orgasme. Sérieusement ? Comment c'est possible ?

Je m'immobilisai alors qu'une voix masculine profonde et *clairement britannique* résonnait à côté de moi.

Surprise, j'arrachai mon regard de mon téléphone pour observer le siège à côté de moi, précédemment vide, et croisai une paire d'yeux verts sexy qui me scrutaient, totalement incrédules.

Quand cet Adonis britannique s'était-il assis ?

Évidemment, la place à côté de moi *n'allait pas* rester vacante. En fait, un corps très musclé et attirant remplissait à présent l'espace inoccupé quelques minutes plus tôt.

Tous mes sens se mirent en alerte quand je pris une inspiration pour sentir l'odeur la plus séduisante et virile que mes récepteurs olfactifs n'avaient jamais connue.

Je combattis l'envie urgente de fermer les yeux pour me complaire dans cette fragrance qui appelait au sexe torride, débridé et délicieusement sale. J'ignorais totalement comment je pouvais reconnaître ça, puisque je ne m'étais moi-même jamais engagée dans *ce* genre de relation sexuelle. *Jamais.*

Je me tortillai sur mon siège. Le mec était proche. *Trop proche.* En fait, il se penchait dans ma direction pour pouvoir…

Je retournai mon téléphone afin qu'il ne puisse plus le voir, puis je me reculai pour éviter toutes les phéromones sexy que cet homme semblait libérer en abondance.

— Vous lisez mes messages ? Qui fait ça ?

Je déglutis difficilement en posant une main sur son épaule pour le repousser, afin qu'il n'empiète pas sur mon espace personnel.

Il bougea comme si, soudain, il se rendait compte qu'il était incroyablement malpoli.

Je retournai à nouveau mon portable, et mes doigts envoyèrent un bref SMS à Kylie.

Moi : *Je dois te laisser. On décolle. Je t'appelle à la maison.*

Je quittai rapidement l'application messagerie, mis mon téléphone en mode avion et le rangeai dans mon sac à dos sans regarder le salaud assis à côté de moi.

Comme si cette journée n'avait pas déjà été assez merdique ?

Évidemment, le mec *installé à côté de moi* était *un harceleur* ! *C'*était *l'élément parfait pour une journée vraiment mauvaise. Parfait. Simplement. Parfait.*

Il se raidit complètement dans son siège avant de prendre la parole.

— Vous aviez l'air furieuse, comme si vous alliez pleurer, alors j'ai lu vos messages pour découvrir ce qui vous donnait l'air si malheureuse. J'ai trouvé vos SMS… fascinants.

Je me tournai à nouveau vers lui et jetai un long coup d'œil à mon provocateur, maintenant qu'il était de retour dans son espace personnel.

J'étais en colère, mais je n'étais pas aveugle. L'homme était magnifique, et, à en juger par ses yeux verts comme un péridot qui m'observaient en retour, je pouvais voir qu'il était légèrement… amusé.

Je devais admettre qu'il était le harceleur le plus beau que j'avais jamais vu.

Je le reluquai parce que je le pouvais. *Il me* regardait, alors je fis en sorte de le jauger entièrement, sans une seule trace de remords pour l'avoir ouvertement maté.

Il avait probablement la trentaine. Il portait un costume gris sur mesure qui lui donnait une allure… sophistiquée. Il était confiant au point d'en être arrogant. Tout semblait immaculé, chez lui, de ses cheveux sombres et épais à la subtile eau de Cologne qui me donnait envie de me pencher en avant pour inhaler son odeur jusqu'à m'enivrer.

Tout, chez cet homme, sentait le contrôle et l'autodiscipline.

Alors pourquoi s'était-il incliné pour lire mes messages ?

Son apparence et son comportement n'étaient simplement pas en phase.

La seule chose qui rendait cet homme plus doux était l'air taquin dans son regard et cette voix de baryton horriblement plaisante.

Aucun doute que cette voix sexy et grave avec l'accent britannique plaisant pouvait faire tomber la culotte de la plupart des femmes.

Mais je n'étais pas la plupart des femmes. J'étais Nicole qui-n'a-jamais-eu-d'aventure-et-qui-ne-déchire-pas-facilement-sa-culotte-dans-la-vie Ashworth. Je n'étais pas la victime de mes désirs sexuels. Du moins, je ne l'avais jamais été…

Je me tournai vers le hublot, déterminée à ignorer la façon dont mon corps se sentait complètement prêt à grimper sur celui de cet homme et à exiger qu'il satisfasse ce qu'il avait provoqué.

Bon sang ! Je *détestais* ce qu'il me faisait ressentir et je dus me demander s'il était secrètement en train de se moquer de moi.

Honnêtement, j'espérais qu'il ne dirait pas un autre mot pendant tout le vol. Kylie avait raison. Il y avait quelque chose dans sa voix grave de baryton et son accent britannique sexy qui me donnait envie d'oublier qu'il avait envahi mon intimité. Une part de moi *voulait* en fait qu'il continue d'empiéter sur mon espace personnel pour que je puisse à nouveau absorber son odeur captivante.

Soudain, mon cerveau prima sur mon corps stimulé aux hormones. Mais à quoi pensais-je ?

Je dois me ressaisir. Beau ou non, il est bien trop insistant et il a franchi la ligne entre inquisiteur et gênant en lisant mes SMS.

Je retrouvai enfin ma voix parce que je ne pouvais pas le laisser échapper à toute punition en restant silencieuse.

— Je ne sais pas pour qui vous vous prenez, mais j'avais une conversation *privée*. Envahir mon espace personnel pour consulter mes messages était... bizarre et intrusif.

Il haussa ses épaules larges.

— Ce n'est pas très privé, vous aviez cette discussion dans un avion avec plusieurs centaines d'autres passagers, ma belle.

J'ouvris la bouche pour sermonner ce petit con, puis la fermai.

Ma belle ? Il vient de m'appeler ma belle.

Je n'étais pas habituée à entendre ça, et il me stupéfia.

Est-ce qu'il était en train de me draguer ?

Non ! Bien sûr que non. Il m'utilise pour s'amuser. Il est en train de tirer une joie tordue de toute cette situation.

Je n'avais jamais été une femme sur qui les hommes se retournaient. Bon sang, ils ne s'attardaient même pas sur moi en me voyant. J'étais blonde, mais la plupart du temps, je domptais mes boucles en les attachant pour les éloigner de mon visage. À part mes cheveux clairs, je n'avais que très peu d'attributs physiques mémorables.

J'avais pris les sept kilos typiques des néo-étudiants avant d'entrer à l'université, et j'avais même ajouté deux kilos à cette prise de poids pendant ma deuxième année.

Mon mètre soixante-dix-sept effrayait la plupart des hommes. En escarpins, j'étais plus grande que la plupart des mecs dans une pièce. *D'accord, d'accord.* Même en talons, j'étais à la taille de tout le monde dans la pièce, voire plus grande que certains. Je me sentais immense, mal à l'aise, et je devais souvent me rappeler de ne pas m'avachir pour être moins gênée.

Je portais des chaussures plates, aujourd'hui, et je n'avais pas pris la peine de me maquiller puisque je m'étais préparée à embarquer pour un vol de douze heures. J'avais tressé mes cheveux, enfilé un jean avec un chemisier décontracté et j'étais partie à l'aéroport totalement dégoûtée.

J'étais loin d'être aussi *belle* qu'une femme pouvait l'être. Surtout aujourd'hui.

Je ne me dénigrais pas totalement. J'étais intelligente. Je le savais. J'avais obtenu une tonne de bourses pour m'aider à m'inscrire à l'université, puis à l'école de droit d'Harvard.

Cependant, j'avais été totalement pourrie du côté de la loterie des gènes, mais il n'y avait pas de mal à être réaliste, n'est-ce pas ? J'étais affreusement grande, bien charpentée, et j'étais à la limite entre les courbes et les bourrelets. En toute honnêteté, ce n'était pas vraiment choquant qu'aucun homme ne m'ait jamais complimentée sur mon apparence physique.

J'étais vraiment agacée que monsieur Orgasme par excellence soit assis à côté de moi et s'amuse à jouer un jeu tordu avec moi.

— Ne m'appelez pas *ma belle*. N'essayez pas de me distraire de ce que j'essayais de vous expliquer. C'était malpoli et vraiment flippant que vous lisiez mes messages.

Je gigotai, mal à l'aise sur mon siège en parlant. Pour une raison inconnue, j'étais à nouveau en train de regarder ses yeux verts étonnants, comme si ses traits parfaits étaient un aimant qui attirait mon regard vers lui.

Furieuse contre moi-même parce que je bavais sur un homme dont la seule intention était de me tourmenter, je tournai vivement la tête vers le hublot.

*Peu importait si c'*était *l'homme le plus beau que j'avais jamais vu. Ted Bundy avait parfois été attirant et charmant, et regardez comment ça s'*était *terminé pour toutes les femmes qui avaient croisé son chemin. Ce mec* était *évidemment un psychopathe déguisé dans un emballage vraiment désirable, ce qui le rendait d'autant plus dangereux.*

Il s'éclaircit la gorge.

— Je n'essaie pas de… vous distraire. J'essaie simplement de découvrir pourquoi une femme comme vous n'a jamais eu d'orgasme.

Je ricanai.

— Ça ne vous regarde pas vraiment.

*C'*était *clairement un harceleur s'il cherchait des informations sur ma vie sexuelle non existante.*

— Peut-être que *j'ai envie* que ça me regarde. Peut-être que je *veux* comprendre, répondit-il d'un ton trompeusement désinvolte. Et j'adorerais savoir ce qu'il s'est passé avec Lancaster International.

Je gardai ma tête tournée vers le hublot en disant :

— Est-ce que vous obtenez toujours ce que vous voulez ?

— Oui. Presque toujours, répondit-il.

J'ignorai son arrogance en me rendant compte qu'il venait de me poser une question sur *Lancaster International.*

Merde ! Avait-il lu mes messages si longtemps ? Le fait qu'il ait surveillé ma conversation avec Kylie depuis le début me rendait furieuse.

— Lancaster International ne vous regarde pas non plus, dis-je d'un ton cassant qui, je l'espérais, le ferait taire.

Mon Dieu, il devait vraiment arrêter de parler. Je ne voulais pas entendre un autre mot dans son accent torride agaçant.

Non pas qu'il m'atteigne vraiment. Parce que, franchement, comment pouvait-il y avoir quelque chose de sexy chez un homme qui essayait de jouer avec moi comme si j'étais une idiote ?

Le salaud pouvait simplement consulter les jeux disponibles sur l'écran, à bord, s'il souhaitait des distractions pour passer le temps sur ce vol horriblement long.

Magnifique ou non, cet homme sentait les ennuis à plein nez, et je devais arrêter de discuter avec lui. *Point.*

Je le sentis bouger et jetai un coup d'œil en biais alors qu'il se levait pour enlever sa veste de costume et la tendait à l'hôtesse de l'air afin qu'elle la pende.

Nom de Dieu !

Je me détestais à l'idée d'avoir le souffle coupé parce qu'il était incroyablement grand, musclé et bâti comme un dieu grec. De grandes épaules s'effilaient jusqu'à une taille très fine. J'étais presque certain qu'il avait des tablettes de chocolat alléchantes sous le lin luxueux de sa chemise incroyablement blanche.

Remets ta langue dans ta bouche, Nicole ! *Il est peut-être extraordinaire physiquement parlant, mais c'est aussi un homme fou, et pas de la bonne façon.*

Je m'obligeai à quitter des yeux cet Adonis, dégoûtée de moi-même, alors que mes mains tâtonnaient sur la ceinture pour l'attacher. L'immense avion avait commencé à bouger, mais j'avais été trop captivée par le désir pour le remarquer immédiatement.

Je gardai mon regard rivé vers le hublot alors que nous nous préparions à décoller.

Une fois l'avion dans les airs, je pus sortir mon ordinateur portable et essayer de travailler. Ce serait comme si cet homme torride à côté de moi n'existait pas. Une fois que j'étais plongée dans le boulot, je pouvais ignorer *tout le reste.*

Je sentis ses mouvements alors qu'il se rasseyait. Je l'entendis attacher sa ceinture alors qu'il disait :

— J'ai douze heures pour vous soutirer des informations.

Son ton cavalier me fit grincer des dents, et j'étais furieuse qu'il ne puisse garder sa bouche magnifique fermée.

— Je n'aime pas parler quand je voyage. J'ai du travail.

Il laissa échapper un long soupir masculin.

— En fait, j'ai moi-même une grande quantité de boulot dont je dois m'occuper. Mais j'ai peur que mon ordinateur portable ne soit pas aussi intrigant que vous l'êtes actuellement. Voulez-vous bien satisfaire ma curiosité afin que je puisse me concentrer sur mon propre boulot ?

— Non, répondis-je vivement.

Je décidai de garder ma déclaration simple.

— Je suis fatiguée. Mon affaire à Londres a été un échec, et je préférerais un vol de retour silencieux jusqu'à chez moi pour réfléchir à mon humiliation totale, si ça ne vous dérange pas.

J'ignorais totalement pourquoi j'avais décidé de lui dire que mon aventure londonienne avait été un fiasco gigantesque. Peut-être que j'espérais que cela le pousserait à s'occuper de ses propres affaires.

— Vous savez que vous avez envie d'en parler, déclara-t-il d'une voix persuasive.

Il avait toujours ce satané accent britannique sexy.

— Je suis un inconnu, non ? Vous ne me verrez plus jamais. Pourquoi ne pas passer votre colère sur quelqu'un que vous ne connaissez pas et que vous ne recroiserez jamais ?

Pff ! Ce mec n'avait-il pas un bouton *off* attaché à ses lèvres sensuelles ?

— Vous êtes-vous dit que, peut-être, je ne vous aimais pas ? Vous lisiez mes SMS, nom de Dieu ! C'est presque impossible d'aimer ou de se confier à un individu tordu qui fait quelque chose de ce genre.

J'espérais que *ce* commentaire allait l'offenser rien qu'un petit peu pour qu'il… *Arrête. Simplement. De. Parler.*

Étrangement, je n'avais absolument aucun filtre lorsqu'il s'agissait de mon compagnon de voyage frustré. D'habitude, je pouvais ignorer ce qu'il se passait autour de moi, surtout quand je travaillais, mais visiblement, je n'arrivais pas à fermer ma bouche pour le moment.

Quand j'entendis le doux grondement d'un rire à côté de moi, il fut assez agaçant d'admettre que ma tactique pour le faire taire n'avait eu aucun succès.

Ne venait-il pas de dire qu'il obtenait presque toujours ce qu'il voulait ?

Cet homme odieux n'allait certainement pas me laisser la paix dont j'avais besoin jusqu'à ce qu'il soit satisfait.

Il soupira. Il avait raison à propos d'une chose. À cause de ma colère, je souhaitais vraiment me décharger de ce qu'il s'était passé à Lancaster International, parce que j'avais envie de comprendre comment une femme parfaitement intelligente avait réussi à gâcher une présentation qui signifiait autant.

Je ne désirais simplement pas le faire auprès d'un homme qui s'amusait avec moi, en m'utilisant comme source de divertissement.

Peut-être que s'il s'était agi d'un mec décent, j'*aurais* tout dévoilé à monsieur Orgasme. Le fait que je ne le reverrais jamais rendait la perspective assez tentante.

Si seulement il n'était pas le gars le plus agaçant que j'avais jamais rencontré.

CHAPITRE 3

Damian

SI CETTE FEMME avait un quelconque rapport avec Lancaster International, j'étais surpris qu'elle ne me reconnaisse pas.

Encore plus bizarre, je ne l'avais jamais vue avant et je n'oubliais jamais un visage.

D'accord, je ne reconnaîtrais pas chacun de mes employés, car Lancaster International en avait des centaines de milliers dans le monde entier. Néanmoins, elle était évidemment passée à notre siège social de Londres, et j'étais familier avec tous les cadres de niveau supérieur qui y possédaient un bureau. Je m'étais efforcé de maîtriser toutes leurs affaires puisqu'en fin de compte, c'était moi que ça regardait aussi, et je n'avais jamais rencontré cette Américaine blonde et magnifique dans les bureaux des managers.

Je me serais clairement souvenu d'*elle*.

Alors voilà que j'étais là, dans une position qui aurait dû être gênante, mais qui ne l'était pas vraiment. Pas pour moi, en tout cas.

C'était simplement… différent. La femme n'avait aucune idée de qui j'étais, et elle semblait se moquer d'apprendre à me connaître.

Pour elle, j'étais tout bonnement un mec quelconque et déplaisant installé à côté d'elle dans un avion.

Non pas que je lui en voulais d'avoir eu cette impression initiale de moi. Lire ses messages avait été comme franchir une ligne et s'était avéré horriblement intrusif, mais elle était si intrigante que cela avait été impossible de résister à l'envie de découvrir pourquoi elle avait l'air si abattue, quand je m'étais assis à côté d'elle.

Cette façon d'agir ne me ressemblait tellement pas que j'essayais de comprendre *pourquoi* j'avais envahi son intimité.

Je n'avais jamais eu l'impression de pouvoir résoudre les problèmes du monde entier, contrairement à mon frère, Leo.

Habituellement, je n'aurais jamais eu un quelconque désir à poursuivre une conversation avec un inconnu durant un voyage. Comme elle, je préférais rester dans mon coin lors des rares occasions où je prenais un vol commercial.

Je devrais être satisfait que personne ne m'ait reconnu, et j'aurais dû être impatient de sortir mon ordinateur portable pour me mettre au travail. Je pouvais m'occuper d'un nombre significatif de dossiers qui s'étaient empilés, lors d'un long périple comme celui-ci.

Je n'étais rien de plus que discipliné, afin de garder ma concentration sur Lancaster International à tout moment.

Je n'avais *jamais* été distrait de mon but tranché… jusqu'à ce que je constate que mon siège était à côté de la femme la plus intrigante que j'avais jamais rencontrée.

Cette fois-ci, pour une raison quelconque, tout ce dont j'avais envie, c'était de *la* regarder.

Bon sang, j'ignorais totalement d'où était venu ce surnom de « ma belle » qu'elle détestait autant, ni pourquoi je l'avais dit. Je n'étais pas du genre dragueur subtil. Dylan avait toujours été le plus charmeur. Et moi ? J'avais été le Lancaster discret et réservé qui suivait un emploi du temps méticuleux, laissant peu de place à autre chose qu'à mon obsession de faire en sorte que Lancaster International se distingue de toute concurrence. Mon jumeau avait généralement été celui qui pouvait combler les gens de complaisance outrageuse, sans avoir l'air hypocrite ou mièvre.

Honnêtement, je ne voulais pas *flatter* la femme à côté de moi. Elle était belle, en fait, et c'était incroyablement provocateur qu'elle n'en semble pas consciente.

J'étais un homme qui appréciait les femmes sculpturales possédant des courbes, comme elle, donc je l'avais remarquée dès que je m'étais assis à côté d'elle.

Généralement, je pouvais balayer une petite attirance d'un revers de la main et retourner à mes affaires.

Je n'avais pas le temps de flirter. Je n'avais même jamais eu cette propension.

Je ne poussais personne à entamer une conversation, parce que je n'étais pas vraiment du genre bavard non plus.

J'utilisais sagement mon temps, ce qui signifiait que je me concentrais sur Lancaster International.

Normalement, je ne remarquais même pas qui occupait le siège à côté de moi lors de mes occasionnels vols commerciaux.

Mais les choses n'étaient pas exactement *normales,* cette fois. Pas quand elle était assise à côté de moi. Quelque chose chez cette femme en particulier me fascinait complètement. J'avais l'impression qu'elle avait enroulé ses doigts élégants autour de mes bourses à la seconde où j'avais trouvé ma place, et, désormais, elle refusait de me lâcher.

Je voulais en savoir plus sur elle.

Ah bon sang, oui, je voulais savoir quel genre d'idiots elle avait fréquenté pour qu'ils soient incapables de la satisfaire.

Pas d'orgasme ? Jamais ? Pas une seule fois ?

Mon sexe s'était immédiatement dressé par défi. Littéralement.

Visiblement, son aveu comme quoi elle ne m'appréciait pas n'avait aucune importance.

En fait, sa tentative de me dissuader avait eu complètement l'effet inverse.

Peu de personnes au monde pouvaient critiquer Damian Lancaster pour quoi que ce soit, et je découvrais qu'en réalité... j'aimais ça.

Je voulais savoir comment elle était reliée à Lancaster International. C'était mon entreprise, après tout.

Admettons, sa vie sexuelle ne me regardait probablement pas, mais je n'allais pas être satisfait avant de savoir pourquoi elle était sortie avec tant de cons.

Je m'éclaircis la gorge. Puisque je n'avais jamais eu à insister pour avoir ce que je voulais, je ne savais pas vraiment comment être plus persuasif.

— Vous m'aimerez davantage une fois que vous commencerez à parler. Dites-m'en plus sur Lancaster. Quelle affaire avez-vous avec eux ? Mais avant de commencer, dites-moi votre nom.

Mon membre tressaillit quand elle croisa les bras sur sa poitrine très ample.

Je n'étais pas sûr de savoir comme elle répondrait. Sa lutte intestine entre son besoin de parler et son désir de rester silencieuse était évidente dans son expression.

Je *voulais* gagner. C'était toujours le cas.

J'attendis...

Et attendis...

— Nicole.

Elle semblait exaspérée.

— Je m'appelle Nicole.

Je soufflai l'air que j'avais dans les poumons. Peut-être qu'elle n'avait pas partagé son nom de famille, mais j'étais soulagé qu'elle ait dit *quelque chose*, parce que j'étais certain qu'elle pensait toujours que j'étais un véritable con pour avoir lu ses SMS.

— Damian.

Je n'avais même pas réfléchi à la sagesse d'utiliser mon vrai nom, ce qui était un peu inquiétant, puisque je m'efforçais de ne jamais rien faire impulsivement.

Heureusement, je n'avais vu aucun signe évident que mon nom lui rappelait quelque chose.

— Je ne suis pas sûr d'avoir envie de parler du désastre Lancaster, déclara-t-elle. Ni parler de mes échecs avec un homme que je ne connais pas, et qui visiblement, adore s'amuser de moi. Ce serait plutôt un mauvais choix d'interlocuteur pour discuter de ma déception, vous ne croyez pas ?

Je fronçai les sourcils.

— Je ne me suis jamais moqué de vous, Nicole. Si vous avez eu l'impression que j'étais hypocrite, vous vous trompez.

Quel genre de crétin lui ferait une telle chose ?

— Si je ne voulais pas honnêtement écouter, je n'aurais pas posé la question.

Elle parlait à contrecœur, mais je voyais bien qu'elle voulait parler à quelqu'un, et j'avais vraiment envie d'être son confident pour l'instant. Surtout si l'histoire avait un quelconque rapport avec Lancaster International.

— Comme je l'ai dit, je suis un inconnu. Allez-y. Je ne vous jugerai pas.

Je sentis l'avion décoller, mais je l'ignorai. J'étais trop impatient d'entendre ce que Nicole avait à dire, et être dans un tel appareil était comme une seconde maison pour moi.

Elle soupira, d'un air de soumission, et j'eus envie de célébrer ça, puisque je savais que ce bruit signifiait qu'elle allait parler, que ce soit une sage décision pour elle ou non.

Je me dis que la meilleure façon de procéder était de rester silencieux jusqu'à ce qu'elle parle, ce qu'elle finit par faire.

— Ma mère est décédée d'un cancer il y a un an. Son entreprise… la mienne, maintenant… était son bébé. Elle a bâti Ashworth Crisis Management à partir de rien, et elle était vraiment, vraiment douée là-dedans. Je suis venue à Londres pour proposer nos services à Lancaster International. J'ignorais totalement que le propriétaire était un genre de coureur de jupons, et je l'ai appris seulement quelques minutes avant ma présentation. Je n'étais pas prête à ce qu'un véritable scandale éclate et j'ai donc tout foiré. Je me suis figée au lieu de changer ma présentation et de m'occuper du problème imminent qu'ils allaient affronter.

Je ne parlai pas. J'attendis qu'elle poursuive. Je sentis qu'elle avait besoin de se défouler et j'étais très bon public.

— J'ai bombardé ma présentation devant les cadres de Lancaster. Je me suis… étouffée. Je suis une planificatrice. Je ne suis pas douée pour… changer de sujet. J'allais dans tous les sens et je n'ai jamais vraiment pu leur dire ce que nous pourrions faire pour eux dans la situation actuelle.

Elle avait l'air si triste que cela me faisait mal au cœur. Je pouvais m'identifier à ce qui lui était arrivé. Je n'étais pas exactement monsieur Spontané. J'étais un planificateur méticuleux également.

— Il s'est passé quelque chose de si soudain que vous n'étiez pas préparée à le gérer pendant cette réunion, Nicole. Ce n'est pas votre faute.

Elle secoua la tête.

— Je doute que ça me vienne un jour naturellement. Je suis allée à la fac pour devenir avocate d'entreprise et j'étais très douée là-dedans. Bien sûr, je devais parler aux cadres, mais ils n'étaient pas tous là en même temps. Et je savais ce que je faisais. Essayer de se mettre à la place de ma mère est juste si… difficile.

Mon Dieu, je pouvais m'identifier à ça.

— Croyez-le ou non, je le comprends aussi. J'ai pris la place de mon père il y a cinq ans quand il est mort, sans qu'on s'y attende, d'une crise cardiaque. C'était une sacrée place à combler, et je n'avais pas l'impression d'être prêt. Ça va prendre un peu de temps avant que vous soyez à l'aise. Pourquoi avez-vous quitté le droit d'entreprise ?

Nicole était évidemment intelligente et grandement éduquée. Elle venait d'entrer dans un monde auquel elle ne connaissait rien après la mort de sa mère. Je devais respecter le courage qu'il lui avait fallu pour faire ce grand saut. Dylan et moi avions eu la chance d'avoir été préparés à assumer le rôle de notre père, un jour.

Je devais bien admirer la force et la détermination de cette femme. Elle avait laissé tomber un monde où elle était à l'aise pour entrer dans un univers totalement différent. Ma question serait alors… était-elle heureuse *là où elle se trouvait en ce moment* ?

Elle commença à parler avant que je puisse poser la question.

— J'imagine que je ne voulais simplement pas laisser tomber ACM parce que c'était une entreprise à succès et que je l'ai vue se battre pour obtenir cette réussite. Je veux que ça continue parce qu'elle… n'a pas pu poursuivre. Je ne pouvais pas vendre quelque chose de si important pour elle.

Nicole avait voulu garder une partie de sa mère en vie, même après le décès de celle-ci. Je le comprenais.

— Elle vous a demandé de le faire ?

Elle secoua lentement la tête.

— Non. Elle savait que j'étais heureuse en tant qu'avocate d'entreprise. Ma mère n'était pas comme ça. Tout ce qu'elle voulait, c'était que je sois heureuse. Elle s'attendait à ce que je vende, mais je ne pouvais pas le faire. Alors j'ai quitté New York pour emménager de façon permanente en Californie après sa mort, pour voir si je pouvais tenter l'expérience ACM.

Je détestais vraiment l'air abattu sur son visage. Je voulais lui dire ce qu'il fallait pour qu'elle change d'humeur, mais je n'étais pas Dylan. Les bons mots n'étaient pas toujours là pour moi, et je n'étais pas très doué pour illuminer la journée des gens. Mais dans le cas de Nicole, je voulais essayer.

— Ce n'est qu'une présentation ratée. Vous aurez une autre chance.

Ce que je ne pouvais clairement pas dire à Nicole, c'était que *j'aurais dû* être à sa présentation. Cette réunion avait été sur mon planning. Je m'étais défilé parce que j'avais voulu me rendre dans le Surrey pour voir maman après avoir consulté les tabloïds et remarqué le cul nu de Dylan exposé à tout le pays.

La voix de Nicole sembla désespérée lorsqu'elle répondit :

— Vous ne comprenez pas, Damian. Ce n'était pas une question d'obtenir *un autre marché*. Il fallait que j'accomplisse quelque chose que ma mère avait toujours voulu. J'ai eu une opportunité qu'elle n'a pas eue, et je l'ai gâchée.

Ahhh... alors ce n'était pas du tout une question d'argent pour elle. Ce n'était pas financier, c'était personnel.

Je détestais l'idée de ne pas avoir assisté à cette réunion, et elle avait quitté le siège social de Lancaster International avec l'impression d'avoir échoué.

Pour une raison étrange, je voulais tendre la main et tourner son visage vers moi afin de voir son expression, mais je n'en fis rien.

Premièrement... j'imaginais que voir un air blessé dans ses magnifiques yeux bleus serait semblable à un rapide coup de poing dans le ventre, pour moi.

Et deuxièmement... je ne voulais plus envahir son espace personnel. D'accord, peut-être que j'avais envie d'envahir son espace personnel, mais je ne souhaitais pas qu'elle se sente mal à l'aise. J'en avais probablement déjà fait assez pour la rendre méfiante, et la dernière chose dont j'avais envie, c'était de la pousser à se taire pour le reste du vol.

Je voulais qu'elle continue de me parler, ce qui signifiait que je devais arrêter d'être impulsif puisque c'était contraire à ma personnalité normale.

Bon sang, rien que le fait de vouloir que quelqu'un me parle était hautement anormal.

Comment puis-je faire pour qu'elle comprenne que ce qu'il s'est passé à Lancaster n'est pas la fin du monde ?

Peut-être qu'elle avait simplement besoin d'un genre de… deuxième chance.

— Alors, racontez-*moi* maintenant, Nicole. Dites-moi ce que vous auriez pu faire pour Lancaster. Que diriez-vous si vous aviez la chance de recommencer cette réunion ?

Elle n'hésita pas avant de répondre.

— Je leur aurais déclaré que ce que leur PDG fait va probablement les rattraper s'ils n'essaient pas de régler ça maintenant et s'ils ne mettent pas le holà à tous les scandales similaires qui pourraient éclater à l'avenir. J'aurais dit qu'ils finiraient par voir une baisse de leur chiffre d'affaires, si ça continue, puisque les gens n'achètent pas toujours avec leur portefeuille. Parfois, ils achètent avec leur instinct et leur cœur. À un moment, si le propriétaire de la corporation n'arrête pas ses conneries. Lancaster va devenir une entreprise avec un « côté répugnant ». Certaines personnes vont être rebutées et vont acheter le produit *à côté* du leur, qui ne porte pas le nom de Lancaster.

Je n'avais aucun désir de défendre mon frère, mais je ressentais le besoin de soutenir Lancaster International.

— Et s'ils ne voient aucune baisse dans leur chiffre de vente ? C'est le vingt et unième siècle, nom de Dieu. Tout le monde n'est pas prude.

Nicole se tourna vers moi et haussa un sourcil d'un air entendu.

— Ils n'ont pas encore connu les réactions violentes des réseaux sociaux. Peut-être que ce sera bref, que ça s'apaisera rapidement, mais il y aura de nombreuses critiques. Je suis sûre que vous savez que des gens ont appelé au boycott de sociétés sur les réseaux sociaux pour moins que ça. Ce mec n'est pas seulement un homme à femmes ou un coureur de jupons. Personne ne s'intéresse vraiment à ça. Mais se montrer nu avec plusieurs femmes à la une d'un journal réputé *peut* créer un irrespect général et un dédain pour les femmes. Les gens vont supposer qu'il a payé ces filles, et qu'il a pu les utiliser parce qu'elles avaient besoin d'argent et qu'il avait des fonds infinis.

Je grinçai des dents, sachant que je ne pouvais rien déclarer pour la défense de mon frère. Il était plus que probable qu'il avait grassement récompensé ces femmes, même si elles avaient été avec lui de leur plein gré.

Elle avait raison, bien sûr. On pouvait supposer beaucoup de choses d'une photo salace et d'une histoire sensationnelle et obscène.

— Alors, dites-moi ce que *vous feriez* pour empêcher que ça se passe ? demandai-je sombrement.

Elle ricana.

— Je kidnapperais le PDG et l'enverrais dans un endroit comme la Sibérie pendant une décennie ou deux pour qu'il ne se passe plus rien.

Je suis d'accord ! J'aurais été ravi d'acheter à Dylan un aller simple, mais connaissant mon frère, il trouverait un moyen de rentrer en Angleterre.

Elle hésita avant de continuer.

— Honnêtement, j'essaierais de prendre tout ça de face. De trouver une copine au coureur de jupons, une fille qui n'a aucun cadavre dans le placard, de et commander de la publicité positive pour faire savoir au public qu'il s'agissait d'un accident arrosé à l'alcool, d'une erreur ponctuelle. Quand j'ai fait mes recherches, j'ai vu que monsieur Lancaster était célibataire. J'imagine que j'avais supposé qu'il était veuf. Mais si ce vieux mec est assez en forme pour bander dans une orgie, il peut certainement se trouver une belle petite amie. Il va devoir assumer la responsabilité de ses actes instables, puis montrer au public qu'il a changé.

Je haussai les épaules. Avait-elle l'impression que j'étais... un vieux ?

— À votre avis, quel âge a-t-il ?

Je ne pus m'en empêcher. Je *devais* le demander. Évidemment, elle n'avait jamais cherché de photo, sinon elle ne serait pas en train de me parler.

Ça m'avait coûté beaucoup d'argent d'engager des experts pour retirer toutes les informations sur moi sur Internet, mais cela avait valu la peine. Peut-être que si elle cherchait un peu plus profondément dans la famille, elle pourrait trouver ma photo, mais il n'y avait pas grand-chose.

Nicole haussa les épaules.

— Je ne sais pas. Je n'ai jamais vu de photos ou d'articles sur lui. Initialement, ma présentation n'avait rien à voir avec la famille. Je m'apprêtais à améliorer l'image de Lancaster en général, en tant qu'entreprise. Je devais aussi gérer tout ce qu'il se passerait à l'avenir qui pourrait leur donner l'impression d'être négligents aux yeux du public en général. J'ignorais totalement que des membres de la *famille* étaient enclins à la mauvaise publicité jusqu'à ce que j'entende parler de cette orgie. M'occuper du contrôle des dommages causés par un milliardaire tranquille, ce n'était même pas sur mon radar.

— En fait, il n'est pas *si* vieux.

J'entendis mon ton défensif.

— J'ai vu des photos. Il a la trentaine, peut-être.

Je devais faire en sorte que mes commentaires soient vagues. Je m'engageais sur un territoire dangereux. Mais j'étais *britannique*, alors je devais lui faire comprendre que j'en savais plus sur les milliardaires britanniques qu'elle.

— Si jeune que ça ? dit-elle totalement surprise. Alors ils ont vraiment besoin de quelqu'un pour régler tout ça. Ils ne peuvent clairement pas mettre l'incident sur le dos de la démence. Écoutez, le mec est célibataire, et je me fiche de savoir ce qu'il fait, mais certaines personnes y prêteront attention. En général, Lancaster a toujours eu une très bonne réputation. Je souhaitais simplement être l'entreprise de relations publiques qui pouvait faire en sorte que ça continue ainsi. Je n'étais pas prête pour cet immense scandale sexuel.

— C'était stupide, grommelai-je.

Je savais qu'il était temps d'abandonner la discussion à propos de ma famille avant de m'attirer des problèmes.

Elle acquiesça lentement.

— C'est vrai, mais j'ai appris à ne pas juger. Je ne connais pas les circonstances. Ça aurait pu être un genre de piège, et le mec a le droit d'avoir ses propres fantasmes. Mais peut-être qu'il aurait dû vérifier que la porte était fermée. Quand on dirige l'une des entreprises les plus puissantes du monde, les choses intimes *doivent* rester privées.

Bien sûr, ce qu'elle venait de dire me poussait à me demander si cette femme avait ses propres fantasmes, et lesquels, exactement.

J'étais un homme vigoureux qui n'avait pas connu d'action depuis longtemps, alors ne me jugez pas pour ma curiosité sexuelle.

Je décidai que c'était probablement mieux de ne pas lui poser de questions sur ses envies charnelles pour le moment.

— Il vous était impossible de savoir ce qu'il allait se passait quand vous étiez là-bas, et je doute réellement que vous ayez foiré cette présentation. Je dirais que vous avez proposé la mauvaise chose au mauvais moment, même si ce n'est pas vraiment votre faute.

Je savais que ça, c'était vrai. Tout le bureau avait été bombardé par les médias avant même que je parte pour le Surrey.

Mes employés avaient essayé d'éteindre l'incendie, et Nicole avait été comme un pompier mal préparé.

— C'est possible, je suppose.

À son ton, on aurait dit qu'elle n'était pas vraiment convaincue.

— Vous vous sentez mieux, maintenant ? m'enquis-je.

Elle mit ses pieds sur le siège inclinable et rejeta la tête en arrière.

— Pas vraiment. Mais merci d'avoir essayé.

J'ignorai son déni. Elle avait l'air d'aller mieux, et ça me convenait.

— Devrions-nous parler de votre autre petit problème ?

Elle ferma les paupières.

— Quel problème ?

— C'est vrai que vous n'avez jamais eu d'orgasme ?

Elle leva les yeux au ciel.

— Je crois que j'ai besoin d'un verre.

Je souris en appuyant sur le bouton d'appel pour nous commander des cocktails.

CHAPITRE 4

Nicole

IL FALLUT QUATRE verres d'alcool et un ventre plein de nourriture d'avion pour que j'envisage l'idée de répondre à la question de Damian sur ma vie sexuelle.

Néanmoins, alors que je gobais mon quatrième cocktail, je n'avais plus aucune inhibition à l'idée de lui dire quoi que ce soit.

Je tendis mon verre vide à l'hôtesse de l'air et m'enfonçai sur mon siège confortable, pensant à tout ce que Damian avait partagé avec moi ces dernières heures.

Contrairement à la plupart des hommes canons, Damian ne voulait apparemment pas parler de lui. *Du tout.*

J'avais l'impression qu'il m'avait arraché chaque détail de ma vie, mais qu'il n'avait pas dit grand-chose sur lui-même. Ses réponses à *mes* questions étaient brèves, et il n'avait pas expliqué volontairement plus que ce que je lui avais demandé.

Il pensait qu'il pouvait tout bonnement me donner un *oui* ou *non*, ce que j'avais obtenu, toutefois ces mots simples ne fonctionnaient pas à chaque fois.

J'avais découvert qu'il avait grandi dans le Surrey, et qu'il avait repris l'affaire familiale prospère de son père après la mort de celui-ci cinq ans auparavant.

Sa mère était originaire d'Espagne, mais elle était en Angleterre depuis qu'elle avait épousé le père de Damian, des décennies plus tôt, puisqu'il était anglais. Elle vivait toujours dans la maison familiale du Surrey.

Il était allé à Cambridge, à l'université.

Il était habitué à voyager, un fait que j'avais relevé moi-même après lui avoir demandé quels pays il avait visités. Sa réponse à cette interrogation en particulier était probablement la plus longue que j'avais récoltée.

Il bourlinguait, clairement.

J'avais obtenu des petits aperçus de sa vie pendant notre conversation, mais je n'avais toujours pas l'impression d'en savoir beaucoup sur *lui*.

Moi ? Eh bien, j'avais plus ou moins vidé mon cœur après le second mélange alcoolisé. S'il avait posé une question, j'aurais répliqué avec beaucoup plus d'informations que nécessaire, pour un homme qui m'était plus ou moins inconnu.

C'est ce qui arrive quand je bois plus qu'un verre.

Je devenais sacrément pipelette après quelques cocktails.

Après quatre ? J'étais plus ou moins entrée dans mon humeur demandez-ce-que-vous-voulez-je-répondrai. *Vraiment tout ce que vous voulez.*

— En désirez-vous un autre ? s'enquit poliment la brune souriante qui avait pris mon verre.

Je secouai la tête, lui souriant en retour avant qu'elle s'en aille. Si je n'arrêtais pas, Damian allait sans doute connaître toute mon histoire, de la naissance jusqu'au présent.

J'avais remarqué qu'il n'avait bu qu'une seule bière avant de passer à une sorte de thé.

Je ne comprendrai probablement jamais l'obsession des Britanniques pour leur thé.

Je tournai la tête pour le regarder, et il haussa les sourcils en baissant sa tasse.

— Alors, revenons au sujet sur lequel je t'ai posé une question à l'origine, suggéra-t-il.

— Et duquel s'agit-il ?

J'essayai de me comporter comme si j'ignorais *totalement* ce qu'il demandait.

— C'est vrai que tu n'as jamais eu d'orgasme ?

La question était ferme, mais posée d'une voix assez basse pour que tout le monde en classe affaires ne soit pas au courant.

Vraiment, je n'étais pas certaine de savoir combien d'autres passagers étaient encore éveillés. Les lumières avaient été tamisées après le dîner, et on aurait dit que la plupart des gens s'étaient allongés sur leur siège pour dormir.

Il était si insistant quand il voulait savoir quelque chose, et dans mon... hm... état détendu provoqué par l'alcool, je me demandai si c'était vraiment si grave que ça de lui dire ce qu'il souhaitait, maintenant.

Comme il l'avait dit, je ne le reverrais jamais.

Je pris une profonde inspiration.

— C'est vrai. Je n'en ai jamais eu. Fin de la discussion.

D'accord, peut-être que je n'étais pas si à l'aise que ça à l'idée d'admettre que ma vie sexuelle craignait, face à un mec comme Damian. Je doutais qu'il soit capable de compatir. Quelque chose me disait que monsieur Orgasme n'avait jamais laissé une femme insatisfaite.

— Attends une minute. Tu ne peux pas arrêter maintenant. Tu dois me dire *pourquoi*, insista-t-il.

Je soupirai longuement.

— Je ne suis pas vierge, si c'est ce que tu demandes. J'ai eu deux relations sérieuses à long terme, et ça ne m'est simplement pas arrivé. Peut-être que certaines femmes ne sont simplement pas… orgasmiques.

— Ou peut-être que les hommes que tu as fréquentés étaient de vrais cons, grommela-t-il.

Damian semblait tellement indigné que je me mis à sourire.

— C'est quoi le problème si je n'ai jamais eu d'orgasme avec un mec ? C'est vraiment si important ?

Sa voix devint plus forte et un peu plus agacée.

— Oh que oui, c'est vraiment important. Si tu avais déjà eu un orgasme pendant des ébats fantastiques, tu comprendrais à quel point c'est important. Pourquoi prendre la peine de s'envoyer en l'air si c'est pour ne même pas franchir la ligne d'arrivée ?

Je voulais lui dire que mes partenaires masculins n'avaient jamais eu de problème avec *leur* ligne d'arrivée, mais nous étions assis dans un avion rempli de passagers, et je n'avais pas vraiment envie qu'ils nous entendent discuter de ma vie sexuelle.

J'étais peut-être sacrément pompette, mais évidemment pas au point de m'embarrasser.

— Ce n'est pas si capital pour moi, Damian. Parle à voix basse.

— Pardon, grommela-t-il apparemment désolé. Mais je pense que tu devrais insister davantage.

Je levai les yeux vers lui.

— Génial. Maintenant, je suis assise à côté du Dr Phil.

Je commençais à être légèrement vexée, mais Damian avait probablement raison. Je n'avais jamais exigé grand-chose de la part de mes amants à long terme, précédemment.

J'avais rencontré mon premier petit ami à l'université, et nous avions tous les deux mis plus d'efforts dans nos études que notre relation, sans mentionner le fait que nous étions jeunes et inexpérimentés.

Le second était arrivé quand j'avais commencé mon travail précédent dans le droit d'entreprise. Nous avions travaillé dans la même boîte. Il avait grimpé la hiérarchie au point d'obtenir un boulot de cadre, et je m'étais concentrée sur ma carrière, également, donc aucun de nous n'avait vraiment fait de grands efforts dans notre relation.

Nous nous étions finalement séparés quand j'avais déménagé en Californie pour prendre les rênes d'ACM. Nous savions tous les deux qu'il n'y avait plus grand-chose entre nous, mais nous nous étions mis à l'aise pendant plusieurs années ensemble, un peu comme des colocataires sex-friends.

Quand nous étions tous les deux à la maison…

Et que nous n'étions pas trop épuisés.

D'accord. Ouais. Enfin. Peut-être que le côté « sex-friends » n'était pas présent très souvent.

Tout de même, nous n'avions vu aucune raison de nous séparer jusqu'à ce que je décide de déménager à l'autre bout du pays.

— Hé. Je ne voulais pas te mettre en colère, Nicole.

Damian semblait *presque* contrit.

— Tu as absolument raison. Ce n'est pas à moi de te donner des conseils. Je pense seulement que tu devrais demander quelque chose de… meilleur.

Je levai les yeux au ciel d'un air grandement exagéré. *Pff* ! Il s'en était si bien sorti pendant les premières phrases, et puis… il avait fallu qu'il donne son opinion dans la dernière. *Encore une fois.*

Je haussai les sourcils en lui demandant :

— Pourquoi ai-je l'impression que c'est très dur pour toi de ne *pas* donner ton avis ?

Je n'étais pas vraiment en colère contre Damian. En fait, c'était assez mignon qu'il essaie de me défendre.

Damian fronça les sourcils en me regardant.

— Pour être honnête, généralement, je ne donne mon opinion à personne, sur quoi que ce soit. Je suis le patron de mon entreprise. Je donne des ordres, pas des avis.

Je tournai la tête pour le regarder. Je reconnus un soupçon d'autoritarisme dans son ton que je n'avais pas perçu auparavant.

Pour une raison quelconque, je crus que Damian, à qui je parlais depuis trois heures, n'affichait pas le visage qu'il montrait *habituellement* au monde.

Peut-être que c'était de l'intuition…

Ou la perplexité apparemment sincère que je voyais dans ses beaux yeux verts pour le moment.

Peu importe ce que c'était, son chagrin était réel.

Je tendis une main, mais je ne pouvais pas vraiment le toucher, donc je la posai simplement sur l'accoudoir entre nous.

— Hé. Tu vas bien, Damian ? Ouais, peut-être que je n'ai pas *demandé* ton opinion, mais je suis assez contente que tu m'aies fait réfléchir. Tu as raison à propos du fait que les hommes de ma vie n'ont jamais vraiment fait d'efforts dans nos relations. Mais après tout, moi non plus. Ça fonctionnait dans les deux sens.

Son regard devint plus clair lorsqu'il demanda d'une voix rauque :

— Pourquoi étiez-vous ensemble ?

Je haussai les épaules.

— J'imagine qu'ils étaient mes copains « bons-pour-maintenant », tout comme j'étais leur petite amie « bonne-pour-maintenant ». Tu n'as pas entendu parler d'un truc comme ça ? Quelqu'un avec qui ça ne te dérange pas d'être pour l'instant, même s'il ne met pas le feu à ton corps, ni rien ?

Il haussa un sourcil, l'amusement réapparaissant dans son regard.

— Ouais. Je les appelle mes potes et je ne couche avec aucun d'eux.

Je grimaçai.

— Je voulais dire : tu n'as jamais eu ce genre de relation avec une femme ?

— Non, répondit-il. Ça me semble plutôt inutile. Je pense que je préfère coucher avec une femme que j'apprécie pour des ébats incroyables, puis rentrer à la maison à la fin de la soirée. Sans attache.

Vraiment ?

— Alors tout ce que tu souhaites de la part d'une femme, ce sont de bons ébats ?

Il hésita avant de répondre.

— Je privilégierais le mot incroyable, si ça ne te dérange pas. Et c'est simplement parce que ça n'est jamais allé plus loin que ça. La plupart de celles avec qui je suis sorti ne cherchaient rien de plus que de l'intensité. Alors ça a toujours bien fonctionné pour moi.

J'étais prête à critiquer sa déclaration quant au fait que ça n'était jamais allé plus loin pour lui. Que ce n'était jamais arrivé.

Curieusement, je savais qu'il ne convoitait que des femmes qui n'en demanderaient pas plus. Ça n'avait jamais été plus loin, parce qu'il avait fait en sorte que ce soit comme ça.

Ce que j'ignorais, c'était *pourquoi* il faisait ça.

— Ça me semble… assez froid, observai-je à voix haute.

— Est-ce vraiment pire que d'être une « copine bonne pour maintenant » ?

Je réfléchis à sa question avant de répondre.

— Probablement pas.

— Au moins, je n'ai jamais laissé une femme insatisfaite.

Je lui lançai un coup d'œil soupçonneux.

— Comment le sais-tu ? Les femmes simulent constamment.

Il me fusilla du regard.

— Je t'assure qu'*aucune* n'a jamais eu besoin de faire semblant avec *moi*.

Ne savait-il pas que tous les hommes du monde pensaient la même chose ? J'étais douloureusement tentée de rejouer la scène où Meg Ryan feignait un orgasme dans le film *Quand Harry rencontre Sally*, mais je savais que personne ne pouvait simuler aussi bien que Meg.

Moi, je ne le pouvais certainement pas.

Je n'avais jamais essayé de faire mine d'avoir un orgasme, et mes petits amis ne s'en étaient jamais vraiment inquiétés.

En ayant marre de cette conversation, je tendis la main vers mon bagage à main et fouillai le contenu à la recherche d'un survêtement et d'un t-shirt.

— Il faut que je me change. Je veux essayer de dormir.

Damian était incliné, donc il n'y avait pas assez d'espace dans la cabine pour que je tente de passer une jambe au-dessus des siennes afin d'atteindre l'allée.

Ça n'aurait pas dû être une tâche difficile.

Ce n'était pas comme si je devais *ramper* au-dessus de lui.

Ce n'était que le bas de ses jambes, nom de Dieu.

Ce n'était qu'un petit… *hop* !

Malheureusement, le bond était beaucoup plus complexe que ce que j'avais anticipé après tous les cocktails que j'avais descendus ces dernières heures.

Ma tête se mit à tourner quand je me relevai trop vite, puis j'essayai de me rattraper en saisissant le siège de Damian derrière moi, après avoir sauté au-dessus de ses jambes tendues.

Je n'y arrivai pas et, pendant un moment, je paniquai en commençant à tomber en arrière.

Des bras solides s'enroulèrent autour de moi, attirant le haut de mon corps contre un torse très ferme, et mes fesses atterrirent de façon très peu élégante sur les cuisses de Damian.

CHAPITRE 5

Damian

JE SAVAIS QUE j'étais complètement foutu à la seconde où son corps bien sculpté heurta le mien et que je sentis une faible odeur alléchante de… fraises.

Nom de Dieu ! Quand les *fruits* étaient-ils devenus aphrodisiaques ? Ouais, j'aimais les fraises, mais elles ne m'avaient jamais vraiment fait bander.

J'étais conscient que Nicole était bourrée, mais elle s'était levée si rapidement que je n'avais pas eu la chance de bouger mes jambes pour qu'elle fasse attention, une fois debout.

Transatlantic Airlines se targuait d'avoir des sièges extralarges, s'inclinant totalement en classe business, et je réalisais seulement à quel point ils étaient commodes quand je stabilisai la silhouette pleine de courbes de Nicole sur mes cuisses.

Je passai fermement mes bras autour d'elle alors qu'elle chutait, pour empêcher son corps de s'étaler sur l'accoudoir entre nous, ce qui permit à ses belles fesses de tomber directement sur mes genoux. Le bas de ses jambes pendait naturellement au-dessus de l'appui-bras donnant sur l'allée.

Je fermai les yeux en retenant un grognement tourmenté alors que la sensation et l'odeur captivante de Nicole parvenaient jusqu'à mes sens. J'avais voulu faire l'expérience de l'avoir dans mes bras, et, désormais, c'était fait.

Je me rendis alors compte que je n'avais jamais cru qu'un homme pouvait à la fois ressentir de l'extase et de la torture.

Mon membre avait répondu immédiatement et poussait impatiemment contre ses fesses joliment formées.

Nom de Dieu !

Son odeur était tellement sexy.

On aurait dit qu'elle était faite pour être collée contre moi de cette façon.

Chaque instinct primaire que j'avais indiquait que cette femme était… mienne. Qu'elle et moi devrions toujours être ainsi…

Attendez une minute ! *C'est totalement ridicule. Je la connaissais à peine.*

Je secouai légèrement la tête, sachant que mon cerveau n'allait pas gagner la bataille entre mon corps et mon esprit.

Pas maintenant.

Pas avec elle.

Pas quand cette femme magnifique était aussi proche de moi qu'elle le pouvait avec des vêtements.

— Oh mon Dieu. Je suis tellement désolée, marmonna Nicole en commençant à s'agiter pour se lever.

— Ne fais pas ça ! insistai-je. Ne fais pas ça. Bouge.

Plus elle se tortillait, plus ma verge répondait au mouvement. Peut-être que j'étais masochiste et que j'adorais me torturer, mais je savais que je n'avais pas encore eu ma dose d'agonie.

— Damian, je dois me lever, dit-elle fermement. Je suis tellement désolée. J'imagine que j'ai eu des vertiges à cause des cocktails. Généralement, je n'en bois pas plus d'un.

Merde ! J'aimais sa voix essoufflée, un bruit qui m'indiquait qu'elle n'était pas totalement immunisée à l'incroyable attirance sexuelle entre nous.

— Tu peux rester, tu es bien, là, argumentai-je. Tu vas bien ?

— Je ne suis pas blessée, répondit-elle doucement. Mais je me sens ridicule.

Étrangement, ça me dérangeait qu'elle se sente mal à l'aise.

— Ce n'est pas comme si personne ne l'avait remarqué à part moi, Nicole. Et c'est clair que je ne suis pas en train de m'en plaindre.

La classe affaires était dans l'obscurité. La plupart des passagers dormaient ou avaient des écouteurs en regardant leur petite télévision avec les lumières éteintes au-dessus de leur tête.

Le personnel de cabine ne nous dérangeait pas et restait calme, quelque part dans l'avion, pour laisser un peu de repos aux passagers.

Les bras de Nicole passèrent autour de moi quand elle essaya de se stabiliser.

— Je suis lourde, Damian. Il faut que je me lève.

Lourde ? Elle était incroyable pour moi.

— Tu es parfaite, Nicole.

Ma voix était bien plus rauque que je ne l'aurais aimé.

— Tu es incroyable, m'accusa-t-elle.

— Je pense que c'est toi qui me rends comme ça.

Je le lui reprochais et ne plaisantais qu'à moitié. Je n'avais jamais connu ce genre d'alchimie avec quiconque, donc, en fait, c'était sa faute à cinquante pour cent, n'est-ce pas ?

J'ignorais totalement *pourquoi* je réagissais ainsi à Nicole et, pour être honnête, je n'étais pas sûr d'aimer ça. Je n'étais pas le genre de mec à réagir immédiatement au désir.

Avant qu'elle tombe sur mes genoux, j'étais en train de me demander pourquoi le vrai Damian Lancaster avait fui mon corps, pour être remplacé par un homme qui ne pouvait contrôler ses réactions face à une femme assise à côté de lui dans l'avion.

Bon sang ! Je n'avais certainement jamais senti ce genre de désespoir instantané à l'idée de m'envoyer en l'air avec *une femme quelconque*. Je prévoyais mes liaisons prudemment, et ce n'était jamais avec une femme que je ne connaissais pas.

Normalement, j'aurais dû être sur mon ordinateur portable juste après notre décollage. Peu importait que mon voisin soit un homme ou une femme, jeune ou vieux, beau ou pas. Je ne les remarquais simplement pas.

Ce vol avait été différent depuis que j'avais posé les yeux sur Nicole. Je n'étais pas moi-même depuis que j'avais cédé à l'impulsion étrange de regarder ses SMS.

Nom de Dieu, j'avais vraiment lu ses messages comme s'il s'agissait des mots les plus fascinants que je pouvais trouver. Puis, pour empirer encore les choses, j'avais essayé de l'aider à se sentir mieux parce qu'elle avait eu l'air tellement découragée.

Oh, et ne mentionnons pas le fait que je l'avais amadouée au point qu'elle me parle de sa vie sexuelle.

Je relâchai un long soupir en essayant de comprendre comment Nicole pouvait être différente.

J'étais attirée par la femme que je tenais d'une façon que je n'avais jamais connue auparavant et, honnêtement, je n'étais pas non plus à l'aise.

C'était instinctif.

Comme un gros coup de pied dans le ventre qu'on ne pouvait ignorer.

Mon *cerveau* n'avait pas fonctionné correctement depuis que j'étais monté dans cet avion.

Et mon *sexe* tournait en surrégime.

Mon Dieu ! Je n'étais pas un homme qui laissait son membre diriger son foutu cerveau !

— Je ne peux pas juste rester assise ici pendant tout le vol, chuchota fortement Nicole à côté de mon oreille.

Elle semblait nerveuse, mais pas dans le genre *effrayé*.

— Encore quelques minutes, la persuadai-je.

J'appuyai mon visage contre ses cheveux comme un homme sacrément désespéré de sentir l'odeur d'une femme. Mais je n'avais jamais eu l'envie effrénée d'inspirer le parfum de *n'importe quelle partenaire*. Seulement. Elle.

— Tu sens tellement bon, Nicole.

Elle ricana légèrement.

— Je ne porte rien. C'est probablement mon shampoing ou mon gel douche. Je me suis douchée avant d'aller à l'aéroport, Dieu merci. J'ignorais totalement que j'allais m'enivrer et tomber sur les genoux d'un bel homme à côté de moi.

Je passai ma main autour de sa longue tresse et la tournai légèrement pour qu'elle soit face à moi.

— Je te plais, Nicole ?

Je connaissais déjà la réponse à ma question. Il était impossible que je devienne fou tout seul. Alors que nos regards se croisaient, je pus sentir l'alchimie brûlante planer entre nous deux. Néanmoins, pour une raison quelconque, j'avais envie de l'*entendre* admettre qu'elle ressentait la même attirance sacrément indescriptible que moi.

Elle acquiesça lentement. Nous étions si proches que je pus la voir déglutir difficilement avant qu'elle réponde.

— Oui. Comment pourrais-je ne pas l'être ? Tu as tout l'attirail, Damian. Tu es grand, brun et beau. Avec un accent britannique sexy, aussi. D'accord, peut-être que tu es un peu arrogant, mais tant que tu ne prends pas ton air autoritaire, même ton ego est assez canon.

Je sentis un sourire tirer sur mes lèvres quand j'insistai.

— Je ne suis pas autoritaire.

Son ricanement fut plus fort, cette fois-ci.

— Tu l'es clairement, parfois.

Je ne doutais pas qu'elle avait probablement raison. J'avais l'habitude d'être le patron. Le fait qu'elle ne semble pas même légèrement intimidée rendait cette femme encore plus attirante.

J'étais Damian Lancaster, et tout ce que j'entendais d'habitude, c'était un *oui, monsieur* de la part de tous les employés alors qu'ils tâtonnaient pour faire ce dont j'avais besoin, chaque jour.

C'était probablement un peu tordu si j'aimais le fait que Nicole ignore totalement qui j'étais ou que ma vie était loin d'être normale. Je savais que son attirance pour *moi* était réelle. Ça n'avait rien à voir avec mon salaire obscène ou le pouvoir que je possédais.

Je jouai avec une boucle de ses cheveux blonds qui s'était échappée de sa tresse.

— Je suis simplement un mec avec les défauts ordinaires.

Je n'étais pas sûr de savoir si j'essayais de *la* convaincre que j'étais différent, ou si je tentais de *m*'en persuader.

Elle sourit.

— Tu es un homme qui peut pousser n'importe quelle femme à enlever sa culotte parce qu'il est trop beau pour être ignoré, et très charmant quand il en a envie.

Je secouai la tête.

— Je n'ai jamais été charmant, Nicole. Tu penses probablement que je le suis parce que tu es plus que légèrement blindée.

Elle fronça les sourcils.

— Je ne suis pas si riche.

Je gloussai.

— Pas blindée dans le genre… en colère. Mais dans le genre… bourrée.

J'avais oublié qu'elle ne voyageait pas souvent, donc elle ne connaissait peut-être pas les termes britanniques.

Elle acquiesça.

— Je suis pétée. Clairement.

Je souris.

— Je crois que je préfère « blindée ».

Elle inclina sa tête d'un air adorable.

— J'aime bien ce mot, aussi. Alors, j'imagine que je suis… blindée.

Je dus me demander à quel point elle aurait été ouverte si elle avait été totalement sobre. Nicole était dans une ivresse complète, ses inhibitions étaient infimes et elle ne tenait pas vraiment sur ses jambes. Mais elle n'était pas non plus entièrement hors de portée.

Je caressai la peau parfaite de sa joue, hypnotisé parce qu'elle était si douce… partout.

— Tu es si belle.

Elle claqua mon épaule.

— Tu vois. J'avais raison. Tu es *absolument* charmant. Je ne suis pas belle. Ma mère était belle, par contre. Je me suis toujours dit que j'aurais aimé lui ressembler. Elle était minuscule et elle n'avait jamais un seul kilo en trop…

Je posai un doigt sur ses lèvres pour l'empêcher de prononcer quoi que ce soit d'autre de négatif sur elle.

— Tu es tellement parfaite.

Je savais qu'elle n'était pas à la pêche aux compliments. Elle pensait vraiment qu'elle avait de grands défauts, et je détestais ça. Quel genre de branleurs avait-elle fréquentés pour avoir l'impression d'être moins que totalement désirable ? Un instinct primitif me donnait envie de frapper chacun d'entre eux pour ne pas avoir suffisamment apprécié Nicole.

Elle grimaça.

— Pas besoin de me flatter. J'ai décidé il y a longtemps que je préférais être maline que canon.

Je passai un doigt sur sa bouche pulpeuse, en traçant le contour.

— Heureusement pour toi, tu es à la fois maline et canon.

Elle entrouvrit les lèvres pour formuler ce qui serait un déni, je le devinais.

Puisque je ne voulais pas l'entendre, je savais que je m'apprêtais à faire ce que n'importe quel homme vigoureux ferait avec une blonde torride sur ses cuisses.

Je mis une main ferme derrière sa tête et fis exactement ce dont j'avais eu envie depuis l'instant où j'avais posé les yeux sur cette femme.

Je l'attirai contre moi et capturai sa bouche pour qu'elle ne puisse rien dire.

CHAPITRE 6

Nicole

CE N'ÉTAIT PAS comme si je n'avais jamais embrassé quiconque avant. Je l'avais fait. À de nombreuses reprises. J'avais eu des petits amis, et des rencards qui s'étaient terminés avec rien de plus qu'un bécot de bonne nuit.

Les baisers pouvaient être plaisants.

Les baisers pouvaient être bons.

Les baisers pouvaient faire sentir à une femme qu'elle était désirée.

Mais, nom de Dieu, les baisers ne m'avaient *jamais* donné l'impression de me consumer et de réclamer à la fois mon corps et mon âme.

Pas jusqu'à… maintenant.

Pas jusqu'à… lui.

Pas jusqu'à… ça.

Pas jusqu'à… Damian.

Ouais, une embrassade pouvait *mener* à un acte érotique.

Mais avec Damian, son baiser *n'était pas* un prélude subtil.

C'était cru, affamé et sacrément sexy. C'était l'événement principal.

Il dévora ma bouche comme si c'était quelque chose qu'il devait faire sinon il allait mourir.

J'étais à ce point étonnée qu'il me fallut un moment pour réagir, mais lorsque je le fis, je n'avais d'autre choix que d'offrir exactement ce qu'il me donnait.

Sa bouche affamée était bien trop fascinante pour que je fasse quoi que ce soit d'autre.

Je laissai échapper un léger grincement d'abandon contre ses lèvres, fermai les yeux et m'autorisai à tomber dans son étreinte bouillonnante. C'était si irrésistible, tellement urgent, que je ne pouvais cesser.

Ma langue entra en duel avec la sienne, absorbant le goût de Damian comme s'il était un dessert hautement décadent.

Lorsqu'il recula pour me mordiller la lèvre inférieure, je gémis à cause de la perte de toute cette passion masculine, en mourant d'envie comme d'une drogue, jusqu'à ce qu'il arrête de me taquiner et couvre ma bouche à nouveau.

Je passai mes paumes dans ses cheveux, m'abandonnant à la perception des mèches courtes et rêches glissant entre mes doigts.

Peut-être que j'étais un peu… blindée. Mais j'étais clairement enivrée par son odeur, son goût et la sensation de l'homme qui me dévorait complètement, comme si j'étais la chose la plus délicieuse qu'il avait jamais mangée.

La chaleur s'accumula entre mes cuisses, et il caressa ma colonne vertébrale de haut en bas avec ses grandes mains. Je fus stupéfaite par ma réaction. J'avais tellement eu envie de lui, que je souhaitais me frotter contre lui, être entourée par son essence et ne plus jamais m'en débarrasser.

Mes instincts me donnaient l'impression qu'il était guidé par un genre de désir animal dont j'avais toujours ignoré l'existence.

C'était aussi effrayant qu'exaltant.

Je ne savais pas ce qu'il m'arrivait, mais les sensations qu'il arrachait à mon corps étaient si exquises que je ne voulais pas que ça s'interrompe.

Il s'éloigna brutalement, et je soupirai à cette perte.

— Damian.

Je prononçai son nom, essoufflée et haletante, alors que je reculais pour regarder son visage.

— Nom de Dieu, ne bouge pas.

Sa voix était une exigence rauque.

La lumière était tamisée, mais j'étais tellement près que je pouvais voir son visage.

Son regard était profond, un tourbillon de vert, une couleur différente de celle du péridot clair qu'il avait affichée plus tôt.

Damian respirait tout aussi lourdement que moi, et son expression tourmentée me fit mal au cœur.

— Tu vas bien ? demanda-t-il doucement alors que mon pouls battait toujours la chamade.

Il me figea sous son regard.

— Laisse-moi une minute. Ce n'est pas comme si je pouvais te déshabiller et te baiser ici, sur ce siège.

J'écarquillai les yeux. Je savais ce que cela signifiait de baiser quelqu'un. Était-ce vraiment ce qu'il avait envie de faire ? Est-ce que Damian voulait me prendre, ici et maintenant ?

— Tu veux faire ça ? demandai-je d'une voix hésitante.

— Tu as vraiment envie de poser cette question ? s'enquit-il d'un ton dangereux.

Je pris une profonde inspiration qui sortit dans un souffle tremblant.

Non. Je n'avais probablement pas besoin de l'entendre me le confirmer. Pas après un baiser qui m'avait secouée au plus profond de moi.

— Peu importe, dis-je hâtivement.

Peut-être que c'était simplement trop difficile pour moi de comprendre comment un homme tel que Damian pouvait m'embrasser de cette façon, comme s'il… me voulait vraiment.

Comme s'il avait besoin de moi, même.

C'est quoi ce délire ?

Admettons, ma tête tournait un peu à cause d'un grand nombre de cocktails, mais je savais qu'aucun homme ne m'avait jamais consumée avec un simple baiser. En fait, aucun homme ne m'avait jamais autant troublée avec un contact, qu'il soit sexuel ou non, comme Damian venait de le faire.

À quel moment un homme avait-il eu envie de me toucher de cette façon ?

Hmm… la réponse à cela serait… Jamais. De ma vie.

Je regardai autour de moi dans la classe affaires. Toutes les autres cabines étaient sombres, ou leurs occupants vaquaient à leurs propres occupations.

J'étais assise là, troublée et détruite, et pas une seule personne dans le coin n'avait remarqué que Damian bouleversait mon monde entier.

— Bon sang, je suis désolé, Nicole, déclara Damian d'une voix gutturale. J'agis comme un peigne-cul.

Je lui lançai un petit sourire.

— J'imagine que *peigne-cul* est une mauvaise chose ?

— Un salaud, en terme américain, m'informa-t-il. Un véritable salaud.

Il était impossible que Damian sache que j'étais plutôt flattée qu'il ait envie de m'arracher mes vêtements et de me baiser.

Je haussai les épaules.

— Ce n'est rien. J'imagine que c'est étrange. Personne n'a jamais autant voulu de moi.

D'accord, peut-être que j'avais l'air pathétique, mais ma bouche n'avait pas vraiment eu de filtres, ces dernières heures. J'avais probablement dit plusieurs choses que je n'aurais jamais avouées à un inconnu.

Mais Damian était-il toujours un inconnu ? Une fois que nous avions mis nos langues au fond de la gorge de l'autre et tout ?

— Je suis presque certain que tu sens la preuve de mon attirance contre tes fesses, dit-il sèchement.

J'acquiesçai. Il bandait depuis que j'avais atterri sur ses cuisses, mais j'avais mis ça sur le compte de la surprise ou d'une réaction involontaire quand n'importe quelle femme tombait sur un homme.

Il passa une main sur son visage et répondit comme s'il avait lu dans mon esprit.

— Je *te* veux, Nicole. Je ne suis pas un genre d'adolescent lubrique qui ne peut pas contrôler sa queue.

J'acquiesçai à nouveau.

— Je pense que je commence à le comprendre, maintenant.

Et c'était assez effrayant.

Les hommes qui ressemblaient à Damian n'étaient généralement pas attirés par une femme comme moi.

Pendant mes trente-deux ans d'existence, personne, même un mec moyen, ne m'avait regardée comme Damian.

— J'étais frustré, admit-il. Et normalement, je ne suis pas frustré.

Sa voix donnait l'impression qu'il avait retrouvé un certain contrôle, et je n'étais pas certaine de savoir si j'en étais triste ou soulagée.

— Il faut effectivement que je me lève, maintenant, lui dis-je.

Je devais l'écraser, et il fallait vraiment, vraiment que j'aille au petit coin. Tous ces cocktails s'étaient maintenant frayés un chemin vers ma vessie, et cela devenait *réellement* gênant.

Il sembla résigné.

— Je ne vais pas m'excuser de t'avoir embrassée. Mais de la façon dont j'ai agi ensuite.

— Je n'ai vraiment pas envie d'être désolée pour quelque chose de si bon.

Il haussa un sourcil.

— Bon ? C'est tout ? C'était seulement… bon ?

Il sembla si mécontent que je dus retenir mon rire. Vraiment, cet homme était arrogant.

— D'accord, alors peut-être que c'était un peu plus que bon, songeai-je.

Il posa son front contre le mien.

— Je suis totalement abattu.

Je ris parce que je ne pus m'en empêcher, cette fois-ci.

— Qu'est-ce que tu *veux* que je dise ?

Il m'embrassa sur le front.

— Quelque chose d'un peu plus flatteur que juste… *bon*. Ce mot m'a presque ratatiné les boules et a failli les faire tomber.

Je me tortillai un peu.

— Non. C'est faux. Elles sont clairement là, encore.

Il prit mon visage entre ses paumes et me regarda avec un regard féroce qui m'envoya un frisson dans la colonne.

— Devrions-nous réessayer pour que tu trouves un meilleur mot ?

— Non ! m'écriai-je. C'était adorable, mais je ne pense pas que ce soit une bonne idée.

— Adorable ? répéta-t-il d'un ton dégoûté. Est-ce censé être un cran plus élevé que *bon* ? Parce que je dois te le dire, chérie, ça n'est vraiment pas une amélioration. Je pense qu'on devrait réessayer.

Mon cœur loupa un battement en entendant un terme affectueux dirigé à mon encontre s'échapper de ses lèvres sexy. Ça semblait tellement naturel. Tellement inexpérimenté. Je n'étais pas sûre qu'il ait remarqué l'avoir dit.

C'était probablement pitoyable que je fonde presque en une flaque à ses pieds quand il le prononçait.

— Une fois, c'était plus que suffisant, dis-je fermement.

Peu importait à quel point j'avais envie de l'embrasser, je ne *voulais pas* avoir l'impression de brûler spontanément à nouveau dans un avion bondé, que la plupart des passagers dorment ou non.

Je m'étais tellement perdue en Damian, au point d'avoir voulu chevaucher cet homme magnifique et me le taper jusqu'à l'oubli. Et je ne *me tapais* personne. C'était *bien trop* gênant pour une adulte comme moi.

Il s'approcha de moi, ses lèvres à peine à deux centimètres.

— Tu en es sûre ?

Mon corps commença à trembler alors que son ton rauque de baryton faisait dérailler mes hormones féminines.

Il était si proche que je pouvais presque le goûter, et j'avais tellement envie de Damian que je faillis oublier toute prudence et franchir la minuscule distance entre sa bouche et la mienne.

— J'en suis certaine, lui dis-je d'un ton désespéré.

Il m'embrassa doucement, un baiser si bref que je le sentis à peine. Je me penchai en arrière avec un soupir masculin.

— Tu as raison. Ce n'est pas le moment ni l'endroit.

Mon cœur s'enfonça, déçu, même si j'avais été celle qui avait refusé.

— Je dois me lever, Damian, insistai-je.

— Tu le feras, dès que tu admettras que notre attirance fonctionne dans les deux sens.

— Pour que je puisse nourrir ton arrogance ?

J'étais *un peu* en train de plaisanter, mais une part de moi ne voulait pas simplement être une femme qu'il embrassait sur un vol long-courrier. Une femme qui avait été hypnotisée par un seul baiser et qui lui avait ensuite dit à quel point la rencontre avait été incroyable.

Il scruta mon visage en répondant.

— Non. Je veux seulement savoir que je n'étais pas le seul à avoir vécu le baiser le plus torride de ma vie.

Et… je fondis. Je cédai, m'abandonnai. Son regard était si sincère que je sus instinctivement que ce n'était pas son arrogance qui était en train de parler, pour le moment.

En fait, je sentis presque qu'il était… hésitant ? Était-ce possible, pour un homme comme Damian, d'être vulnérable et sujet à un quelconque doute ?

Je laissai échapper les mots qu'il voulait entendre, je le savais.

— D'accord, voici la vérité. C'était le baiser le plus génial que j'ai jamais vécu, moi aussi. Chaque baiser que j'aurai pour le reste de ma vie sera probablement comparé à celui que nous avons partagé et me laissera sur ma faim. Tu as complètement bouleversé mon monde, Damian.

J'hésitai avant de demander :

— Tu es content, maintenant ?

Il me sourit.

— Je suis complètement extatique, dit-il d'une voix traînante.

— J'ai terriblement besoin de faire pipi, alors je dois me lever, maintenant, l'informai-je.

— D'accord.

Il posa une main sous mes fesses et poussa jusqu'à ce que je bouge vers l'accoudoir à côté de l'allée.

— Vas-y.

Mes orteils touchèrent le sol quand je me perchai sur l'accoudoir. Il passa un bras autour de ma taille pour me soutenir.

— Ralentis, m'ordonna-t-il.

Je me levai et posai une main derrière son siège inclinable.

— Je vais bien, lui assurai-je.

Une fois que ma tête eut arrêté de tourner, je me penchai avec prudence pour récupérer mes affaires de rechange qui avaient atterri à côté de son siège quand j'étais tombée.

Damian garda une main sur ma taille, probablement au cas où je déciderais de faire à nouveau le plongeon du cygne sur ses cuisses.

Je me tournai vers l'arrière de l'avion. Les toilettes n'étaient pas loin, et je me sentis de plus en plus confiante à l'idée d'y arriver sans problème, quand Damian parla.

— Tu as besoin d'aide ?

— Non. Je vais bien. Je ne vais plus tomber sur les genoux d'hommes magnifiques.

Si je tremblais encore, ce n'était pas à cause de l'alcool.

C'était ce *foutu baiser.*

Il fronça les sourcils en levant les yeux vers moi.

— Tu ne tomberas plus sur les genoux de n'importe quel homme, grommela-t-il.

C'était comme si imaginer que je puisse embrasser un autre homme était complètement inacceptable pour lui.

Il avait presque l'air... jaloux, mais j'oubliai rapidement cette possibilité. Je n'avais jamais inspiré une quelconque envie de protection ou de possessivité à un homme.

— Sérieusement. Je vais bien, lui assurai-je en bougeant vers les toilettes.

Ce fut un court trajet, mais j'aurais pu jurer sentir Damian me regarder jusqu'à ce que j'atteigne la porte et la verrouille derrière moi.

CHAPITRE 7

Damian

— J'ESPÈRE QUE TA visite des États-Unis sera plaisante, marmonna Nicole en buvant son café vers la fin du vol.

Elle avait baissé son siège après avoir enfilé d'autres vêtements, plus tôt, et elle s'était endormie presque immédiatement.

J'avais envié le fait qu'elle puisse s'assoupir aussi facilement, même si je savais que cela avait un rapport avec la quantité d'alcool qu'elle avait consommée.

Moi ? *Bon sang* ! Je n'avais pas dormi une seule seconde. Mon esprit avait fonctionné à toute vitesse pour trouver exactement *comment* je pouvais me sortir du trou noir dans lequel je venais d'atterrir.

Je m'étais concentré sur mon ordinateur portable une fois que Nicole s'était endormie, mais je n'avais absolument rien fait de productif, ce qui était rare pour moi. Si mon ordinateur était sorti et allumé, je travaillais, m'occupant de ce qui avait besoin de mon approbation ou de données supplémentaires.

Je n'étais pas habitué à ne pas être productif, et il était certain que je n'étais pas habitué à ce qu'une femme me distraie au point que ma priorité ne soit plus Lancaster International.

Mais voilà où j'en étais… c'était la première fois que je faisais passer mon affection pour une femme avant mes intérêts dans les affaires.

Je songeai à ce dilemme depuis des heures et je n'avais toujours pas trouvé de solution.

Le problème était que je pouvais difficilement dire à Nicole que j'étais Damian Lancaster, désormais. Elle allait probablement me détester parce que je lui avais menti, et pour avoir lancé tout cette histoire de « dites-moi-ce-que-vous-auriez-raconté-si-vous-aviez-l'opportunité-de-recommencer-la-discussion ».

J'avais été tellement impatient de l'entendre parler que je n'avais pas pris un moment pour réfléchir au fait que j'aurais peut-être envie de la revoir. Je n'avais pas envisagé l'avenir, mais j'avais su qu'elle ne m'aurait pas dit un mot si elle avait connu ma véritable identité.

Puis-je réellement lui en vouloir pour ça ? Aux yeux du public, je suis un salaud hédoniste qui, apparemment, aime les orgies gigantesques.

Je ne pouvais pas lui dire la vérité, même si je voulais la lui révéler. Il était impossible que je dévoile l'existence de Dylan, et j'en serais obligé si je voulais que Nicole continue de me parler.

Quelques jours plus tôt, je me serais totalement fichu de savoir ce que le public pensait de moi.

Maintenant, ça m'importait. Ça m'importait beaucoup. Tout ça à cause de la femme assise à côté de moi qui m'avait traité comme un véritable inconnu à la minute où elle s'était réveillée, un quart d'heure plus tôt.

J'espère que ta visite des États-Unis sera plaisante… ?

Pourquoi une telle déclaration ?

J'étais presque certain que c'était une façon de ne rien prendre au sérieux, mais je ne pouvais le dire avec certitude, puisque personne ne m'avait rejeté d'un revers de la main auparavant.

Peut-être que Nicole était embarrassée par notre discussion et *ce foutu baiser*, maintenant qu'elle était sobre.

— J'espère qu'elle le sera, répondis-je vaguement après avoir pris le temps de réfléchir en sirotant une tasse de thé.

Quels étaient mes choix, exactement, ici ?

Soit je pouvais vider mon sac, soit je pouvais m'éloigner de Nicole comme si je n'avais jamais ressenti cette attirance époustouflante pour elle.

J'allais devoir l'oublier, n'est-ce pas ?

Oh, hors de question. Qui essayais-je de convaincre ? Avec elle, je ne pouvais pas me dire « loin des yeux, loin du cœur ». Je me souviendrais d'elle, de ce que j'avais ressenti quand son corps magnifique s'était collé au mien, des discussions honnêtes que nous avions eues, et du baiser. *Ce foutu baiser* !

— Combien de temps restes-tu ? demanda-t-elle d'une voix polie que je décidai instantanément de détester.

Nom de Dieu ! Qu'était-il arrivé à cette voix sexy et essoufflée qui m'avait tellement fait bander que j'avais été désespéré à l'idée de la baiser ?

Vraiment ? Comme si je n'essayais pas déjà de contrôler mon membre, qu'elle prenne sa voix sexy ou non ?

— Je n'en ai aucune idée, lui dis-je honnêtement. Ça dépendra du temps qu'il me faut pour m'occuper de mes affaires ici.

Bon sang ! Avoir cette discussion superficielle était pénible, quand nous avions été si proches la nuit précédente, mais quel choix avais-je ?

Évidemment, elle voulait mettre de la distance entre nous, peut-être parce qu'elle était embarrassée, mais il y avait aussi la possibilité distincte qu'elle se soit réveillée, qu'elle m'ait regardé et ait décidé que je n'étais pas son genre.

Ses commentaires avaient été brefs et désintéressés depuis qu'elle avait ouvert les yeux, tout à l'heure.

Était-ce possible qu'elle se soit confiée à moi et m'ait embrassé comme si j'étais le seul homme au monde pour elle, uniquement parce qu'elle avait bu un cocktail de trop ?

Laisse tomber, Damian. C'était un baiser. D'accord, il était extraordinaire, mais ce n'est pas comme si tu avais créé un genre de relation avec cette femme en l'espace de quelques heures.

En plus, je ne trouvais aucune façon de me sortir de ma situation actuelle, et je préférerais voir un air poli sur son visage magnifique, plutôt qu'une haine franche.

Dans tous les cas, ce n'était pas le moment de m'enticher d'une femme. Je devais m'inquiéter de Dylan, de mon entreprise et de ce qui me dévorait dans la journée chaque instant où j'étais réveillé.

Non pas que j'avais déjà eu un jour un faible pour une femme, mais si cela devait arriver à un moment de ma vie, j'aimerais que ce soit *plus tard,* quand tout ce bordel avec mon frère serait résolu.

J'étais le seul partenaire à Lancaster qui n'avait pas la tête à l'envers pour le moment, donc il était important que je reste rationnel.

Je restai silencieux jusqu'à ce que l'hôtesse d'accueil vienne prendre toutes les assiettes, les couverts et les détritus afin de préparer l'atterrissage.

Ignorant le fait que dire au revoir à Nicole ne me semblait pas correct, je bouclai ma ceinture et mis mon siège en position pour l'atterrissage.

Alors que l'avion descendait, je ne pus visiblement pas garder la bouche fermée.

— Puis-je te raccompagner chez toi ?

Non, mais pourquoi venais-je de dire ça ?

Ne m'étais-je pas déjà convaincu d'oublier toute cette rencontre ?

Si, je l'avais fait, mais mon instinct était passé outre mon esprit rationnel un instant.

— Non, merci, dit-elle d'une voix courtoise et distante qui m'irritait sacrément. Mon amie vient me chercher. Je ne vis pas à Los Angeles.

— Ah bon ?

Je lui demandai avec un ton plus curieux que je ne l'aurais aimé :

— Où habites-tu ? Ton bureau n'est pas à Los Angeles ?

— Newport Beach, répondit-elle. Mais puisqu'il y a un vol direct avec Tansatlantic, c'est plus facile de conduire de Los Angeles à Newport, plutôt que de gérer les escales pour atteindre le plus petit aéroport.

Je n'étais pas vraiment familier avec la Californie, en dehors de Los Angeles.

— Où exactement à Newport Beach ?

— Orange County. Un trajet de cinquante minutes depuis l'aéroport quand ça roule bien. Mais bien sûr, la circulation fluide sur la Freeway 405, ça n'arrive pas souvent.

Je tournai la tête pour l'observer. Elle sembla plus détendue, mais elle ne regardait toujours pas dans ma direction. Toute sa concentration semblait dirigée vers ce qu'elle voyait derrière son hublot.

Honnêtement, j'aurais dû lui être *reconnaissant* qu'elle refuse que je la ramène. J'avais une voiture, et un chauffeur venait me chercher, ce qui aurait paru un peu étrange, pour un mec normal. Malheureusement, je n'étais pas vraiment ravi qu'elle m'ait retoqué. En fait, c'était plus qu'un peu déprimant qu'elle n'ait pas hésité pour me rejeter franchement.

— Tu te sens toujours triste à cause de la façon dont s'est passée ta réunion ? fus-je obligé de lui demander.

Toute la situation de Lancaster n'était pas sa faute.

Elle tourna la tête pour me regarder, et le sourire triste sur ses lèvres me fit aussi mal qu'un vif coup de pied dans les noix.

— Je vais survivre, répondit-elle platement. En fin de compte, j'imagine que je verrai ça comme une expérience d'apprentissage.

— Les circonstances étaient hors de contrôle, Nicole. Ne t'en veux pas.

Bon sang ! Pour une quelconque raison, je voulais *encore* la consoler.

Elle se pencha en arrière contre l'appui-tête, les yeux toujours rivés sur moi.

— Merci de m'avoir laissé en parler, tout à l'heure. Je suis tellement désolée, je… j'ai un peu trop bu.

Ahhh… alors elle était embarrassée à cause de ça.

— Ne sois pas désolée. C'était une discussion… fascinante.

Ses joues s'empourprèrent, donc je sus qu'elle n'avait pas oublié ce baiser. *Ce fichu baiser* !

Elle secoua la tête.

— Je n'étais pas moi-même. Du tout.

— Tu veux dire que c'est une règle pour toi de ne pas embrasser un homme que tu connais à peine dans un vol long-courrier ?

— Je ne fais jamais ça, déclara-t-elle catégoriquement. Je suis tellement désolée, Damian. Je ne sais pas à quoi je pensais…

— Ne fais pas ça, déclarai-je d'une voix rauque. Ne le regrette pas.

Elle inclina la tête en me jetant un coup d'œil curieux.

— Je ne le regrette pas. Pas vraiment. C'est seulement un peu humiliant que je me sois suffisamment enivrée pour tomber sur tes cuisses et faire en sorte que ça se produise. Dis-moi simplement que tu n'es pas marié ou dans une relation sérieuse avec quelqu'un.

Je me sentis légèrement insulté.

— Tu penses vraiment que je t'aurais embrassée si ça avait été le cas ?

Elle haussa un sourcil.

— Tu as vraiment besoin de poser cette question ? Les mecs le font tout le temps.

Je montrai mon torse du doigt.

— Pas ce mec.

D'accord, alors je *savais* que je ne pouvais clairement pas lui dire que j'étais Damian Lancaster, qui se lançait apparemment dans de grandes orgies et avait besoin de plus d'une femme dans son lit.

Du moins, c'était ce qu'elle penserait savoir.

Elle acquiesça lentement.

— Alors, j'imagine que je peux dire que c'était sympa de te rencontrer.

Je souris.

— C'était plus que *sympa* de te rencontrer, Nicole Ashworth, répliquai-je.

Les roues heurtèrent le tarmac, et je fus soudain basculé dans la réalité.

Nicole partirait de son côté, j'irais du mien.

Il était temps que cet interlude plaisant s'achève.

J'étais Damian Lancaster, et il n'y avait pas une seule chose que je pouvais faire pour contrer ça.

Que j'en sois heureux ou non, je ne verrais plus jamais cette femme captivante.

Ce vol ne pouvait se terminer d'une autre façon.

Je me levai pour prendre ma veste, que me tendait l'hôtesse de l'air, une fois que l'avion arriva à la bonne porte.

— Oh mon Dieu. Vous êtes grand, dit Nicole d'une voix légèrement émerveillée en quittant son siège.

Je levai sa valise pour la lui poser dans l'allée. Alors qu'elle se tenait à côté de moi, je réalisai à quel point ses longues et belles jambes ajoutaient à sa stature.

Cette femme était joliment imposante, mais elle faisait *au minimum* une demi-tête de moins que moi.

J'ignorais totalement pourquoi elle pensait qu'être grande et avoir des courbes était une mauvaise chose.

Je haussai les épaules.

— Être grand a ses avantages.

— Pas quand tu es plus grande que la plupart de tes rencards, répondit-elle ironiquement.

Des rencards ?

Des rencards ?

Pourquoi cela me dérangeait-il que Nicole soit avec un autre homme ? Ce n'était pas comme si nous avions une relation.

Je devais me rappeler que nous nous connaissions à peine.

Je baissai les yeux, et nos regards se rivèrent l'un à l'autre alors que nous attendions que les portes s'ouvrent afin de pouvoir débarquer.

Pendant un instant, je pus à peine ignorer l'urgence de me baisser et d'embrasser ses lèvres magnifiques.

L'opportunité était oppressante, et je voulais carrément me lancer en envoyant balader les conséquences quelconques de cet acte.

Le besoin féroce de réclamer la possession de cette femme me bouffait les entrailles.

Nous étions si proches que je pouvais littéralement sentir la chaleur de son souffle sur mon visage.

Je serrai les poings, essayant de combattre l'envie puissante de la toucher, de l'embrasser à nouveau, jusqu'à ce que la voix de la prudence résonne assez fortement dans ma tête.

Et ensuite quoi, Damian ? En admettant qu'elle t'ait laissé la tripoter en public, qu'est-ce qui arrive ensuite ? Tu dois abandonner, mec. La revoir et lui cacher ta véritable identité ne serait pas juste pour elle. Laisse. Tomber. C'est mieux de cette façon.

Sur ces mots, la porte de l'avion s'ouvrit, et cette opportunité fuyante disparut.

Je haussai les épaules pour chasser ma déception.

Je ne voulais pas être le salaud qui la blesserait.

Je préférais… ne rien être. Une brève rencontre qu'elle oublierait bientôt.

La laissant passer devant moi, je la regardai alors qu'elle s'agrippait à sa valise et avançait vers la sortie.

Cette femme bougeait avec détermination, ses hanches amples se balançant, ce qui la rendait élégante même si elle portait toujours un survêtement et un t-shirt.

Je la suivis, alors que nous nous dirigions tous les deux vers le tapis des bagages, me demandant si j'allais regretter de ne pas avoir goûté une dernière fois Nicole avant que nos chemins se séparent.

— Bon sang, je le regrette déjà, grommelai-je dans ma barbe quand les grandes jambes de Nicole la portèrent dans la foule et hors de ma vue.

CHAPITRE 8

Nicole

K*YLIE* : JE SUIS dans une zone interdite au dépose-minute. Dépêche !

Je souris en voyant le message. Ce n'était pas inhabituel pour Kylie de se garer sur une place prohibée, mais elle avait obtenu tellement d'amendes l'année dernière qu'elle commençait à faire plus attention.

Je repérai mon bagage à l'instant où j'arrivai près du tapis et le récupérai.

Deux secondes plus tard, je faisais un sprint, deux valises dans mon sillage, pour aller vers le parking. Si Kylie était obligée de faire le tour de l'aéroport, cela prendrait une éternité pour qu'elle me rejoigne à nouveau. Peu importait que je sois arrivée le soir, puisque la circulation à LAX était plus ou moins un cauchemar à n'importe quelle heure de la journée.

J'étais essoufflée quand je sortis et arrivai sur la route, mais je continuai d'avancer vers la séparation au milieu puisqu'il n'y avait pas de trottoir pour récupérer les voyageurs.

Même si je l'avais voulu, je n'avais pas eu le temps de dire au revoir à Damian.

Une part de moi était soulagée que cette occasion de se dire adieu ne se soit pas présentée. Aucun doute, cela aurait été gênant, et, puisque j'étais la reine de la gêne, il valait mieux que ce moment ait été évité.

— Nic ! Je suis là ! m'appela une voix féminine puissante.

Je remarquai alors ma meilleure amie.

Kylie agitait une main en l'air, derrière sa vieille Honda Accord, le coffre déjà ouvert pour accueillir ma valise.

— Bienvenue à la maison, dit-elle joyeusement alors que je jetai mes bagages dans sa voiture.

Nous nous étreignîmes rapidement avant de sauter dans son véhicule.

— Je suis ravie d'être de retour, dis-je en soupirant.

— Le vol a été mauvais ? demanda-t-elle en fronçant les sourcils.

Je secouai la tête en mettant ma ceinture.

— Non. Ça a été. C'est juste…

— Allez, Nic. Dis-moi. Je te connais depuis la crèche. Tu sais très bien que tu peux me le dire si quelque chose ne va pas. Je sais que la présentation ne s'est pas déroulée comme tu le voulais, mais normalement, tu t'en serais remise assez rapidement.

— Pas nécessairement. C'était mauvais. Et le coup de massue a été violent. On aurait pu étendre toute la société, si on s'était développé à l'échelle mondiale. Surtout avec un client initial comme Lancaster International.

Honnêtement, je n'avais pas vraiment songé à ma présentation bâclée après en avoir parlé à Damian.

Il m'avait complètement distraite.

La perte de ce marché ne m'avait même pas traversé l'esprit quand je m'étais réveillée vers la fin du vol, non plus. J'avais été trop mortifiée à cause de ce qu'il s'était passé *avant* que je m'endorme.

Kylie passa la première vitesse, mais nous n'allâmes pas très loin. Toute la zone était un immense parking, alors nous allions rouler au pas jusqu'à traverser le dépose-minute et rejoindre l'autoroute.

— Crache le morceau, exigea-t-elle. J'ai entendu parler du scandale qui s'est produit avant ta présentation. Mais je sais que ça ne concerne pas la réunion.

Parfois, je détestais vraiment que Kylie puisse me lire comme un livre ouvert.

— Ce n'est rien d'horrible. J'ai simplement rencontré un mec, dans l'avion. Je ne suis pas sûre de savoir ce qu'il s'est passé, exactement. Mais j'ai eu cette… étrange attirance immédiate pour lui. Ça ne m'était jamais arrivé avant.

Elle ricana.

— Ça m'est arrivé un grand nombre de fois, et ça ne se termine jamais bien. Une fois que tu as satisfait ton désir instantané, généralement, tu te rends compte que le gars ne peut pas entretenir une conversation intelligente. Alors, il était comment ?

— Très grand. Brun. Beau. Britannique.

Kylie gémit.

— Tu vois, je te l'avais dit. Cet accent britannique sexy excite les femmes à chaque fois. Tu as rejoint le club des mille pieds avec monsieur Orgasme ?

Je tournai la tête pour lui jeter un regard noir, mais il était difficile de voir clairement son visage dans l'obscurité.

— Tu plaisantes, hein ?

Comme si j'allais me ratatiner dans les toilettes minuscules de l'appareil avec un mec aussi grand que Damian pour avoir un petit coup rapide.

— Il est immense. Même si j'avais été prête à me taper un mec que je connaissais à peine dans les toilettes minuscules d'un vol international, on ne serait jamais rentré tous les deux.

— Tu as pris son numéro ? Tu lui as donné le tien ? demanda Kylie d'une voix enthousiaste. C'est peut-être lui qui va résoudre ton problème de manque d'orgasme.

Je levai les yeux au ciel.

— Tu peux arrêter ton obsession des orgasmes ? Il m'attirait. C'est tout. On était assis l'un à côté de l'autre dans l'avion. On a beaucoup parlé.

— Et il était sacrément canon, ajouta Kylie.

— D'accord. Oui. Il était incroyablement canon. Et bien que tout le monde ait été en train de dormir, je l'ai embrassé, mais il n'y a pas eu d'ébats.

Peu importait que le baiser de Damian ait été plus torride que tous les ébats que j'avais jamais connus. Je n'étais pas certaine de vouloir partager cette information avec Kylie. Elle n'arrêterait pas d'insister sur la raison pour laquelle je ne lui avais pas donné mon numéro.

— Tu l'as embrassé ? demanda Kylie d'une voix choquée. Bien joué, Nic. Je suis fière de toi. Tu es la plus grande prude que je connaisse, mais tu es sortie de ta zone de confort.

— Je ne suis pas prude.

J'étais un peu vexée.

— Oh, s'il te plaît ! Miss je-ne-couche-pas-avec-un-homme-à-moins-de-vivre-une-relation-sérieuse, me taquina Kylie. Tu n'as jamais eu de coup d'un soir de toute ta vie.

Je gigotai sur mon siège, mal à l'aise.

— Et toi, tu en as eu des millions ? rétorquai-je.

— Non. Mais j'en ai eu quelques-uns et j'ai été mariée pendant quelques années.

Elle n'avait pas besoin de mentionner qu'elle avait été infidèle pendant ses années de mariage. J'avais entendu ce changement dans sa voix, qui trahissait une tristesse que je reconnaissais toujours quand elle abordait la question de son union.

Je changeai de sujet.

— Je ne lui ai pas donné mon numéro parce qu'il ne l'a pas demandé.

— Tu aurais pu lui demander le sien, suggéra-t-elle. Ou peut-être que tu aurais tout de même pu lui donner le tien.

— J'imagine. Mais il n'est pas du genre timide. Je doute que me demander le mien s'il était intéressé ait été un problème pour lui.

J'ignorais ce que j'aurais pu faire s'il avait voulu me revoir, mais j'étais presque convaincue que j'aurais donné mon numéro à Damian s'il l'avait demandé.

Peut-être que je m'étais ridiculisée sous l'influence d'un trop grand nombre de cocktails, mais j'aurais tout de même bondi sur l'occasion de le revoir une fois que j'aurais eu les idées claires.

— Maintenant, tu ne sauras jamais ce qui aurait pu se passer, affirma Kylie.

Elle disait ça comme si ne jamais revoir Damian était une tragédie majeure.

— Est-ce qu'il a dit pourquoi il était là, aux États-Unis ?

— Les affaires. Il a dit qu'il était là pour les affaires. Il a sa propre entreprise. Une société familiale qu'il a reprise à la mort de son père. C'est bizarre. Mais il a passé plus de temps à m'écouter *moi*, qu'à parler de lui. Il a essayé de me faire un petit discours d'encouragement sur ce qu'il s'était passé à Lancaster, aussi. Il a dit que ce n'était pas ma faute.

Kylie soupira d'un air théâtral.

— Et il est intelligent en plus d'être canon. Ce n'était pas ta faute, Nic. N'importe qui faisant cette présentation aurait été foutu. Il s'est avéré que c'était toi. Qui pourrait entrer en compétition avec les aventures d'un obsédé ? Lancaster aurait vraiment besoin d'un gestionnaire de crise. Si tu veux mon avis, ils sont passés à côté de l'opportunité d'avoir la meilleure entreprise de management de crise du monde. Ne te monte pas la tête pour ça. On aura une autre chance de nous étendre à l'international.

Je souris. Kylie était dure avec elle-même, mais essayait rapidement de réconforter n'importe qui.

— Comment ça se passe, au bureau ?

— On a trouvé quelques nouveaux clients, m'informa-t-elle d'une voix enthousiaste. Ils ne sont pas immenses, mais nous conquérons le monde entier, client par client.

Mon Dieu, j'aimerais être aussi enthousiaste en tant que directrice de ma société. Kylie vivait pour ce genre de chose. Elle avait travaillé pour ma mère, avant que je prenne la tête de la société, et son talent ainsi que son expertise avaient été les seules choses qui m'avaient permis d'aller de l'avant quand j'avais décidé de poursuivre les affaires de ma mère.

— C'est fantastique, lui dis-je.

Et je le pensais.

— Bon, et si Macy et moi te trouvions ton monsieur Orgasme, maintenant, dit-elle facétieusement.

Mon Dieu, la dernière chose dont j'avais besoin, c'était que mes deux meilleures amies se mettent en tête de me trouver un homme. Impossible de savoir ce qu'elles trouveraient orgasmique.

— Je crois que je l'ai trouvé, mais il n'était pas assez intéressé pour me demander mon numéro, marmonnai-je.

Je m'autorisai à ressentir la déception que j'avais retenue parce que Damian *n'avait pas* demandé mes coordonnées.

Au fond de moi, sous l'humiliation d'avoir agi comme une abrutie parce que j'étais ivre, j'avais eu envie qu'il souhaite me revoir.

— Il était *si* canon que ça ? me demanda Kylie alors que nous continuions d'avancer comme une tortue très lente pour traverser la zone de dépose-minute.

— Il est…

Ma bouche se ferma quand je vis un homme mettre sa valise à l'arrière d'un véhicule de luxe noir.

— Oh merde ! Il est ici.

— Où ? s'enquit Kylie.

Elle se tordit le cou pour regarder autour d'elle.

— C'est lui ?

Elle montra Damian alors qu'il ouvrait la portière passager pour monter en voiture.

J'acquiesçai.

— C'est lui.

Je grognai alors que nous passions à côté du véhicule et essayai de ne pas me demander qui était sur le siège passager.

Et s'il mentait ? *S'il était marié* ?

— Euh… il est clairement canon, déclara lentement Kylie. Mais ça ne peut pas être *ce mec* qui t'a chauffé dans la classe affaires d'un vol de Transatlantic Airlines.

— Si, c'était lui, insistai-je. C'était Damian. Je n'ai pas obtenu son nom de famille.

— Oh merde ! Il t'a *dit* qu'il s'appelait Damian ?

Je lui lançai un coup d'œil désespéré.

— Bien sûr. C'est son nom. Pourquoi tu agis si bizarrement ?

— Parce qu'*il* est la dernière personne que j'aurais considérée comme un homme mystère.

Je voulais scruter le visage de mon amie, pour essayer de jauger ce qu'elle pensait, mais l'intérieur de son véhicule était bien trop sombre.

— Tu le *connais* ?

C'était possible, me disais-je. Kylie avait vécu à Los Angeles quelques années, pendant son mariage. Mais quelles étaient les chances pour qu'elle croise quelqu'un de sa connaissance ici ? Il y avait littéralement des millions de personnes dans cette ville et les zones alentour.

— Je ne le connais pas *personnellement*, mais j'ai entendu parler de lui, répondit-elle prudemment.

— Alors, dis-moi ce que tu sais.

Même si mes chances de revoir Damian étaient inexistantes, je voulais toujours en savoir plus sur lui.

Kylie prit une profonde inspiration audible.

— Une fois que tu m'as dit que tu avais foiré ta présentation, je suis devenue curieuse et j'ai commencé à faire quelques recherches sur la famille.

— Tu as vu la photo scandaleuse ?

— Oh, oui. Le mec est peut-être un coureur de jupons ignobles, mais il a de très belles fesses, déclara-t-elle d'un ton malicieux. C'est bizarre, mais il n'y a presque rien d'autres le concernant sur Internet. J'ai dû fouiller sacrément loin, mais j'ai fini par trouver une photo de lui sur un site de business. Ce n'était pas une photo où il était *nu*.

— Alors quel est le rapport entre toute cette recherche sur Lancaster et Damian ?

— Il s'avère que Damian Lancaster est tout aussi canon que ce mec que tu as rencontré dans l'avion.

— Ah bon ?

D'accord, peut-être qu'il était un peu difficile de croire que le PDG de Lancaster International était *si* attirant que ça, mais parfois, Kylie et moi avions des goûts différents.

— Oui. En fait, l'homme qui vient de monter dans cette voiture était clairement Damian. De son nom complet Damian *Lancaster*. Si tu es totalement certaine qu'*il* était le mec assis à côté de toi, alors tu as partagé un baiser torride avec le tombeur Lancaster.

CHAPITRE 9

Damian

J'ÉTAIS COMPLÈTEMENT CLAQUÉ quand j'ouvris la porte de la maison de Beverly Hills dont Lancaster International était propriétaire.

Mon entreprise possédait des maisons dans de nombreuses villes, surtout là où il y avait des bureaux Lancaster non loin, ce qui signifiait que nous avions des résidences dans presque chaque pays du monde civilisé.

— Dylan ! aboyai-je d'une voix forte qui porta dans toute la maison ultramoderne.

Je fus exaspéré lorsque je n'obtins aucune réponse.

— Laissez-moi emmenez vos sacs dans votre chambre pour qu'Anita puisse les défaire, Monsieur, insista la voix de mon chauffeur derrière moi.

J'acquiesçai, reconnaissant envers cet homme plus âgé.

— Merci, Clarence. Avez-vous une idée de l'endroit où se trouve mon jumeau têtu ?

Clarence et Anita prenaient soin de la demeure de Beverly Hills depuis qu'elle avait été acquise quelques années plus tôt, et le duo mari-femme était plus comme de la famille que des employés. Tous deux faisaient partie de la famille Lancaster, d'une façon ou d'une autre, depuis aussi longtemps que je m'en souvenais. Quand j'étais enfant, ils travaillaient dans notre propriété du Surrey. Lorsque l'opportunité s'était présentée pour eux de déménager sous le climat plus chaud de la Californie, afin de prendre soin de notre maison là-bas, ni l'un ni l'autre de ces natifs britanniques n'avait hésité. Ils avaient quitté l'Angleterre sans jeter un coup d'œil en arrière.

— Il était près de la piscine avant que je parte pour l'aéroport, monsieur Lancaster. Vous le trouverez peut-être encore là-bas. Mais si je peux me permettre, votre frère semble… de mauvaise humeur.

La voix de Clarence était prudente, mais je me fichais totalement de savoir si Dylan *avait envie* de parler.

J'en avais assez de marcher sur des œufs en fonction de ses humeurs.

Nous *allions* parler de ce qu'il s'était passé à Londres, et de comment cela pouvait affecter Lancaster International à l'avenir.

Je me débarrassai de ma veste de costume en avançant vers la piscine.

J'avais chaud.

J'étais fatigué parce que je n'avais pas dormi de tout le vol.

Mais surtout, j'étais agacé parce que les actions de Dylan m'avaient empêché de poursuivre une relation avec la femme la plus attirante et fascinante que j'avais rencontrée depuis… eh bien… peut-être de toute ma vie.

S'il n'avait pas causé un tel scandale, j'aurais été à cette réunion avec Nicole et j'aurais été totalement captivé, tout comme je l'avais été dans l'avion.

Je l'aurais engagée sur le champ et l'aurais convaincue de rester à Londres plus longtemps afin que nous puissions discuter des détails, après l'avoir emmenée chez moi pour lui faire l'amour jusqu'à ce qu'elle me supplie d'avoir pitié.

Nom de Dieu ! Je devais arrêter de penser à Nicole Ashworth.

Je vis Dylan, affalé sur un grand transat, avant même d'arriver près de la piscine. L'extérieur se trouvait derrière une baie vitrée s'étendant sur trois côtés. Ainsi, on pouvait admirer la vue du centre-ville de Los Angeles depuis l'intérieur si on n'avait pas envie de mettre un pied dehors.

La maison était haute, sur une colline, avec toutes les lumières de la ville visibles dans une étendue apparemment infinie en dessous.

C'était une vue incroyable, la nuit, mais j'ignorai la splendeur.

Mon esprit était focalisé sur une chose et une chose seulement : menacer la vie de mon frère s'il ne se reprenait pas en main.

Je poussai la porte en verre qui menait à la piscine en tirant sur ma cravate. La nuit était chaude, mais je n'étais pas sûr de savoir si c'était à cause de mes vêtements ou de mon agacement que j'avais l'impression d'être en train de suffoquer.

— Dylan, grondai-je en avançant vers le transat. Il faut qu'on parle.

Mon jumeau identique ouvrit un œil et gronda.

— Va te faire foutre, Damian. Je n'ai pas besoin d'un sermon.

Il avait besoin de bien plus qu'une simple censure, ce qui était la *seule* chose que j'avais été capable de faire… jusqu'à maintenant.

— Tu es complètement bourré, l'accusai-je.

Dylan et moi avions partagé plus d'une cuite, ensemble, quand nous étions plus jeunes, avant que nous soyons obligés de grandir et d'affronter la multitude de responsabilités qu'il nous restait après la mort de notre père.

— Pas vraiment bourré, bredouilla Dylan. Simplement… détendu.

— Ouais, eh bien, tu es assez détendu depuis deux ans, alors.

J'allai jusqu'au bar, mis des glaçons dans un verre et me servis une portion généreuse de bon whisky irlandais.

Je ne buvais pas excessivement, d'habitude, comme Dylan l'avait évidemment fait ce soir, mais je savais qu'un *single malt* pouvait m'aider pour essayer de reprendre le contrôle de mon frère.

— Pourquoi tu es obligé d'être si rigide et guindé ? demanda Dylan en ouvrant paresseusement le deuxième œil afin de me regarder.

J'avalai une lampée de mon whisky avant de déclarer sèchement :

— Je suis Britannique. C'est dans notre ADN.

Il haussa un sourcil en s'allongeant davantage sur le transat.

— Nous avons un ADN très similaire, et je sais comment me détendre.

Je levai les yeux au ciel. Évidemment que nous avions un ADN similaire. Nous étions des jumeaux identiques. Et il n'était pas *décontracté.* Dylan était carrément bourré. Donc il n'y avait pas grande différence.

Je pris une profonde inspiration et soufflai en m'asseyant à côté du transat de mon frère.

— Tout cela doit s'arrêter, Dylan. Les orgies. Le comportement excentrique. Te bourrer la gueule jusqu'à ce que tu ne saches plus ce que tu fais. Je me rends compte que tu ne traînes pas assez à Londres et que tu ne vois pas les retombées de l'affichage de ton cul nul au milieu d'une orgie, mais c'est à la une des journaux. Tu as fait du mal à maman, et le pays entier pense maintenant que c'est moi, pas toi, qui ai besoin de plusieurs partenaires sexuels. À ton avis, que vont penser certains de nos partenaires du monde entier, ceux qui sont *vraiment* guindés et conservateurs ?

Dylan secoua la tête en argumentant :

— C'était un traquenard, Damian. Je te le jure. L'une des femmes a mis quelque chose dans mon verre et m'a emmené quelque part. J'ignorais ce que je faisais. Bon sang, je ne crois même pas m'être envoyé en l'air avec l'une d'entre elles. Et il est clair que je n'ai jamais fait semblant d'être toi.

Je fronçai les sourcils en le scrutant.

— Tu t'es présenté en disant que tu étais Dylan ?

Il haussa les épaules.

— Je n'ai rien dit. Je pense qu'elles ont *supposé* que j'étais toi.

D'accord, peut-être que je pouvais accepter que ce soit un piège, peut-être de l'un de nos concurrents qui voulaient récupérer un marché sur lequel nous étions en compétition. Puisque nous concluions des affaires tous les jours, ce serait difficile de trouver *exactement* qui était responsable.

Néanmoins…

— Tu n'es pas un idiot, Dylan. S'ils avaient glissé quelque chose dans ton verre, tu aurais été évidemment… perturbé.

Mon frère avait un QI de génie et une intuition presque effrayante. Sobre, il aurait été assez malin face à un probable traquenard.

— D'accord, j'ai commis une erreur, grommela Dylan.

Il passa ses paumes sur son visage.

— Qu'est-il arrivé au Damian qui se fiche totalement de ce que les tabloïds disent de lui ?

— Je m'en moque, crachai-je. Quand la seule personne qui est affectée, c'est *moi*. Nom de Dieu, Dylan, maman a vu la photo en une, tout comme nos concurrents et nos partenaires. Tu as fait des choses ridicules, ces deux dernières années, des choses que j'ai pu couvrir ou pour lesquelles j'ai pu assumer la responsabilité, mais je ne peux pas faire disparaître ça. La photo est partout, avant même que j'aie pu la faire disparaître d'Internet. Que ce soit un piège ou non, te mettre dans cette position était une combine ridicule.

J'aimais mon frère et je détestais avoir cette conversation. Un jour, Dylan et moi avions été proches, et nous nous respections sacrément l'un l'autre.

Mais cela avait été *un autre* Dylan, et non le salaud égoïste que j'avais dû gérer ces deux dernières années, celui qui se fichait de tout le monde sauf de lui-même.

Nom de Dieu ! Je voulais retrouver l'*ancien Dylan*. J'espérais que maman avait raison sur le fait que mon véritable frangin était encore à l'intérieur de cette coquille apparemment vide à laquelle je parlais maintenant.

— Je suis désolé que maman ait vu cette photo, déclara-t-il calmement avec un regard vitreux quand il se tourna vers moi. Mais en ce qui concerne Lancaster International, je ne pourrais pas m'en moquer davantage. C'est tout ce qui compte pour toi, Damian ? Est-ce que tu ne t'intéresses qu'au business, maintenant ? Tu n'étais pas comme ça, avant.

Je serrai le poing, tellement tenté, pour la première fois de ma vie, de littéralement tabasser Dylan pour lui faire comprendre des choses.

— Comme si j'avais le choix.

Je perdis complètement le contrôle.

— Lancaster est *notre* héritage. Tu étais censé m'aider à gérer notre empire. Au lieu de diviser et de conquérir, j'ai essayé de garder la tête hors de l'eau, de faire à la fois ton boulot et le mien parce que tu m'as abandonné il y a deux ans. Je comble aussi le manque en essayant de garder ta vie personnelle privée, tout en protégeant nos intérêts commerciaux. Tu imagines à quel point c'est difficile d'effacer toute une histoire sur Internet ? Ou comme c'est dur de maintenir les choses ainsi, surtout quand tu sors et que tu adoptes régulièrement un comportement qui fait parler les gens ?

Ses yeux verts devinrent sombres.

— Tu sais pourquoi je bois, gronda-t-il furieusement. À ton avis, qu'est-ce que tu penses que je vais faire, Damian ? Que je vais simplement passer au-delà de ça ? Nous avons conclu un marché.

— Il n'y avait aucun *marché*, rien que ma promesse de t'aider à disparaître. Nous n'avons jamais défini de durée, nous n'avons pas dit combien de temps c'était censé durer. J'ai tenu ma parole, Dylan, mais tu n'utilises pas vraiment ce temps pour te remettre les idées au clair. En fait, tu parais déterminé à tout gâcher.

Je pris une profonde inspiration. Je n'étais pas furieux parce que Dylan s'était coupé de tout pendant un moment.

J'aurais probablement fait la même chose.

J'avais été patient pendant *deux putains d'années.*

Je lui avais laissé de la place.

J'avais été plus qu'enclin à attendre qu'il revienne lentement vers moi et me parle.

Donc j'avais attendu.

Tous les jours, j'espérais qu'il me parlerait enfin de ce qu'il s'était passé, qu'il me confierait sa douleur.

Néanmoins, Dylan s'était encore plus éloigné, avait davantage perdu le contrôle et était devenu encore plus autodestructeur.

Il était temps que j'admette que Dylan n'allait probablement pas revenir après avoir pris le temps de guérir.

Qu'il apprécie ou non, j'allais devoir le traîner en Angleterre. Même s'il tapait des pieds et criait, je voulais retrouver mon frère.

— Personne ne s'attend à ce que tu passes simplement à autre chose, lui dis-je d'un ton plus calme. Mais ce que tu fais ne t'aide pas à guérir, Dylan. Tu t'enfonces dans un endroit où je ne peux plus t'atteindre, et je ne peux pas autoriser ça. Si nos positions étaient inversées, je sais que tu ne me laisserais pas tomber.

Mon frère me lança un regard noir qui aurait fait reculer n'importe qui dans le monde.

— J'aurais tenu ma promesse, Damian. Tu sais que je l'aurais fait si les circonstances étaient inversées.

J'essayai de ne pas me laisser manipuler.

— Tu penses que je t'ai déjà trahi, Dylan ? C'est faux. Pas une seule fois. Maintenant, je veux simplement retrouver mon jumeau.

Dylan se leva et tituba maladroitement jusqu'au bar pour aller se chercher une autre bière.

— Tu t'es déjà dit que, peut-être, je ne *voulais* pas être sauvé, Damian ? Que je ne méritais pas de guérir ?

Je bus cul sec les dernières gorgées de mon whisky et claquai le verre sur le côté de la table avant de me lever.

— Pourquoi te dirais-tu ça ? demandai-je, irrité. Parle-moi, Dylan, je n'ai jamais vraiment compris…

— Je n'ai pas *envie* d'en parler, cracha-t-il en arrachant la capsule de la bouteille. Prends le contrôle de Lancaster International, Damian. Donne-moi assez d'argent pour vivre, et tu pourras avoir tout ce putain d'empire. Ce n'est plus ce que je veux. Je n'ai pas envie de vivre sous les projecteurs. Je ne veux pas être l'un des hommes les plus riches du monde. Je veux seulement qu'on me laisse tranquille.

Oh, bon sang, non ! Livré à lui-même, Dylan continuerait sa spirale infernale jusqu'à toucher le fond, et il était impossible de savoir s'il survivrait à la chute ou non.

Je lui arrachai la bière des mains et commençai à la renverser dans l'évier alors que je répondais.

— Ça n'arrivera pas, mon frère. Plus d'alcool pour toi, ce soir.

J'avais tenu ma promesse parce que Dylan n'était vraiment pas prêt à retourner à son ancienne vie. En fait, retourner en arrière pouvait complètement le détruire, à présent.

Mais je serais maudit si je le laissais s'effondrer sans même me battre pour lui.

Dylan venait de m'offrir un soupçon d'espoir. Il était *en colère*, et je n'avais pas vu cette émotion chez lui depuis un long moment.

Avant, tout ce que j'avais vu, c'était de l'apathie.

Je préférais toujours son indignation à son indifférence.

En fait, je l'accueillais volontiers, et je serais plus qu'heureux de faire tout ce qui était en mon pouvoir pour lui taper sur les nerfs à l'avenir, si c'était ce qu'il fallait pour lui soutirer une quelconque émotion.

Peut-être que ma plus grande erreur avait été de le laisser seul, dès le début.

Je ne regrettais pas de lui avoir donné de l'espace et de l'intimité pour qu'il se préserve des autres. Il *avait* besoin de ça, maintenant. Mais peut-être que je n'aurais pas dû battre en retraite, même s'il l'avait demandé également.

Je m'étais montré compréhensif, de loin, pendant deux longues années.

Je l'avais probablement *trop* éloigné de *moi* pour qu'il gâche sa vie en n'ayant pas les idées claires.

Je jetai dans la poubelle la bouteille que j'avais vidée.

— À partir de maintenant, il n'y aura plus d'orgies baignées d'alcool, que ce soit monté de toutes pièces ou non. Plus d'alcool au point de ne plus pouvoir le supporter. Tu ne traînes plus avec des gens qui veulent seulement faire la fête et se fichent de toi. Tu n'as pas besoin d'une autre bière, tu as besoin d'aide. Il est temps que tu te remettes sur pied, Dylan, et que tu commences à agir comme un adulte plutôt qu'un adolescent pourri gâté.

Ce n'était pas facile pour moi de dire ça, parce que je savais ce que mon frère avait traversé, ou du moins, je le savais dans les grandes lignes. Mais il ne s'aidait pas du tout, et il était plus que probable qu'il ne le ferait jamais si personne n'intervenait.

Et j'étais cette personne. Ce serait mieux d'obtenir sa haine plutôt que de le retrouver mort, quelque part.

— Qui a fait de *toi* mon patron, Damian, bordel ? Tu ne peux pas me dire ce que je dois faire. Je vais vivre ma vie comme je le veux.

Sa voix suintait de rancœur alors qu'il empoignait mon haut en lin comme s'il voulait me menacer.

À nouveau, son ton irrité ne fit que m'encourager.

— J'aimerais voir comment tout ça fonctionnera pour toi, puisque tu m'as donné procuration pour *tout* gérer. Ce qui veut dire que tu auras besoin de *mon* approbation pour transférer des fonds sur ton compte en banque. À en juger par la somme que je t'ai donnée la dernière fois, je dirais que tu es bientôt à court de fric. Ce qui est vraiment dommage, parce que j'ai décidé que tu n'aurais plus rien jusqu'à ce que tu sois sobre et au moins un minimum présentable.

Je me détestais presque de menacer mon frère, qui devrait être mon partenaire, d'autant plus qu'il avait droit à la moitié de la richesse de Lancaster International.

Je laissai une culpabilité considérable me submerger, mais pas me briser.

Dylan agrippa plus vivement mon haut et essaya de me secouer, mais il n'avait pas la force de me bouger bien loin puisqu'il était ivre.

— Tu ne peux pas faire ça, Damian. Je suis un Lancaster, moi aussi. Tu ne peux pas simplement tout prendre.

Le remords continua à s'agripper à moi, mais je le chassai.

— Je le peux. Tu m'as donné ce droit quand tu as voulu disparaître de la scène publique. Tu m'as donné tes responsabilités il y a deux ans. Reprends-toi, et on discutera. Tu ne ressembles à rien.

Le regard de Dylan était illuminé de fureur, son air habituellement glacial ayant complètement disparu alors qu'il reculait son bras pour ce qui, je le savais, allait être le premier coup de poing qui serait asséné entre nous deux.

Pas aujourd'hui, mon frère. Pas aujourd'hui.

Il était torse nu, ne portant qu'un maillot de bain, donc je m'agrippai à ses épaules et le soulevai avant qu'il puisse me frapper, le faisant dégringoler dans la piscine.

Je croisai les bras sur mon torse en le regardant revenir à la surface, m'assurant que cet idiot n'était pas assez bourré pour se noyer.

— Retrouve-moi pour le petit déjeuner, demain matin, et fais en sorte d'être sobre, lui ordonnai-je.

Dylan crachota.

— Je te jure que je vais te tabasser pour ça, Damian.

Je lui souris en retour en disant :

— Essaie, petit con.

S'il était un jour assez sobre et qu'il retrouvait assez d'équilibre pour me frapper, je serais carrément extatique.

Je me retournai et m'éloignai de là.

Peut-être que je ne pouvais pas *pousser* Dylan à se reprendre, mais je pouvais le mettre assez mal à l'aise pour qu'il tente de le faire.

CHAPITRE 10

Nicole

— JE T'AI PRIS la même chose que d'habitude, dit Kylie en franchissant la porte de mon bureau avec quelques sacs de nourriture dans les bras.

Je levai les yeux vers l'horloge.

— Waouh ! C'est *déjà* l'heure de déjeuner.

J'étais surprise de voir à quelle vitesse la matinée était passée.

J'avais eu beaucoup de travail à rattraper à cause du temps passé à Londres, alors je n'avais pas fait de pause pour regarder l'horloge après être arrivée au bureau ce matin-là.

— Tu as été assez discrète, ici.

Kylie sortit les soupes et les sandwichs du sac.

— Dis-moi que tu n'es plus en colère à cause de toute cette histoire avec Damian Lancaster. Enfin, c'est un crétin, et ce n'était qu'un baiser.

Je levai les yeux et fronçai les sourcils. *D'accord. Ouais.* Ce n'était qu'un baiser, mais je ne pouvais trouver une façon d'expliquer à quel point cette étreinte avait été *intime*.

— Je vais bien. J'essayais de rattraper mes emails et de fignoler quelques propositions.

Kylie me lança un regard perplexe.

— Tu sais que tu n'*as* pas à faire de propositions, hein ? Tu es propriétaire de cette boîte. Tu peux nous laisser le reste.

— Maman formulait certaines propositions elle-même, la contredis-je. Et j'ai l'impression qu'il faut que je connaisse chaque partie de ce marché pour pouvoir guider tout le monde.

Comment pouvais-je avoir le contrôle d'un business auquel je ne connaissais rien ?

Kylie posa mon déjeuner devant moi, attrapa sa propre soupe et s'effondra sur la chaise de l'autre côté de mon bureau.

Même si elle venait de faire un saut au restaurant pour aller chercher notre repas sous cette chaleur, ma meilleure amie était toujours aussi fraîche qu'à la première heure.

Son maquillage était parfait, couvrant chacune de ses taches de rousseur infinies qu'elle détestait depuis l'enfance. On s'était moqué de Kylie à l'école primaire à cause d'elles, de ses tresses d'un roux brillant et de sa volonté de faire tout ce qu'un garçon pouvait faire.

Cette dure à cuire avait prospéré et était devenue une belle rousse avec plus de confiance dans son auriculaire que je n'en avais dans tout mon corps.

— Ta mère *adorait* faire des propositions, c'est pour ça qu'elle les faisait elle-même, me fit remarquer Kylie. Elle n'avait pas non plus besoin d'être constamment sur le terrain. Et puisque tu n'apprécies pas forcément de faire des propositions, tu n'y es pas obligée. Nic, tu as le droit d'être qui tu es. Tu n'as pas besoin d'être ta mère. Tu es la patronne, ce qui veut dire que tu n'es pas forcée de faire ce dont tu n'as pas envie. Ce n'est pas parce que tu poursuis l'affaire de ta mère que tu ne peux pas y mettre ta propre touche, et faire les choses à *ta* façon.

J'enlevai le couvercle en sachant déjà qu'il s'agissait d'un minestrone. J'avais senti l'arôme alléchant avant que Kylie sorte la nourriture du sac.

— Je le fais depuis un an et je me sens toujours perdue, lui confiai-je.

Kylie haussa un sourcil.

— Tu t'attendais vraiment à être parfaite en un an seulement ? Tu étais avocate en droit d'entreprise, pas experte en relations publiques.

— À mon avis, je ne savais pas à quoi m'attendre. Je veux simplement que l'entreprise de maman reste en vie.

J'avais réfléchi avec mon cœur brisé, rempli de chagrin, lorsque j'avais impulsivement rangé mes affaires et réemménagé à Newport Beach.

— Et tu la maintiens en vie, avec assez de succès, si je peux me permettre, répondit Kylie. Accorde-toi une pause, Nic. La société prospère toujours et elle a beaucoup de potentiel pour une expansion future.

Je lui lançai un regard méfiant. ACM florissait grâce à des employés comme Kylie et non pas ma façon de la gérer.

— Parfois, je me demande si j'aurais dû la vendre et rester dans mon boulot de droit d'entreprise.

Je n'avais jamais prononcé ces mots à voix haute, auparavant, mais j'y avais songé à plusieurs reprises ces derniers mois.

— Je crois que ça n'aurait pas du tout dérangé Estelle, répondit doucement Kylie. En fait, elle s'y *attendait*. Elle était fière de toi, Nicole, et elle voulait que tu sois heureuse avec ce que tu avais choisi de faire dans la vie. Si je l'avais pu, j'aurais été la première en lice pour racheter la boîte, mais je ne suis pas en position de le faire, actuellement. Je n'ai pas ce genre de fonds.

J'arrêtai de manger et observai Kylie.

— Je ne savais pas que tu serais intéressée.

Ma meilleure amie n'avait jamais mentionné qu'elle aimerait posséder sa propre agence, un jour. En fait, elle n'arrêtait jamais de dire à quel point elle aimait son boulot de sous-directrice d'ACM, et le fait que cela lui permettait d'assurer ses intérêts personnels en dehors du travail.

Elle haussa les épaules.

— J'aimerais avoir ma propre entreprise, un jour, mais ça n'aurait pas eu d'importance. Je n'aurais jamais pu acheter, de toute façon.

Ce n'était pas *entièrement* vrai. Je possédai la société, Kylie et moi aurions pu trouver une solution. Nous le pouvions *encore*. Personne n'était plus qualifié pour prendre le rôle de ma mère que Kylie. Après son court mariage, ma meilleure amie était revenue dans le comté d'Orange afin de travailler pour ma mère. Kylie était tombée amoureuse du business des relations publiques et avait bossé pour compléter son diplôme universitaire tout en travaillant aux côtés de ma mère.

ACM n'allait probablement jamais me rendre extraordinairement riche, à moins que nous nous étendions significativement, mais c'était une entreprise rentable qui me permettait de vivre confortablement pour la première fois. En réalité, Kylie ne pouvait probablement pas acheter toute la société pour le moment, mais nous pouvions trouver un accord.

Grâce au dur labeur de ma mère et aux bourses que j'avais obtenues, j'avais pu aller à la fac de droit sans faire un seul prêt étudiant. J'avais gagné un bon salaire en tant qu'avocate. La dernière chose dont j'avais eu envie, c'était d'un autre revenu provenant d'ACM.

D'accord, je n'avais pas voulu que la boîte appartienne à un *inconnu*, mais j'aurais pu la laisser entre les mains de *Kylie*. Ma mère l'avait adorée, la traitant comme une seconde fille.

— Je suis désolé, Kylie, dis-je sincèrement. J'aurais dû penser à une façon de t'impliquer que dans la gestion. J'ignorais que tu en avais envie, sinon je l'aurais fait.

Elle écarquilla les yeux.

— Quoi ? Non ! Pourquoi ferais-tu une telle chose ?

Je soupirai.

— Parce que tu l'aimais aussi, et tu as plus ta place ici que moi.

Elle secoua la tête.

— Ne sois pas bête, Nicole. Tu étais sa fille.

— Elle t'aimait aussi, déclarai-je doucement.

Elle sourit.

— Je le sais. Ta mère a toujours été là pour moi, même quand nous étions gamines. Mais elle ne s'attendait clairement pas à ce que j'enlève son business à sa fille unique. Je suis heureuse dans mon travail, Nic. Je gagne un très bon salaire, avec des primes. Je fais des économies. J'aurai tout le temps du monde quand je serai prête à chercher ma propre compagnie. Je suis parfaitement satisfaite de l'endroit où je me trouve pour le moment.

Je lui jette un dernier coup d'œil sceptique avant de recommencer à manger, songeant à la façon dont nous pourrions revisiter son idée de prendre la direction d'ACM à l'avenir.

— Je n'avais pas vraiment la tête sur les épaules quand maman est morte, expliquai-je à Kylie d'un air contrit.

Normalement, j'étais loin d'être impulsive, mais j'avais presque perdu la tête quand mon seul parent était mort.

Honnêtement, je pleurais encore la mort de ma mère, et ce serait probablement le cas jusqu'à la fin de ma vie. Sa mort avait laissé un grand trou noir dans mon monde, que personne ne pourrait plus jamais remplir. Oui, la douleur insupportable de sa perte s'était apaisée, mais il n'y avait pas un seul jour qui passait sans qu'elle me manque.

Kylie acquiesça.

— On devait s'y attendre, Nic. Tu étais sa fille unique, et elle était ton seul parent. Vous étiez vraiment proches.

— C'est vrai, confirmai-je. Si seulement j'avais su ce qu'il se passerait à l'avenir, j'aurais passé plus de temps en Californie du Sud, dans ma vie d'adulte.

J'aurais pu pratiquer la loi d'entreprise à Los Angeles, mais ma mère m'avait encouragée à m'inscrire dans l'un des cabinets d'avocats les plus prestigieux de New York. Elle avait combattu le cancer seule, pour que je n'aie pas l'impression de *devoir* revenir en Californie, ne me parlant pas de son diagnostic jusqu'à ce qu'elle sache qu'elle allait perdre son combat.

Je soupirai. Je ne pouvais pas avoir de deuxième chance. Les regrets ne la ramèneraient pas. Et si j'avais tout fait différemment, je n'aurais pas eu les souvenirs de toutes les fois où maman était venue me voir sur la côte est.

Nous faisions le voyage entre New York et le Maine. À chaque fois qu'elle venait sur la côte est, nous trouvions un nouvel endroit à visiter, une nouvelle aventure. Ces road-trips avaient été les moments les plus joyeux de toute ma vie.

— Je sais que le temps est censé rendre sa mort plus facile, mais ça n'enlève pas le fait qu'elle me manque terriblement, admis-je à Kylie.

Peut-être que la douleur profonde avait disparu, mais la souffrance et le vide étaient toujours aussi horribles.

Kylie me lança un regard compatissant.

— Ça ne fait pas si longtemps que ça, Nic. C'était ta mère et la seule personne dans ta famille directe. Il faudra du temps.

J'acquiesçai.

— Je sais.

— Et si on allait chercher Macy et qu'on se faisait un week-end entre filles, bientôt ? suggéra Kylie.

D'accord, peut-être que ce ne serait pas exactement un road-trip, mais passer du temps avec mes deux meilleures amies était toujours une aventure également.

Je lui souris.

— Je suis partante. Tant qu'on reste loin des clubs et que tu promets de ne *pas* boire de tequila. La dernière fois qu'on est sorties toutes ensemble, tu t'es mise à danser sur le bar.

Macy et moi avions mis du temps à convaincre notre amie de descendre et l'avions ramené chez elle pour la coucher.

Aucune de nous n'avait suggéré de retourner en boîte de nuit depuis.

Honnêtement, ce n'était pas comme si j'ignorais que Kylie n'adoptait plus ce genre ce comportement, *désormais*. L'incident s'était produit peu de temps après qu'elle ait été à nouveau célibataire, et elle n'était pas dans un bon état d'esprit à l'époque.

Kylie ricana.

— *Une fois*. Je suis montée sur le bar une seule fois, et tu ne me laisseras jamais l'oublier. C'était il y a une décennie, Nic.

— Non. Je n'arrêterai pas d'en parler, confirmai-je. Si *j'avais* fait ça, tu me le rappellerais tous les jours pour le reste de ma vie. Admets-le. Tu adorerais avoir quelque chose de ce genre pour me taquiner à vie.

Kylie me lança un sourire narquois.

— Tu as probablement raison. Ça craint que tu ne fasses jamais rien qui soit un tant soit peu inapproprié. Enfin, sauf embrasser un inconnu dans un avion, me rappela-t-elle. Crois-moi, je n'arrêterai jamais de te chambrer avec ça puisque c'est la seule chose de sale que j'aie sur toi.

— Je sais, dis-je en gloussant. Mais j'étais sous influence, à ce moment-là, tout comme toi il y a une décennie.

Elle roula l'emballage vide de son sandwich.

— Alors tu te sens *vraiment* mieux à l'idée d'avoir embrassé Monsieur Orgasme ? Je te connais, Nic. Est-ce que tu me dis la vérité quand tu insistes sur le fait que tu as vraiment tout zappé ?

— Non, dis-je immédiatement.

Bon sang ! Kylie me connaissait bien trop.

— Tu as raison, le baiser n'était qu'un baiser, mais je me sens idiote quand je pense à la façon dont il essayait de *me* consoler parce que j'avais gâché ma présentation avec sa foutue société. Quel genre de mec fait ça ?

— Voyons voir, songea Kylie. Je dirais que c'est soit vraiment tordu, soit vraiment désespéré. Ou alors c'est un psychopathe qui aime les jeux d'esprit, OU… il t'aimait bien et ne voulait pas que tu saches que c'était son entreprise qui t'avait fait ce discours bateau du « on vous recontactera plus tard ».

Je préférais la seconde explication.

— Tu es certaine que le mec que tu as vu monter dans cette voiture à l'aéroport, c'était Damian Lancaster ?

Elle haussa les sourcils.

— Nicole Ashworth, n'essaie pas de me dire que tu n'as pas regardé cette foutue photo toi-même, hier soir.

C'était le cas, et elle le savait.

— Peut-être que ce mec a un sosie ?

Bon sang, je me raccrochais aux branches, mais je ne voulais pas que l'homme avec qui j'avais partagé un baiser intime soit le propriétaire de Lancaster International. Pour moi, ce baiser avait été réel…

— D'accord. Et ce *sosie* porte également le prénom de Damian ? demanda ironiquement Kylie.

— D'accord. C'était lui, concédai-je.

J'avais trouvé sa photo scandaleuse, ainsi que l'image plus sérieuse de lui sur le site de Lancaster International.

— Mais pourquoi prendrait-il un vol en classe affaires sur sa propre compagnie aérienne, nom de Dieu ? Il doit avoir un ou deux jets privés.

— C'est clairement bizarre, confirma Kylie. Mais s'il t'a vraiment bien aimée et qu'il ne *pouvait pas* te révéler qui il était ? Ça expliquerait carrément pourquoi il ne t'a pas demandé ton numéro. La vérité aurait fini par sortir.

Je levai les yeux au ciel. Pour une femme qui avait connu son lot de peines de cœur, Kylie pouvait être une éternelle optimiste. Je laissai échapper un grognement, humiliée, avant de répondre :

— Je ne l'aurais pas embrassé si j'avais connu sa véritable identité.

Damian m'avait aidée à me faire sentir spéciale, et c'était douloureux de savoir que toute la rencontre n'avait rien été de plus qu'un jeu pour lui.

— Exactement ! s'exclama Kylie en agitant ses sourcils. Il n'a pas avoué parce qu'il *voulait* t'embrasser. Peut-être qu'il ne se foutait pas de toi, Nic. Peut-être qu'il n'est pas un total salaud narcissique. Je peux dire par expérience que les choses ne sont pas toujours comme elles en ont l'air. Quand quelqu'un perd la tête à cause de l'alcool, parfois, des conneries se… produisent simplement.

Je jetai les déchets de mon déjeuner dans la poubelle et croisai les bras en regardant ma meilleure amie essayant de trouver le positif dans… rien.

— Il n'était pas enivré sur ce vol.

— Mais il l'était clairement sur cette photo à poil, répondit-elle. Parfois, les gens font des choses, quand ils sont bourrés, qu'ils n'auraient jamais faites sobres. Honnêtement, il avait les yeux tellement vitreux sur cette photo que je ne suis même pas sûr qu'il pouvait bander. Je ne dis pas que tu devrais oublier toute cette histoire d'orgie, mais peut-être qu'il faut que tu entendes son côté de l'histoire.

Franchement, j'adorais Kylie, qui ne souhaitait pas que je me sente idiote, mais on ne pouvait pas sauver Damian Lancaster.

C'était un menteur.

Il *devait* être tordu pour jouer à ce stupide jeu avec moi pendant notre vol.

Il était le genre de mec à s'engager dans des orgies et avec plusieurs partenaires féminines.

Enfin, Damian était *exactement* le type de mec que j'aurais fui comme si mes fesses étaient en feu si j'avais su qui il était vraiment *avant* de l'avoir embrassé. Peut-être que j'avais été pompette, mais je ne pouvais pas mettre totalement *ce foutu baiser* sur le coup de l'alcool. Même quand les vapeurs s'étaient évanouies le lendemain matin, il m'avait toujours autant attirée que la veille au soir.

— Laisse tomber, Kylie, insistai-je. Tu ne peux simplement pas sauver Damian Lancaster. Rien de ce que tu peux dire ne va me convaincre qu'il n'est pas un véritable branleur.

Une voix de baryton résonna soudain depuis l'embrasure de la porte.

— Je suis *carrément* un branleur, mais j'espère pouvoir te faire changer d'opinion sur moi, en fin de compte, Nicole.

Je n'eus pas besoin de regarder la porte ouverte de mon bureau pour savoir qui *exactement* se tenait là.

Je pouvais *sentir* sa présence, et même si je ne l'avais pas pu, cette foutue voix avec cet accent britannique sexy était facilement reconnaissable.

Que faisait Damian Lancaster dans mon bureau ?

CHAPITRE 11

Nicole

KYLIE COUINA EN bondissant sur ses pieds, les yeux écarquillés comme des soucoupes.

— Monsieur Lancaster ?

Damian lança à ma meilleure amie un sourire si charmant que j'eus envie de lui donner un coup de poing quand il déclara :

— Kylie, je suppose. Nicole vous a mentionnée pendant certaines de nos conversations.

Il tendit sa main pour la saluer.

Kylie acquiesça en la serrant, toujours un peu ébahie.

— Que faites-vous ici ? demanda-t-elle d'une voix suspicieuse.

— Je voulais dire un mot à Nicole, répondit-il aimablement.

Je me levai.

— Je ne pense pas que nous ayons besoin de parler de quoi que ce soit, *monsieur Lancaster.*

Je détestais ne pas pouvoir contrôler ma réaction en revoyant Damian. Mon cœur loupa un battement, et mon *corps* réagit immédiatement à sa sensualité crue, tandis que mon *cerveau* souhaitait que je lui donne un coup de pied dans les noix.

Damian passa à côté de Kylie après lui avoir lâché la main, et il s'arrêta devant moi.

— Donne-moi cinq minutes pour m'expliquer, Nicole.

Ah ! Cette requête ressemblait plus à un ordre, selon moi, et je n'allais en aucun cas offrir à Damian Lancaster ce qu'il exigeait. Il n'était certainement pas *mon* patron. *Merci mon Dieu* !

Je secouai la tête, essayant de ne pas le laisser déceler que ses actions pendant le vol m'avaient atteinte.

— Tu avais plus de douze heures pour me dire la vérité.

— C'est… compliqué, déclara-t-il.

Kylie nous interrompit d'une voix joyeuse qui, je le savais, était totalement feinte.

— Eh bien, je serai dans mon bureau, juste à côté, si vous avez besoin de moi.

Elle avança jusqu'à la porte avant de marquer une pause.

— Et je dis bien *juste à côté*, ajouta-t-elle d'un ton d'avertissement. Dans le genre… mon bureau *partage un mur avec celui-ci, si vous voyez ce que je veux dire.*

Damian acquiesça.

— Message reçu. Nicole est en sécurité avec moi, Kylie. Je veux simplement parler.

— J'espère qu'elle l'est, aboya Kylie à Damian en partant.

Elle ferma la porte derrière elle.

Un silence oppressant emplit la pièce à la seconde où elle fut partie, et la tension devint si forte entre Damian et moi que c'était presque insupportable.

Je lui jetai un regard noir, mais une détermination têtue dans ses yeux magnifiques me fit prendre conscience qu'il ne partirait pas avant d'avoir dit ce qu'il voulait me dire.

— Fais simplement ton discours et va-t'en, Damian, dis-je, résigné.

L'écouter était apparemment la façon la plus rapide de faire sortir cet homme de mon bureau, et il fallait vraiment, vraiment, qu'il s'en aille. Je jetai un coup d'œil à l'horloge.

— Tes cinq minutes s'écoulent à partir de maintenant.

Ses yeux d'un vert sexy se rivèrent sur les miens lorsqu'il dit :

— J'aurais dû te raconter la vérité, mais dès que j'ai découvert que Lancaster International était la source de ton malheur, la dernière chose que je voulais, c'était admettre que j'étais à la tête de cette boîte. À mon avis, tu ne m'aurais pas dit un seul mot, et ça aurait été justifié. J'aurais dû être à cette réunion, Nicole, mais il s'est passé quelque chose…

— Il s'est passé *quelque chose* ? l'interrompis-je, indignée. Je *sais* ce qu'il s'est *passé*. Un article en une et une photo de toi nu pendant une orgie sont plus que suffisants pour raconter ce que tu as fait jusqu'au petit matin. Je me doute que tu n'étais pas en condition pour assister à la réunion du matin.

Son visage était sombre.

— Oui. C'est pour ça que je n'étais pas là.

Damian ne tenta pas d'en expliquer davantage.

Je croisai les bras sur mon torse, d'un air défensif, faisant de mon mieux pour agir comme si je me fichais de savoir ce qu'il avait fait.

— Pourquoi tu prenais un vol en classe affaires avec ta propre compagnie aérienne ?

Il haussa ses grandes épaules.

— Quelle meilleure façon de vivre une expérience de passager ? J'aime savoir comment mes clients se sentent quand ils prennent

Transatlantic Airlines et quels changements doivent être apportés pour nous rendre meilleurs que la concurrence.

Je ne comptais pas lui dire que j'avais trouvé ça... rafraîchissant. Peu de millionnaires s'intéressaient à la façon dont leur entreprise était gérée, tant que les comptes étaient dans le vert.

— Pourquoi prendre la peine de me parler ? Pourquoi prendre la peine de m'embrasser ? Tu es tordu ? Est-ce que tout ce vol n'était qu'un jeu pour toi, pour passer le temps ?

— Bien sûr que non. Généralement, je m'occupe de mes affaires quand je fais un vol test, mais je voulais te parler, Nicole. Et oui, je voulais *ce foutu baiser*. Je ne vais pas mentir.

Je haussai un sourcil.

— Pourquoi ?

Damian passa une main dans ses cheveux parfaits comme s'il était frustré.

— Parce que tu es la femme la plus captivante que j'ai jamais rencontrée. Tu es belle. Tu es intelligente. C'est facile de te parler. Tu étais la seule femme que je ne pouvais ignorer, Nicole, et pour être totalement honnête, je ne sais pas du tout *pourquoi*, bordel.

Sa voix semblait sincère.

Mais j'étais plus maline que ça. Je ne croyais pas un seul mot qui sortait de sa bouche. Si je le faisais, j'allais probablement admettre que je ressentais la même attirance étrange que lui et je ne *voulais pas* m'engager sur ce terrain.

Son regard était intense, tel un mélange sombre et tourbillonnant d'émotions.

Je devais l'accorder à Damian, il était un excellent acteur. Je croyais *presque* qu'une partie de son chagrin était peut-être... réelle.

Je m'obligeai à détourner le regard et scrutai l'horloge.

Merde ! Il avait encore un peu de temps.

Je pivotai dans sa direction. Damian était habillé de façon plus nonchalante, aujourd'hui, avec un jean noir et un polo gris-vert assorti à ses yeux. Je ne voulais pas admettre que le style décontracté le rendait apparemment plus… abordable.

— Pourquoi es-tu ici ? demandai-je brusquement.

— Il fallait que je te voie, Nicole. Au début, je pensais que c'était mieux de laisser tomber, mais je ne pense plus que ce soit le cas. Je voulais ton numéro de téléphone. Je voulais te demander de sortir avec moi. J'étais juste trop lâche pour t'annoncer la vérité parce que j'étais presque sûr que tu finirais par me détester.

Il tendit une main comme s'il voulait me toucher, mais je reculai avant qu'il puisse entrer en contact avec moi.

— Ne me touche pas, dis-je d'un ton d'avertissement. Écoute, tu as dit ce que tu voulais dire. En quoi d'autre puis-je t'aider ? Tes cinq minutes sont presque écoulées.

— Tu veux vraiment que je réponde à cette question ? demanda-t-il d'une voix rauque.

— Non ! déclarai-je vivement. Oublie ça. Sors simplement de mon bureau. Mon Dieu, tu pensais vraiment que tu pouvais simplement t'excuser et que je retomberais sous ton charme uniquement parce que tu es Damian Lancaster ?

Il haussa les épaules.

— C'est le cas de la plupart des femmes.

Oh, j'en étais convaincue. Étrangement, je ne détectais aucun soupçon d'arrogance dans ce commentaire. Il donnait plus l'impression qu'avoir des femmes qui tombaient sous son charme parce qu'il était l'un des mecs les plus riches du monde n'était qu'un… fait.

— Je ne suis pas « la plupart des femmes », lui dis-je fermement. En fait, il faut que j'apprécie un homme pour sortir avec lui. Et je ne t'aime pas. Va-t'en, maintenant.

Je détestais la façon dont mon cœur s'emballait et combien il était difficile pour moi de garder un visage indifférent.

— Pas si vite, déclara-t-il simplement. Il y a un autre problème dont j'aimerais discuter.

— Je crois que j'en ai fini, crachai-je tandis que mon hostilité grimpait.

J'étais carrément en colère contre moi-même, puisque même si je *savais* qu'il était un coureur de jupons et un menteur, mon corps le voulait *toujours*. Mes réactions involontaires envers Damian étaient difficiles à contrôler, et c'était quelque chose que mon esprit rationnel ne comprenait pas, tout simplement. Comment pourrais-je souhaiter m'envoyer en l'air avec cet homme quand je ne l'aimais même pas ?

Damian ignora mon rejet brusque.

— Tu avais raison à propos de tout ce que tu as dit sur Lancaster International, dit-il d'une voix plus professionnelle. Nous avons besoin d'une bonne agence de gestion de crise, actuellement. Les réseaux sociaux s'en donnent à cœur joie avec l'article et la photo, et c'est quelque chose que mon équipe de marketing n'a jamais géré par le passé. Nous voyons plus de critiques du public que je n'en ai jamais vues. Nous avons besoin d'un spécialiste.

Je ne pus retenir mon sarcasme en répliquant :

— Peut-être que vous n'auriez pas besoin d'une gestionnaire de crise si tu savais garder ton pantalon quand tu es devant un appareil photo.

Les lèvres de Damian se tordirent comme s'il voulait sourire.

— Je suppose que tu as regardé la photo et l'article.

Grillée !

— Strictement pour des raisons professionnelles, expliquai-je hâtivement. Je voulais voir le scandale qui avait ruiné ma présentation.

— Toute l'histoire était un coup monté, dit-il en fronçant les sourcils. Un piège pour donner une mauvaise image à Lancaster International, probablement un concurrent.

Je ricanai.

— Sérieusement ? Tu t'attends vraiment à ce que j'y crois ?

— Non. Pas maintenant. Mais si nous travaillons ensemble, peut-être que ce sera le cas, un jour.

— Ce serait impossible, puisque je ne prévois pas de m'occuper de ton entreprise.

Pensait-il vraiment qu'il pouvait m'engager et que cela arrangerait ce qu'il avait fait ?

Il fronça les sourcils en m'étudiant.

— Nicole, ce serait un acte commercial ridicule de se passer de Lancaster International. Ce serait un budget énorme, et ce serait clairement la porte ouverte à davantage de clients internationaux pour vous, à l'avenir.

Bon sang ! Je détestais le fait que chaque mot qu'il disait était… réel.

— Je me fiche de l'argent, dis-je sur la défensive. Je dois être capable de travailler avec tous mes clients et je ne peux pas bosser avec toi.

Ce mec était arrogant et présomptueux, sans mentionner le fait qu'il m'avait déjà menti, et j'ignorais totalement s'il ne recommencerait pas encore et encore si nous travaillions ensemble.

— Tu *peux* travailler avec moi, me dit-il d'une voix persuasive. Ne refuse pas cette opportunité. Tu te haïras pour ça, plus tard.

Je restai silencieuse en pensant à ce qu'il venait de dire. Est-ce que je m'exécrerais plus tard d'avoir pris une décision aussi grande que celle-ci en me basant sur les émotions plutôt que la raison ?

J'avais désespérément envie de faire de Lancaster International un de nos clients fidèles, non seulement parce qu'ils seraient énormes, mais parce que cela ouvrirait les portes à l'expansion d'ACM sur les marchés anglais et européens.

Mes employés avaient permis à cette affaire de prospérer après la mort de ma mère. J'avais l'impression de leur devoir une décision prise avec un esprit clair et non à cause de mes émotions.

— J'imagine que je devrais prendre le temps d'y réfléchir, lui dis-je à contrecœur. Tu es sûr que tu seras capable de réprimer l'envie d'organiser une autre orgie pendant que j'y réfléchis ?

Il me sourit.

— Je crois que je peux me retenir.

Son sourire m'essouffla tellement que je ne pus dire un mot.

Bon sang ! Je détestais vraiment le désir que j'éprouvais encore pour cet homme, même si je savais quel crétin il pouvait être.

Il fallait que Damian Lancaster sorte de mon bureau.

— Alors je vais y réfléchir, dis-je sans aucun enthousiasme.

Merci mon Dieu, je réussis à résister à l'envie d'ajouter une autre insulte. Je dévoilais mes cartes à chaque fois que je lui faisais savoir qu'il pouvait m'agacer.

Lancaster International était l'une des corporations les plus grandes et florissantes du monde, et Damian n'aurait pas pu rester à son poste sans être un maître de la manipulation et un excellent joueur.

Je refusais d'être l'un de ses pions, mais comment pouvais-je ne pas penser au fait que cela pourrait signifier tant de choses pour l'entreprise chérie de ma mère ?

Cette opportunité n'était pas uniquement pour *moi*. Si c'était le cas, j'aurais facilement pu lui dire d'aller se faire foutre. Néanmoins, j'avais des employés et un business qui devait grandir à l'avenir. Mes décisions affectaient directement ceux qui travaillaient pour ACM et la sécurité de leur emploi.

Et si je *pouvais* utiliser Damian Lancaster pour améliorer mes intérêts dans les affaires ?

Il tendit la main dans la poche arrière de mon jean et en sortit une carte de visite.

— Ne prends pas trop de temps pour te décider, suggéra-t-il. La situation est déjà hors de contrôle.

Mon esprit de cheffe des relations publiques intervint quand je demandai :

— Comment limitez-vous les dégâts, actuellement ?

Il haussa les épaules.

— Le département des relations publiques est plus ou moins en train d'ignorer la question pour le moment, espérant que ça se calme. Rien de tel ne nous est arrivé auparavant.

Je soupirai.

— Vous devriez prendre les *devants*. Si ça a vraiment explosé sur les réseaux sociaux, l'évitement ne va faire qu'empirer les choses. Vous avez fait un communiqué ?

— Pas encore.

— Va sur les réseaux sociaux et annonce clairement que tu as été piégé, mais que tu assumes toute la responsabilité puisque tu t'es mis en mauvaise posture, au départ. Je suppose que tout a commencé dans un bar ou une boîte de nuit ?

Mon cœur fut douloureux lorsqu'il acquiesça lentement.

Une part de moi ne voulait toujours pas croire que le Damian que j'avais appris à connaître dans l'avion avait été si enivré qu'il s'était autorisé à finir dans cette situation.

Mon esprit repartit vers la seule bière qu'il avait bue avant de demander un thé.

Essayait-il de se remettre sur le droit chemin ?

— Reste loin des boîtes de nuit de Los Angeles, lui suggérai-je laconiquement. Généralement, il y a des journalistes qui essaient de surprendre des célébrités en train de mal agir dans les clubs les plus sélects.

Il leva une main.

— Je ne suis ici que pour le travail. Je ne prévoyais pas de mettre le feu à Hollywood.

Honnêtement, je n'imaginais pas Damian faire la fête dans un club chic. Visiblement, ce n'était pas son style. Mais qu'est-ce que j'en savais ? Il s'était évidemment suffisamment enivré pour tomber dans un piège, si toute cette histoire avait vraiment été un coup monté.

Je saisis sa carte de visite et la jetai sur mon bureau.

— Je te recontacterai. Il faut que j'y réfléchisse. Si tu n'es pas sincère en disant que tu veux régler ça, tu pourrais gâcher la réputation de mon entreprise.

Je l'observai repasser une main dans ses cheveux.

— Je veux arranger ça. Je déteste que ma famille puisse en souffrir. Les journalistes campent déjà devant la maison de ma mère dans le Surrey, pour essayer d'obtenir une déclaration. Elle n'a pas besoin de ça.

— Alors une grande partie de ce que tu m'as dit dans l'avion est vraie ? Ta mère vit dans le Surrey, dans ta maison d'enfance ?

— Rien de ce que j'ai dit n'était un mensonge. Même si je suis clairement coupable d'avoir menti par omission.

Pendant un moment, je me sentis mal devant sa détresse évidente face au traitement médiatique de sa mère. Si je ne pouvais pas faire confiance à cet homme pour autre chose, j'étais presque sûre que le harcèlement de sa mère le troublait sincèrement.

— Ils finiront par partir, dis-je d'une petite voix. Il y aura toujours une histoire plus scandaleuse que la tienne. C'est seulement quand tu es complètement sous le feu des projecteurs.

Il acquiesça vivement.

— Ne te méprends pas. Ma mère est une femme forte, mais elle a traversé beaucoup de choses, et la réputation de notre famille est très importante pour elle. Comme je l'ai dit, rien de ce que je t'ai déclaré dans l'avion n'était un mensonge, vraiment. Ma mère est née en Espagne et elle a rencontré mon père quand il était dans son pays pour les affaires. Elle vient d'une famille modeste et elle s'est donnée à fond pour être acceptée par l'élite sociale après avoir épousé mon père. Elle a dit qu'elle ne voulait pas qu'il regrette un jour de s'être marié avec quelqu'un de plus bas que lui dans l'échelle sociale.

J'observai sa réaction en demandant :

— Est-ce qu'il s'est marié avec quelqu'un de plus bas que lui dans l'échelle sociale ?

Il secoua la tête.

— Oh que non. Mon père n'a jamais eu cette impression. Jamais. Il aimait ma mère. Il se fichait de ce que disaient les rumeurs. C'est maman qui a toujours cru qu'elle n'était pas assez bien pour rentrer dans l'empire Lancaster. Elle a même cultivé son accent britannique, pour que personne ne lui rappelle ses origines. Mon père pensait que c'était ridicule, qu'elle s'inquiétait trop des apparences. Mais à mon avis, elle a été traumatisée après sa première rencontre avec la reine.

Je le regardai, bouche bée

— Elle a rencontré la reine ?

— Bien sûr que oui, répondit-il nonchalamment. Techniquement, mon père était le Duc de Hollingsworth. Ce n'est pas un duché royal, mais nous sommes dans le bottin mondain.

J'avançai vers mon bureau et m'assis sur la chaise, essayant de ne pas hyperventiler. Mon Dieu, non ! Pas étonnant que la mère de Damian ait l'impression que son mari était plus élevé qu'elle socialement. Je pouvais imaginer ses difficultés à trouver sa place dans une famille si puissante.

Je levai les yeux vers lui en disant, essoufflé :

— Alors ça fait de toi le duc de Hollingsworth, maintenant ?

Il sembla dégoûté en répondant laconiquement :

— Oui. Mais j'utilise rarement ce titre, à moins d'être à un événement royal. Mon père n'accordait pas beaucoup d'importance à ce titre dont il avait simplement hérité, et moi non plus. Je préférerais être connu pour ma sagacité professionnelle plutôt que ma position aristocratique que je n'ai jamais gagnée. Je suis né en étant privilégié, et j'ai hérité d'une fortune. J'aimerais travailler dur pour prouver que je le mérite, et non pas un titre antique.

Je faillis sourire parce qu'il commençait à parler comme un Américain. Même si je ne croyais pas que la réussite dépende exclusivement de la chance de naissance, je ne pouvais pas non plus nier que la famille Lancaster avait beaucoup de poids dans les cercles sociaux anglais.

— Je pensais que les Britanniques adoraient leurs titres.

Il haussa les épaules.

— Certains aiment leurs traditions.

J'en avais lu assez sur l'histoire de l'Angleterre pour comprendre le bottin mondain.

— Alors personne ne parle de toi en disant *Votre Grâce* ?

Il sembla embarrassé en admettant :

— À l'occasion. Je ne l'encourage pas.

C'était étrange que Damian semble beaucoup plus à l'aise à l'idée d'être le PDG de Lancaster International, plutôt que dans sa position de duc d'Hollingsworth.

— Alors ta mère est devenue duchesse quand elle a épousé ton père, et la femme d'un milliardaire, aussi. Je comprends pourquoi elle était intimidée. Je suis Américaine et, pour moi, rencontrer des membres de familles royales, ce serait assez intimidant.

— Elle accorde plus d'importance à notre titre que notre père ne l'a jamais fait, ricana Damian.

Peut-être, mais je pouvais *quand même* compatir avec elle. J'avais failli céder à cause du stress en pensant que je serais dans une salle de conférence remplie de cadres de Lancaster qui me regarderaient. Je ne pouvais qu'imaginer comment sa mère s'était sentie quand elle avait été sous l'œil critique de la foule aristocratique anglaise.

— Je peux totalement comprendre pourquoi toute cette situation la met en rogne.

Il étudia mon visage jusqu'à ce que cela devienne gênant.

— Tu le peux, Nicole ?

J'acquiesçai.

— Accorde-moi du temps, Damian. J'aimerais aider, mais s'il te plaît, tu dois comprendre que je ne te fais pas confiance. Je doute que ce soit le cas un jour.

Je ne voyais aucune raison de tourner autour du pot.

— Je suis plus désolé que tu ne l'imagineras jamais, répondit-il d'une voix basse, pleine de regrets.

Je laissai échapper un soupir tremblant en répondant.

— Je t'appellerai demain. Où loges-tu ?

— Ici, à Newport Beach, m'informa-t-il. J'ai pris un peu de temps pour faire le tour de la ville, en voiture. C'est beau, ici. Un de mes amis a une maison qu'il n'utilise pas pour le moment, alors il m'a proposé de me la prêter tant que je dois rester ici. La presse a trouvé ma résidence de Beverly Hills, tôt ce matin. Alors je vais me cacher à Newport Beach pendant un moment. Je doute que les journalistes m'y trouvent, puisque cet endroit n'est pas affilié aux Lancaster.

Si les médias américains avaient pris le relais avec cette affaire, la tempête d'articles de presse devait être folle, maintenant.

— Et où exactement loges-tu à Newport Beach ?

Il fronça les sourcils.

— L'adresse exacte est enregistrée dans la voiture, mais c'est sur Seashore Drive. Tu connais ?

Je soupirai. Si je *connaissais* ? J'avais désiré ces maisons à plusieurs millions de dollars, pile au bord de la plage de sable fin. Mais elles avaient toujours été en dehors de *ma* catégorie de prix.

— La plupart d'entre elles sont époustouflantes, l'informai-je. Et directement sur la plage.

— Je suis en route pour aller jeter un œil à la maison. Tu veux venir avec moi ?

Son ton était nonchalant, mais persuasif.

Je secouai la tête, avec un air de regret.

— Non. Je t'appellerai demain.

Il me sourit alors qu'il flânait jusqu'à la porte.

— J'ai hâte.

Damian partit sans un mot de plus, et je m'enfonçai sur ma chaise, soulagée de pouvoir enfin prendre une profonde inspiration.

Qu'il soit maudit pour m'en avoir dit plus sur sa famille, sur sa mère en particulier.

Je n'avais pas vraiment *besoin* d'un autre jour pour savoir si j'allais aider Damian Lancaster, mais je comptais le faire attendre pour qu'il découvre ma décision.

J'espérais simplement ne pas finir par le regretter.

CHAPITRE 12

Damian

JE M'ÉTAIS INSTALLÉ dans la maison de bord de mer que j'avais louée cette après-midi.

J'avais ouvert les immenses baies vitrées donnant sur le patio, attrapé mon ordinateur portable et planté mes fesses sur le transat avec une bouteille de bière américaine.

Étrangement, une grande partie de mon stress s'était évanoui quand j'avais entendu le bruit des vagues heurter la côte, et que les températures douces m'avaient donné l'impression d'être en escapade plutôt que dans un lieu où je me cachais de la presse.

Je souris en voyant une volée d'oiseaux tourner au-dessus de l'eau. J'avais décidé de ne *pas* dire à Nicole que cette maison était en fait la propriété d'un prince méditerranéen qui utilisait cette maison de Newport Beach comme résidence pendant ses vacances pour s'échapper, à l'occasion, des limites des exigences royales. Je n'avais pas menti. Le propriétaire était réellement un ami, mais Nicole avait déjà eu suffisamment de surprises pour la journée.

La dernière chose dont j'avais envie, c'était de la repousser en mentionnant toutes mes connaissances royales et aristocratiques. J'avais vu son expression horrifiée quand elle avait découvert que j'étais duc. Ce n'était pas que je recherchais les foules, mais il était difficile de ne *pas* connaître les autres et d'être amis avec certains d'entre eux puisque nous avions évolué dans les mêmes cercles en grandissant.

Ce que je lui avais dit à propos de mon titre était vrai. Je ne l'utilisais pas et je n'encourageais personne à le faire.

J'entendis mon portable sonner pour annoncer l'arrivée d'un message. Je l'attrapai, espérant sacrément que ce n'était plus Dylan, gémissant parce qu'il était coincé dans sa résidence de Beverly Hills, encerclé par les médias.

Comme je le lui avais demandé, Dylan m'avait retrouvé au petit déjeuner ce matin-là, avant que notre maison ne soit attaquée par une horde de journalistes.

Il avait été morose, mais sobre.

Quel choix avait-il, sachant que je contrôlais son argent ?

À la naissance, il était incroyablement riche. Ce n'était pas comme s'il savait vivre en faisant des économies.

Un rapide coup d'œil à mon téléphone m'indiqua que ce n'était pas un message de Dylan, et je souris d'un air narquois après avoir lu le SMS qui venait clairement de Nicole.

Nicole : *Si j'accepte, je veux que tu saches que je le fais pour ta mère. Pas pour toi.*

Je gloussai. Même maintenant qu'elle savait exactement qui j'étais, Nicole n'avait toujours pas de problèmes pour m'emmerder. Elle ignorait à quel point cela la rendait fascinante à mes yeux. Nicole me traitait comme n'importe quel homme qui lui taperait sur le système, et elle ne pouvait comprendre à quel point cela me faisait sentir… vivant, sacrément authentique.

Moi : *J'avais l'impression que tu le ferais pour ACM.*

Nicole : *Ouais. Ça aussi. Mais je veux que tu saches que ce n'est clairement pas à propos de toi.*

Comme si je ne l'avais pas déjà compris. Ses magnifiques yeux bleus m'avaient jeté des éclairs dans son bureau. S'ils avaient été réels, je serais déjà mort.

Moi : Je vais t'accepter comme je peux t'avoir.

Pourrais-je trouver une autre entreprise de gestion de crise capable de sauter dans la mêlée et de sauver la réputation des Lancaster ?

Carrément.

Mais je ne *voulais* pas d'une autre entreprise. Je la voulais *elle*. Je voulais *Nicole*.

Je commençais à avoir l'impression d'être un foutu harceleur, mais j'avais été incapable de contrôler mes instincts pour aller la trouver, aujourd'hui, même si j'avais su qu'elle me détesterait probablement.

Toute cette idée stupide de « je vais tout oublier une fois qu'on partira chacun de notre côté » ne fonctionnait pas avec moi.

J'allais devoir trouver une façon de mettre Nicole Ashworth dans mon lit.

Une fois que je l'aurais possédée, une fois que j'aurais plongé en elle et l'aurais sentie frissonner sous l'orgasme le plus intense qu'elle ait jamais connu, mon désir constant pour elle finirait peut-être par se calmer.

Nicole : *Tu ne m'auras pas. Tu auras mes aptitudes professionnelles. Tout va devoir rester strictement professionnel.*

Moi : *Je suis d'accord.*

Je ne consentais pas à prendre mes distances avec elle pour *toujours*. Seulement jusqu'à ce qu'elle puisse me faire confiance et que nous puissions renégocier les termes.

Nicole : *Je ne vais même pas faire comme si je comprenais ce foutu baiser dans l'avion, mais ça ne peut plus se reproduire.*

Moi : *C'est vraiment si difficile d'admettre qu'il y a comme une dynamique d'attirance entre nous deux, Nicole ?*

Nicole : *Oui. Non. Oh mon Dieu, je ne sais pas. J'ai vraiment envie de te détester. J'ai l'impression d'être une véritable idiote parce que je t'ai laissé jouer avec moi dans l'avion.*

Moi : *Je ne jouais pas. Je pense que tu sais que l'attirance entre nous est sincère. Et tu ne pourras jamais me détester plus que je ne me hais pour t'avoir fait du mal.*

Nicole : *Je n'ai pas été blessée. Pas vraiment. Comment pourrais-je l'être ? Je te connais à peine. Je me sens simplement bête.*

Je lui avais fait du mal. Je ne savais pas exactement comment je pouvais en être sûr, mais je savais que c'était le cas.

Moi : *Ne dis pas ça. Je croyais qu'on était d'accord : on ne le regrette pas.*

Nicole : *C'était avant que je sache que tu étais Damian Lancaster et un coureur de jupons.*

Moi : *Qu'est-ce qui est le pire ? Que je sois Damian Lancaster ou un coureur de jupons ?*

Je ne pouvais clairement pas changer mon identité, mais je pouvais peut-être la convaincre que, finalement, je n'étais pas un don Juan qui s'enivrait jusqu'à en perdre la tête et transformer mes ébats en grandes fêtes.

Nicole : *Que tu sois Damian Lancaster, j'imagine.*

D'accord, alors j'étais complètement et carrément foutu.

Moi : *Pourquoi ?*

Nicole : *Parce que je t'ai vidé mon cœur, Damian. J'étais assise à côté de toi et je te parlais de ma présentation. Et j'ai même évoqué ma vie sexuelle. Je t'ai presque tout raconté sur moi, et tu ne m'as rien lâché à part quelques infos. Tu penses vraiment que je suis du genre à partager ma vie entière avec tout le monde ?*

Moi : *Non. Je sais que tu ne fais pas ça. Mais tu m'aurais tout raconté si tu avais su dès le début que j'étais Damian Lancaster ?*

Je n'obtins pas immédiatement de réponse.

Finalement, elle me renvoya un message.

Nicole : *Je ne sais pas vraiment. À part le fait flippant que tu as lu mes SMS et que tu t'es montré autoritaire, je t'ai plutôt bien aimé. Je ne suis pas sûre de savoir comment je me serais sentie si j'avais su qui tu étais dès le début.*

Moi : *J'aurais dû te le dire. Est-ce qu'on peut recommencer ? Salut, Nicole. Je suis Damian Lancaster, PDG de Lancaster International. Oui, je me rends compte que toute cette situation d'orgie n'est pas belle à voir, mais tu penses que tu pourrais te retenir de me juger jusqu'à avoir appris à me connaître ? J'ai une érection douloureuse depuis que je t'ai vue assise à côté de moi, et j'aimerais vraiment te tamponner jusqu'à ce que tu cries mon nom dans l'agonie de ton premier orgasme obtenu grâce à un homme.*

Nicole : Là, tu es tout bonnement absurde.

Moi : *Ça t'a fait rire ?*

Nicole : *Oui.*

Moi : *J'aurais dit ça si je l'avais pu. C'est la vérité absolue.*

Nicole : *Tu devras arrêter de dire ça si nous finissons par travailler ensemble ! Tu as dit que nous ne parlerions que de business.*

Moi : *Tu n'as pas encore répondu oui à mon offre, alors on ne travaille pas ensemble. Ça veut dire que tu as changé d'avis et que tu prendras le dossier Lancaster International ?*

Nicole : *Non. Je t'appellerai demain matin.*

Merde ! Je n'avais vraiment pas envie d'attendre demain.

Moi : *Laisse-moi t'appeler. Tu es encore dans ton bureau ? Peut-être qu'on pourrait dîner ensemble. Un dîner d'affaires, bien sûr.*

Nicole : *Je suis toujours dans mon bureau, mais je me prépare à partir. J'ai des plans pour ce soir.*

Moi : *Un rencard ?*

Nous étions vendredi soir, donc c'était logique qu'elle puisse avoir un rencard. Avec un autre homme. Un mec qui pouvait réellement… la toucher, l'embrasser.

Oh, hors de question !

***Nicole** : J'imagine qu'on pourrait appeler ça comme ça. Écoute, je vais sérieusement envisager de prendre Lancaster International comme client et je t'appellerai demain matin.*

Nom de Dieu ! Pensait-elle vraiment que j'allais passer ma nuit tranquillement à ne pas penser à son rencard avec quelqu'un qui n'était pas… *moi* ?

Ma voix de la raison fit soudain apparaître son horrible tête :

Évidemment, elle pense que tu vas continuer ta nuit sans penser à *elle. Elle ne croit même pas que tu es attiré, et même si c'était le cas, cette femme pense que tu es un coureur de jupons et un menteur. Reprends-toi, Lancaster. Tu as vécu un baiser merveilleux, et ça pourrait très bien être la seule chose que tu obtiendras de sa part. Ça ne te regarde pas, si elle a un rencard. Il n'y a aucune raison pour laquelle ça devrait t'emmerder. Ce n'est pas comme si elle était à toi. Alors, ressaisis-toi, mon gars.*

Je pris une profonde inspiration et tentai d'écouter la voix rationnelle, même si je détestais cette petite garce.

Moi : *Nicole* ?

Nicole : *Oui* ?

Moi : *Fais attention et appelle-moi tôt, d'accord* ?

Nicole : *Aux environs de huit heures* ?

J'avais envie de lui dire de m'appeler dès qu'elle rentrerait de ce foutu rencard, puisque je savais que je ne dormirais pas.

Moi : *D'accord.*

Nicole : *Bonne soirée.*

Je jetai mon téléphone sur la table, fermai les yeux et cognai ma tête contre le transat à plusieurs reprises.

Mais qu'est-ce que je foutais ? Je n'avais jamais eu une seule pensée jalouse, possessive ou envieuse de toute ma vie, même avec les femmes avec qui j'étais sorti ou avec qui j'avais eu des rapports. J'étais Damian Lancaster, bordel, PDG et propriétaire de l'une des entreprises les plus grandes, les plus riches et les plus puissantes du monde. Je n'avais pas le temps de rester planté là à attendre qu'une femme qui me faisait bander m'appelle. J'étais un homme d'affaires sérieux qui avait besoin de se concentrer sur le travail s'entassant depuis deux jours alors que j'essayais de trouver une façon de mettre Nicole Ashworth dans mon lit.

Je pris une profonde inspiration et soufflai avant de marmonner.

— Il faut juste que je l'attire dans mon lit, et toute cette merde disparaîtra. Il le faut. Je veux que mon cerveau revienne.

Je n'avais pas vraiment besoin de ma voix de la raison pour savoir que j'étais hautement irrationnel.

J'en avais conscience.

Toutefois, quand il s'agissait de Nicole, un instinct primitif idiot dont j'avais ignoré l'existence jusque maintenant l'emportait complètement sur ma foutue logique.

Mon obsession pour Nicole Ashworth devait s'achever.

J'attrapai mon ordinateur portable, l'ouvris et me mis au travail, essayant tant bien que mal de bloquer tout le reste de mon esprit.

CHAPITRE 13

Nicole

— ALORS TU VAS vraiment le faire ? demanda Kylie.

— Je pense que tu le devrais, intervint Macy.

J'étendis ma serviette de plage en buvant une gorgée agréable du latte que j'avais acheté en me rendant à la plage.

Kylie, Macy et moi passions presque tous nos vendredis soir de la même façon.

Nous nous arrêtions dans notre café préféré pour un latte juste après le travail, et nous l'emmenions à la plage.

Nous appelions ça notre rendez-vous permanent, tant que l'une de nous trois n'avait pas d'autres plans.

Je souris aux deux femmes qui avaient été mes amies depuis l'école primaire. Toutes les trois, nous étions tellement différentes, mais ça ne nous avait pas empêchées d'être des sœurs de cœur.

— C'est vraiment si difficile de croire que je veux étendre ACM à l'international ? demandai-je.

Kylie secoua la tête en plaçant sa propre serviette.

— Nooon. Mais ce n'est pas simplement une histoire d'affaires mondiales. C'est Lancaster International. Tu as eu une aventure avec l'homme qui dirige la compagnie. Un homme qui s'est mis dans le pétrin en étant photographié pendant l'une de ses orgies.

— Il jure que c'était un piège, leur dis-je à toutes les deux.

Macy avait été mise au courant de la situation de Monsieur Orgasme par Kylie quand nous nous rendions à la plage.

— Peut-être que c'est le cas, songea Macy. Il est incroyablement riche. Il est évident qu'il a des concurrents qui veulent donner une mauvaise image de lui.

— Ou peut-être que non, et c'est vraiment un salaud, répondit Kylie avec sa dose habituelle de scepticisme. Ouais, bien sûr. *J'aime* penser qu'il est honnête, mais peut-être qu'il n'est qu'une traînée. Je ne pense pas qu'on puisse éliminer cette possibilité.

Je lui jetai un coup d'œil surpris.

— Qu'est-il arrivé à ton optimisme sur sa situation ?

Qu'était-il arrivé à la Kylie qui voulait que je lui accorde le bénéfice du doute ?

— Oh mon Dieu, gémit-elle. Je suis déchirée. Je *veux* que tu lui donnes une chance, mais je ne veux pas que tu sois blessée.

Je haussai les épaules.

— Ce n'est pas comme si ça comptait vraiment, dis-je. On ne va pas s'engager dans une relation romantique. Ce n'est que du business. Même si *c'est* un salaud, mon boulot est de faire en sorte qu'il ressemble à un mec bien.

Kylie souffla en s'allongeant sur le côté et en relevant sa tête d'une main.

— Allez, Nic. J'ai vu la façon dont il te regardait quand il était au bureau, aujourd'hui.

— Comment il la regardait ? s'enquit curieusement Macy.

Kylie ricana.

— Comme s'il mourait de faim et qu'elle était *le seul* plat sur le menu dont il avait envie.

— Il t'attire, Nic ? me demanda Macy sans aucune pudeur.

— Oui, insista Kylie.

— Pas vraiment, la contredis-je.

Elles haussèrent toutes les deux les sourcils en me regardant.

Je cédai. Elles étaient les deux seules personnes à qui je faisais complètement confiance.

— D'accord, il me plaît. Comment pourrais-je ne pas être attirée ? Ce mec, c'est la perfection physique incarnée, et cet accent britannique joue avec mes hormones, mais je le sais quand un homme est hors de ma catégorie. Je ne *peux pas* souffrir. Je vais y aller avec les yeux grands ouverts, cette fois, et c'est strictement professionnel.

Kylie leva les yeux au ciel.

— Tu n'es *pas* hors de sa catégorie. Il n'est pas hors de la tienne. C'est un menteur et peut-être même un coureur de jupons, tu te souviens ?

— Tu as raison, dis-je en grognant. J'imagine que toute l'histoire sur sa mère et sur le fait qu'il est un duc m'a vraiment perturbée, aujourd'hui.

Macy écarquilla les yeux.

— C'est un duc ?

Je passai les quelques minutes suivantes à expliquer la conversation que j'avais eue plus tôt avec Damian.

— Alors une partie de toi fait ça pour sa mère ? demanda Kylie.

J'acquiesçai.

— On dirait qu'elle a travaillé tellement dur pour être digne de la famille Lancaster, et elle ne mérite pas ça.

Ma propre mère me manquait horriblement, donc peut-être que j'avais un faible pour les mamans en détresse.

— Je ne dis pas que ce ne serait pas un avantage, Nic, songea Kylie. Tu veux aller à l'international. Ce serait bon pour ACM. Mais pas si ce salaud te brise le cœur en même temps.

Je laissai échapper un soupir exaspéré.

— Damian Lancaster ne va pas me briser le cœur.

Je devais seulement m'assurer de me rappeler que son allure et son charme ne signifiaient rien si sa personnalité et sa morale craignaient.

Kylie soupira.

— J'aimerais qu'il soit le genre de mec avec qui tu pourrais n'avoir rien d'autre qu'une aventure, s'il est réellement ton Monsieur Orgasme.

— C'est lui, Nic ? m'interrogea Macy.

Alors que je pensais à ce que Damian m'avait fait ressentir, à ce *foutu baiser*, je répondis honnêtement :

— Peut-être. Je ne dis pas qu'il m'a clairement fait perdre la tête sexuellement parlant, mais il m'a fait éprouver quelque chose… que je n'avais jamais ressenti auparavant.

Damian m'avait fait sentir belle.

Désirable.

Un désir cru et puissant dans lequel je voulais me noyer.

— Tu pourrais avoir une aventure avec lui ? demanda Macy.

Était-ce possible que je n'aie qu'un coup d'un soir avec quelqu'un comme Damian Lancaster, pour voir ce que cela ferait de coucher avec un homme à qui je semblais sincèrement plaire ?

C'était une pensée tentante, mais il fallait que je garde les idées claires si je voulais être sa sauveuse.

— Probablement pas. Je ne veux pas mêler le business et le plaisir. Faire ce job correctement est trop important pour ACM.

— Alors, quel est ton plan ? s'interrogea curieusement Kylie.

— Je lui ai déjà dit qu'il devait transmettre un communiqué officiel. Et rester loin d'autres orgies.

L'expression de Kylie changea, et je vis bien qu'elle pensait en manager de crise, désormais.

— Je pense que l'histoire ici, aux États-Unis, va s'étouffer assez rapidement. La seule raison pour laquelle la presse s'y intéresse, c'est parce que l'affaire est très importante en Angleterre en ce moment. Je dirais qu'il va surtout devoir arranger les choses au Royaume-Uni.

— Tu as raison, je pense, confirmai-je. Nous, les Américains, on a une capacité de concentration très courte, surtout quand il s'agit d'une histoire qui ne se déroule pas ici. Mais je doute que l'Angleterre soit aussi encline à pardonner.

— Il va falloir lui bâtir une publicité très bien élaborée, songea Kylie. Tu vas devoir aller à Londres avec lui.

Mon estomac se serra en guise de protestation, même si j'avais déjà compris que j'allais être *obligée* de me rendre dans la capitale britannique avec Damian pour régler la situation.

— Je sais.

Kylie soupira timidement.

— Peut-être que l'Angleterre a besoin d'une romance de conte de fées pour un duc. L'amour peut changer un homme, non ?

Mon cœur protesta contre cette idée pendant un moment, mais je savais que cela devait se produire.

— C'était mon plan. Il doit trouver une femme avec une excellente réputation et aucun cadavre dans le placard. Il doit ensuite être vu en train de la traiter comme si elle était la seule femme au monde pour lui. Les gens vont finir par laisser toute cette histoire derrière eux, s'il arrive à se montrer suffisamment convaincant.

— Si tout ça, ce n'est que pour les apparences, que se passera-t-il quand ce sera terminé ? demanda Macy, confuse. Ce n'est pas comme s'il allait se marier avec quelqu'un uniquement pour avoir une bonne publicité.

Kylie se redressa en répondant.

— C'est là que ce serait pratique si la femme était américaine. Au bout du compte, elle pourra juste prétendre que son pays lui manque, puis disparaîtrait de façon définitive aux États-Unis. Damian pourrait dire que c'était une séparation à l'amiable et il pourrait même être la partie lésée.

— C'est une idée fantastique, dis-je. Mais où allons-nous trouver ce modèle de vertu ? À ma connaissance, Damian n'est proche d'aucune Américaine, et j'ai un peu peur de celles que vous pourriez suggérer. Et, franchement, je ne pense pas que ça devrait être un contrat externe. Même si on faisait signer une clause de confidentialité, ça va être difficile pour n'importe quelle femme de ne pas parler de ce travail ou de faire comme si le scénario était réel. Kylie, qui avons-nous à ACM qui pourrait jouer ce rôle ? Il faut que ce soit une femme qui n'est pas mariée et a un passé vraiment clean. Et elle doit être une amante crédible pour Damian.

Macy et Kylie me fixèrent du regard.

— Il n'y a qu'une seule femme à ACM qui n'est pas mariée et qui a un passé irréprochable, répondit Kylie. Une femme qui n'a jamais eu une seule aventure, ou quoi que ce soit d'un tant soit peu critiquable par le passé. Nic, notre staff n'est pas si grand. Toi et moi, nous sommes les seules qui avons le bon âge et les seules célibataires. Je suis carrément sûre de ne pas le faire. J'ai de gros dossiers qui pourraient être ressortis si les journalistes cherchaient assez loin.

L'horreur me submergea quand je me rendis compte de ce à quoi Macy et elle songeaient.

— Oh, non, je ne vais pas jouer le rôle de l'amante supposée de Damian. Clairement pas. Je suis propriétaire de son agence de relations publiques. Les gens sauront que ce sont des conneries.

Kylie secoua la tête.

— Ils n'auront pas besoin de savoir qu'il t'a engagée. Vous n'avez pas encore signé de marché officiel. Vous pourriez attendre que toute cette histoire soit terminée pour rendre la situation légale. Damian ne se désisterait jamais dans un marché. La vérité serait une bonne histoire de fond. Damian et toi, vous vous êtes rencontrés dans un avion quand il volait sur sa propre compagnie aérienne. Tu es une femme d'affaires des États-Unis, qui s'est retrouvée assise à côté de lui. Vous avez discuté pendant tout le vol et vous êtes tombés sous le charme l'un de l'autre en buvant le thé du matin ou un truc comme ça.

— Je n'aime pas vraiment le thé, dis-je d'une voix paniquée.

Je n'aimais pas du tout cette idée.

— Un café, alors, répondit Macy. Est-ce que ça a de l'importance ? Vous pouvez transformer ça en histoire d'amour, que tu boives du thé ou du café.

— Tu peux le faire, Nic, m'encouragea Kylie. Tu es la femme idéale dont il pourrait tomber amoureux, ici. Personne ne pourrait te critiquer. Tu as eu ton diplôme à l'université avec les honneurs, tu t'es démenée pour aller en école de droit. Tu as travaillé dans le droit des affaires jusqu'à te tourner vers le business des relations publiques.

— Est-ce que je ressemble au genre de femmes dont Damian Lancaster tomberait amoureux ? demandai-je. Vraiment ? Je suis en surpoids…

— Tu as des courbes, insista Macy. Tu es en bonne forme, Nic. On fait de la plongée sous-marine ensemble depuis des années, tu te souviens ? Je sais à quel point certaines des aventures étaient exigeantes physiquement, alors ne me lance même pas là-dessus. On va dans l'eau dès qu'on en a la chance. Tu es bien faite et en formes.

— Je suis bien trop grande…

— Les mannequins le sont, m'interrompit Kylie. Et Damian est grand. Tu pourrais porter de sacrés escarpins et te sentir toute délicate, à côté de lui.

— Je n'aurais absolument aucune chance d'attirer le regard baladeur de Damian Lancaster, déclarai-je catégoriquement. Vous avez vu ces femmes nues dans son lit. Je ne suis *pas* son genre.

— Conneries, rétorqua énergiquement Macy. Tu es belle, Nic. Simplement, tu ne t'es jamais vue de cette façon.

Kylie leva la main.

— Pour moi aussi, ce sont des conneries. Macy a raison. Et il est assez clair que tu plais *déjà* à Damian. Je déteste quand tu te dénigres parce qu'aucun homme ne t'a encore fait comprendre à quel point tu étais magnifique, Nic. Selon moi, tu es trop bien pour quelqu'un comme Damian Lancaster, mais tu peux toujours faire comme si tu t'encanaillais.

— Elle a absolument raison, confirma Macy.

Je regardai les deux femmes qui avaient été mes plus grandes supportrices une bonne partie de ma vie et je sus qu'elles pensaient chaque mot qu'elles prononçaient. Comment pouvais-je ne pas les adorer parce qu'elles me voyaient différemment de la façon dont *je* me percevais, et parce qu'elles m'aimaient ?

— Je vous aime toutes les deux, dis-je avant de rire.

J'avais deux ardentes défenseuses à mes côtés, et je les avais eues durant la majeure partie de ma vie. Il était impossible que je ne puisse m'en réjouir et être sacrément reconnaissante que ces deux femmes géniales soient mes alliées les plus féroces, tout comme je l'étais pour elles.

Je me retournai sur le dos, mon cœur tambourinant toujours à l'idée de jouer l'amante de Damian.

— Je ne suis pas sûre de pouvoir le faire, admis-je.

Vraiment, je n'avais pas beaucoup de choix si je voulais être totalement certaine que la vérité ne sorte jamais.

— Bien sûr que tu le peux, me contredit Kylie. Tu n'as jamais rien loupé dans ta vie. Ce sera du gâteau.

— Je n'ai pas totalement décidé si j'étais la femme parfaite pour que ce soit un succès, les avertis-je.

Mon Dieu, je devais bien avoir une chance de me sortir de là, n'est-ce pas ?

— Si tu ne crois pas tes deux meilleures amies, demande à Damian, insista Kylie. Je doute vraiment que ça le dérange que tu joues le rôle de son amoureuse. Peut-être que je ne lui fais pas complètement confiance, mais la façon dont il te regardait dans le bureau ne mentait pas, Nic. Je pense qu'il va te convaincre que tu es absolument parfaite.

Je soupirai en me souvenant qu'il m'avait *déjà* dit que j'étais parfaite, et je n'en avais pas cru un mot.

CHAPITRE 14

Damian

— CET ENDROIT EST génial.

Le ton de Nicole était rempli d'admiration, et ses grands yeux bleus scintillaient alors qu'elle admirait la vue depuis le patio de la maison au bord de la plage que j'empruntais.

— Tu n'es qu'à quelques pas de l'océan, et tu as littéralement les pieds dans le sable.

Toutes les baies vitrées étaient ouvertes, et c'était une matinée estivale claire et douce, à Newport Beach.

Quand Nicole m'avait appelé, plus tôt, je lui avais demandé de me rejoindre ici, à la maison, puisque son bureau était fermé le week-end.

Je voulais aussi profiter de l'avoir sur mon territoire, au cas où elle refuserait d'accepter Lancaster International parmi ses clients.

J'aurais plus de chance de la faire changer d'avis si elle n'avait pas la possibilité de me claquer la porte au nez.

— On peut s'asseoir ici ? demanda-t-elle en faisant un geste de la main vers les transats du patio. Puisque je ne serai jamais propriétaire de l'une de ces maisons, j'aimerais admirer la vue pendant que je le peux.

— Fais comme chez toi, insistai-je. Je peux te servir un thé ? Je ne crois pas avoir de café.

Elle leva le gobelet de café d'une taille démesurée qu'elle avait emporté avec elle.

— Je suis venue préparée. Je suis passé prendre mon propre café. Je ne suis pas une grande fan de thé. Je n'ai jamais compris l'obsession britannique pour ça.

J'attrapai ma tasse de thé noir Taylors de Harrogate alors que je me laissais tomber sur un transat à côté d'elle.

— Comment peux-tu ne pas aimer le thé ? Il y a un mélange pour chaque personne.

Elle haussa les épaules.

— Ce n'est pas que je *n'aime pas*. Mais comment on peut comparer ça à un bon latte ?

Évidemment, cette pauvre femme n'avait jamais bu une bonne tasse de thé.

— Très facilement. Avec le thé, il y a un mélange pour chaque occasion, et on ne manque jamais de nouveaux goûts à essayer. Le café, c'est seulement… du café, peu importe ce que tu mets dedans.

Elle leva les yeux au ciel.

— Je ne vais pas essayer de contredire un Britannique qui adore le thé.

Je lui jetai un faux regard d'avertissement.

— Il ne vaut mieux pas. Ne te dispute jamais avec un Anglais à propos de son thé.

— Est-ce que tu bois du café, parfois ? demanda-t-elle curieusement.

Je secouai fermement la tête.

— Non. C'est affreux.

Elle rit à cause de l'air dégoûté sur mon visage, et, pour une raison quelconque, tout ce dont j'eus envie, c'était qu'elle continue de rire. Peut-être que j'étais un peu dramatique en le pensant, mais ce bruit était comme de la musique qui apaisait mon âme.

Merde ! Quand étais-je devenu poétique à propos de… quoi que ce soit ?

Ça n'était jamais arrivé jusqu'à… *elle*.

Je scrutai Nicole, essayant toujours de découvrir pourquoi elle me rendait si fou.

Ses cheveux blonds étaient attachés en une queue de cheval, et sa tenue était détendue, elle portait un jean et un haut estival léger, ainsi qu'une paire de sandales.

Il n'y avait rien de différent par rapport aux autres femmes. C'était la façon dont les gens s'habillaient dans cette ville côtière.

Elle avait un sourire serein sur le visage en regardant l'océan, et, quand elle tourna la tête pour me regarder, cette expression se transforma en un véritable sourire.

Mon sexe banda totalement en quelques secondes, et, pour une quelconque raison, je ne pus rien faire d'autre que lui lancer un immense sourire en retour.

Nicole irradiait de l'intérieur, et cela se voyait quand elle ne prenait pas garde, et bon sang, c'était carrément contagieux.

Peut-être que j'étais attiré par la façon dont elle pouvait trouver tant d'humour dans un seul commentaire. Ou la manière dont elle m'aidait à me sentir vivant, à nouveau, depuis la seconde où elle avait franchi ma porte ce matin.

Je m'éclaircis la gorge.

— Ton rencard était comment, hier ?

D'accord, peut-être que j'avais été *plutôt* incapable de l'oublier. Et bon sang ! J'avais réellement essayé. Ardemment. Rien n'avait fonctionné. Pas même la voix de la raison.

Elle sourit.

— C'était sympa. Kylie, Macy et moi passons toujours un bon moment sur la plage, pendant nos rendez-vous permanents.

Je fronçai les sourcils en la regardant.

— Tu avais un rencard avec… Kylie et Macy ?

Elle acquiesça.

— Comme tous les vendredis soir. Aller à la plage est un rendez-vous permanent pour nous trois, à moins que l'une d'entre nous ait un vrai rencard ou quelque chose dans le genre. On fait ça depuis que je suis revenue en Californie.

D'accord. Je devais admettre que je souriais comme un foutu idiot. Peut-être que j'aurais dû être agacé contre moi-même parce que j'avais tiré des conclusions hâtives, mais la seule chose que je ressentais, c'était un profond sentiment de soulagement.

— Alors pourquoi tu as refusé mon invitation à dîner ?

— J'avais déjà dit à Macy et Kylie que j'y allais, expliqua-t-elle.

— Pas de problème.

Je pouvais être assez magnanime, maintenant que je savais qu'il n'y avait pas eu un seul homme lors de leur rendez-vous.

— Alors, tu aimes la maison qu'on me prête ?

Elle soupira, et cela fit tressaillir mon sexe.

— J'ai toujours aimé ces maisons. Comment pourrait-on ne pas avoir envie d'être juste à côté de l'eau ? À la seconde où j'entends des vagues, je me détends. Je n'imagine pas ce que ça doit être de vivre ici.

— Je pensais que tu vivais dans le coin.

— À Newport Beach, oui. Mais je vis dans un appartement avec vue sur la ville que j'ai hérité de ma mère. Ces maisons-là sont horriblement chères. Je gagne un bon salaire, mais pas assez pour vivre au bord de la mer dans cette ville.

— J'imagine que je ne me suis jamais dit que mon salaire était insuffisant pour… quoi que ce soit, lui avouai-je.

Elle gloussa.

— Les Lancaster n'ont probablement pas besoin de penser à ce genre de choses, mais nous, les gens normaux, nous devons nous en tenir à un budget.

Je réfléchis à son commentaire en buvant une gorgée de mon thé. J'avais été milliardaire depuis ma naissance. Il n'y avait jamais vraiment eu de limites pour moi par manque de financement. La plupart de mes amis étaient riches également, donc j'ignorais totalement ce que c'était de devoir respecter un certain budget. Je signais avec mon nom et obtenais ce que je voulais. Point final. Fin de l'histoire.

— J'imagine que ça me rend anormal, dis-je.

Elle secoua la tête, et, pendant un moment, je fus distrait par la façon dont sa queue de cheval blonde rebondissait à cause de ce geste.

— Pas anormal, me corrigea-t-elle. Être riche et puissant, c'est *ta* normalité. Ce n'est simplement pas naturel pour la majeure partie de la population.

J'aimais la façon dont elle pouvait simplement accepter le fait que j'étais incroyablement riche sans être fan de ce style de vie.

— Alors tu es heureuse avec ta normalité ? demandai-je.

Elle y songea un moment avant de répondre.

— En grande partie, oui. Je me considère comme chanceuse. J'ai reçu une bonne éducation et je gagne un bon salaire. Je pense que c'est la nature humaine de vouloir continuer à avoir mieux, mais l'argent ne fait pas tout. J'ai d'excellents amis, et je peux passer du temps à faire tout ce que j'aime.

— Comme ?

Je voulais en savoir plus sur elle, découvrir ce qui *la* rendait heureuse.

— Je passe autant de temps que possible dans et sur l'eau, partagea-t-elle. J'ai un diplôme de plongée sous-marine, alors je passe beaucoup de temps sous l'eau. Je sors plonger deux fois par semaine si je ne suis pas débordée à l'agence.

Je ne m'étais pas attendu à ce qu'elle dise ça.

— Alors il y a une dure à cuire sous cet extérieur magnifique ?

— Il y a quelque chose de vraiment magique quand on passe du temps avec des animaux aquatiques dans leur propre habitat, et ce n'est pas si dangereux que ça.

J'acquiesçai.

— Mon frère Leo dit la même chose. C'est un plongeur. Au niveau d'instructeur. Il a toujours essayé de me convaincre d'essayer.

— Tu devrais le croire. La vie ne devrait pas toujours tourner autour du travail. Où plonge-t-il ?

Je haussai les épaules.

— Partout. Il est bien plus souvent loin de la maison que chez nous. Parfois, je l'envie. C'est un biologiste de la vie sous-marine qui cherche des espèces extrêmement rares ou probablement éteintes sur tout le globe. Leo a un grand sanctuaire et un programme de reproduction en Angleterre pour aider le sauvetage des animaux qui ne sont pas loin de l'extinction. Il n'a jamais eu aucun intérêt dans Lancaster International. Ses parts ont été rachetées quand la succession a été réglée, mais je ne pense pas qu'il s'intéresse à l'argent. Enfin, à part que ça l'aide à faire ce dont il a toujours eu envie.

Je me surpris en observant avec désinvolture que, parfois, je convoitais le style de vie de Leo, mais c'était probablement le cas.

— Je suis sûre qu'il y a *quelques* problèmes dans sa vie, observa Nicole. Je ne peux pas l'imaginer être tout le temps loin de chez lui, vivant avec un sac à dos ou une valise. Tu voyages aussi, non ?

— Oui. Mais pas comme Leo, confiai-je. Parfois, j'aime voyager simplement pour le plaisir et pas pour le business, mais ma vie ne fonctionne pas comme ça, maintenant.

— Je peux le comprendre. Mon seul voyage à Londres était ma première sortie des États-Unis, et je n'ai pas vraiment eu la chance de voir quoi que ce soit parce que je travaillais. J'étais trop inquiète à propos de ma présentation.

— Alors j'imagine que tu vas devoir revenir, dis-je, rempli d'espoir. Tu n'as pas du tout fait de tourisme ?

— J'ai essayé. Je me suis perdue dans le métro. Je croyais être dans la bonne direction pour aller à la Tour de Londres, mais il s'avère que j'allais dans le sens opposé. Quand j'ai retrouvé mon chemin et que je suis arrivée à la Tour, je n'avais pas beaucoup de temps. Je n'ai pas pu tout voir.

Elle semblait si mélancolique que mon cœur se serra.

— Prends un Taxi ou un Uber, la prochaine fois, lui conseillai-je. Tout le monde se perd dans le métro, à moins de prendre son temps.

— Eh bien, je *pourrais* avoir une autre chance, dit-elle d'une voix nerveuse.

Je protégeai mes yeux du soleil et regardai son visage.

— Tu crois ?

Merde ! Je détestais être en train d'attendre nerveusement ce qu'elle avait à dire.

— Peut-être, dit-elle prudemment. Si tu es d'accord avec ma proposition.

D'accord, elle semblait encore plus appréhensive, maintenant.

— Qu'est-ce qui ne va pas, Nicole ? Tu as l'air inquiète. Parle-moi. Qu'est-ce qu'il y a de si horrible à retourner en Angleterre ? Tu n'auras plus jamais besoin de refaire un discours devant mes cadres. Je te le jure.

— Ce n'est pas ça.

Elle gigota sur son transat.

— Écoute, je veux vraiment avoir une chance de t'aider à arranger la situation actuelle.

— Et je veux que tu le fasses, déclarai-je impatiemment. J'ai déjà suivi ton conseil et transmis un communiqué public. Alors pourquoi c'est un problème de travailler avec moi ?

Elle prit une profonde inspiration.

— Je crois qu'il faut que je retourne en Angleterre avec toi.

— Excellent, confirmai-je. Ça ne sera clairement pas un problème. On prendra l'avion ensemble. On prendra mon jet. Ce sera beaucoup plus confortable que la classe affaires.

Je *voulais* que Nicole revienne en Angleterre avec moi, donc son plan était le même que le mien jusque-là.

— Il faut que tu te trouves une copine, dit-elle précipitamment.

C'était comme si elle avait du mal à faire sortir les mots de sa bouche.

— Une femme qui a une bonne réputation et un passé immaculé. De préférence, elle serait américaine pour pouvoir disparaître discrètement quand la bonne publicité sera terminée. Les médias ont besoin de raconter une autre histoire sur toi, Damian. Quelque chose de positif.

Je fronçai les sourcils. Ça ne correspondait clairement pas à mon plan.

— Je ne connais aucune femme américaine, et je n'ai jamais eu de relation durable. Je te l'ai dit, Nicole. Je n'en ai pas le temps.

Elle me lança un regard noir.

— Alors il est temps de changer.

— Même si j'étais partant pour ton idée, ce que je ne suis *pas*, où suggères-tu que je trouve cette femme ?

J'étais agacé. Je n'avais aucun désir de vivre une relation confortable avec une femme convenable rien que pour les images et la presse positive. Surtout quand je pensais à mon plan de séduction avec Nicole.

J'allais simplement attendre et laisser cette histoire s'essouffler, gardant Dylan hors du pays jusqu'à ce que tout soit oublié. Il était impossible que je fasse semblant d'être un idiot pathétique qui pleurait un amour perdu. Oui, je ferais beaucoup de choses pour ma mère et le nom de Lancaster, mais pas ça. Tout sauf ça. J'ignorais totalement comment courtiser une femme.

— Peut-être que tu l'as *déjà* trouvée, s'écria soudain Nicole.

— Je ne te suis pas.

Je commençais à être énervé, et tout ce dont j'avais envie, c'était qu'elle me dise son plan pour que je puisse simplement refuser de coopérer.

Je voulais qu'elle vienne à Londres, mais il faudrait simplement définir *un autre* plan. Je n'étais pas doué pour être charmant ou faire semblant, donc le public ne croirait *jamais* à mon affection feinte pour une femme que je ne connaissais pas.

Dylan aurait pu réussir cette mission, mais pas moi.

Nicole semblait sacrément nerveuse quand elle commença à parler.

— Je suis éduquée et je n'ai aucun scandale dans mon passé. Je n'ai pas de cadavre dans le placard. Et je sais exactement ce qui doit être fait. Il n'y a aucune trace sur le papier du fait que tu m'as engagée, donc on peut attendre et signer un accord quand ce sera terminé. *Je suis* prête à jouer le rôle temporaire de ta petite amie, si tu fais des efforts, déclara-t-elle d'une voix crispée. Crois-moi, je n'aime pas plus ce plan que toi, mais je ne veux pas que ça sorte d'ACM, pas même avec un contrat de non-divulgation. Moins il y aura de personnes au courant, mieux ce sera, et je suis vraiment la seule personne de la boîte qui peut le faire.

Une grande ampoule étincelante s'alluma dans mon cerveau lent à la détente, et mes lèvres se recourbèrent dans un sourire alors que je regardais l'expression troublée de Nicole.

Oh que oui !

Je changeai *complètement* d'avis à propos du plan qu'elle avait proposé. C'était absolument brillant, et cela s'accordait parfaitement avec ma stratégie.

Elle serait celle qui jouerait ma petite amie adoratrice.

Elle serait mon amante.

Elle serait de retour en Angleterre pour encourager une publicité positive montrant à quel point je pouvais être un mec génial quand je ne *participais pas* à des orgies.

Est-ce que ça ne changeait pas… *tout* ?

Je n'aurais pas à faire *comme si* j'étais carrément obsédé par Nicole, *et seulement Nicole*, parce que c'était en fait ma réalité. Pas besoin de jouer. Avec elle, mon obsession agaçante était terriblement, terriblement réelle.

— Je suis partant, confirmai-je, sans poser de questions. Mais tu comprends que nous allons devoir être proches et intimes, n'est-ce pas ?

— Bien sûr, rétorqua-t-elle.

— Il va falloir que tu me laisses t'embrasser à nouveau, te caresser dès que nous serons ensemble.

Je me réchauffai carrément en exposant ce scénario.

— Pas de… caresses, répondit-elle, mal à l'aise.

Je secouai la tête.

— Il y aura clairement du pelotage pour montrer à quel point je t'adore, argumentai-je. Tu veux que je sois ton prince charmant, non ?

Elle ricana.

— Vous êtes déjà assez charmant, pour un duc, Votre Grâce. Tu peux me toucher, mais pas me… peloter.

Généralement, je détestais qu'on s'adresse à moi avec mon titre de duc, mais Nicole l'avait dit de façon si joueuse que c'était *presque* un mot doux. Alors je ne m'en plaindrais pas si *elle* l'utilisait.

J'étais incroyablement tenté de lui dire qu'il y aurait beaucoup de pelotage, ce qui nous mènerait inévitablement à mon lit, mais je retins cette pensée.

Elle avait l'air suffisamment mal à l'aise, donc la dernière chose que je voulais, c'était la dissuader alors que j'adhérais sans réserve à ce plan en particulier.

— Je me comporterai parfaitement bien. Je te le promets, lui dis-je.

Ce qui signifiait *vraiment* que j'allais faire tout mon possible pour l'amadouer, pour qu'elle vienne dans mon lit et puisse vivre son premier orgasme… ou deux… ou trois.

Impossible que je gâche cette opportunité de séduire Nicole Ashworth et d'enfin retrouver ma santé mentale.

En retour, j'allais m'assurer qu'elle était satisfaite et je lui enseignerais à quel point c'était important pour *elle* de franchir la ligne d'arrivée, également.

Pour moi, c'était un marché équitable.

Néanmoins, Nicole aurait peut-être besoin d'être convaincue.

— Un aperçu d'orgie, et je m'en vais, marmonna-t-elle.

Je lui souris.

— Absolument.

Puisque la seule femme avec qui je voulais être nu, c'était *elle*, cette condition en particulier ne serait pas du tout un problème.

CHAPITRE 15

Nicole

— SI TU N'AS pas d'aventure avec cet homme, je jure que je vais *me* proposer, déclara Kylie la semaine suivante.

Elle garda une voix basse alors que nous réunissions plus de friandises et de boissons dans la cuisine de mon appartement.

C'était un choix sage, puisque Damian et Macy étaient toujours assis dans mon salon.

Mes deux meilleures amies avaient décidé qu'elles devaient organiser une fête de départ pour moi, ce soir, et Damian s'était audacieusement joint aux festivités.

Il écourtait sa visite aux États-Unis, parce que le cauchemar sur les réseaux sociaux ne se calmait pas. Nous partions donc le lendemain pour Londres afin de mettre notre plan en action.

— Cet homme est dangereux, marmonnai-je d'une petite voix à Kylie en ouvrant mon placard pour trouver davantage de chips. Il n'a même pas *regardé* une autre femme depuis qu'il est ici. La seule à qui il fait attention, c'est… moi.

Damian avait été catégorique sur le fait de… s'entraîner à être mon petit ami. Il m'avait emmenée dîner lundi soir et il jouait tellement bien l'amant masculin adorateur que c'était presque… gênant.

En tant que son agent dans les relations publiques, peut-être que j'aurais dû être en extase face à ses capacités d'acteur dignes d'un Oscar. Je l'aurais probablement été si cela ne m'avait pas rendue aussi… nerveuse.

Mardi, il s'était pointé au bureau pour le déjeuner avec toute mon équipe et il avait réussi à charmer Kylie au point qu'elle semblait oublier qu'il était un coureur de jupons.

Quand il avait découvert que les filles organisaient une soirée pour me souhaiter *bon voyage* ce soir, il était arrivé avec les bras chargés de nourriture, et Macy commençait à être de son côté.

Était-ce ridicule si j'avais l'impression que mes deux meilleures amies étaient des traîtres ?

— Il n'est pas comme je m'y attendais, déclara Kylie en soupirant. Je voulais le détester, mais il te regarde réellement comme si tu étais la seule femme qu'il pourrait désirer. Et il est si… sympa.

J'allai jusqu'au frigo et sortis la bouteille de vin que Damian avait apportée, ainsi qu'une bière pour lui.

— Tu as oublié que c'était un don Juan ? déclarai-je dans un chuchotement bruyant et frustré.

Kylie haussa les épaules en prenant le vin et la bière.

— Peut-être que oui. Il est charmant, et la façon dont il te traite m'aide à l'oublier. Nic, tu as raison. La seule femme qu'il voit, c'est toi. C'est si évident. C'est difficile de croire que c'était Damian, nu, sur cette photo. Tout ça n'a aucun sens. Peut-être que c'était effectivement un piège, parce que le mec qui est dans ton salon, actuellement, ne ressemble pas au type de gars qui s'enivre pour participer à une immense orgie.

Je ricanai.

— Tu as vu la photo. C'est *clairement* lui.

Je ne pouvais pas vraiment en vouloir à mon amie d'avoir tiré cette conclusion. J'avais eu du mal à réconcilier Damian avec ce scandale, moi aussi.

— Mais voilà le truc…, déclara Kylie d'un air pensif. Toi et moi, on a passé toute la journée à chercher des informations sur les Lancaster, sur Internet. On a fait des recherches et on est plus ou moins bredouilles. Ouais, on est tombé sur quelques informations inoffensives à propos de la mère de Leo et Damian, mais je suppose qu'ils ont des vies très privées, en général. Et quel genre de scandales on a trouvé sur Damian ? Absolument rien, à part la photo de l'orgie et l'article, et des articles de business horriblement secs. Nic, ça ne te paraît pas un peu étrange, si Damian est vraiment un coureur de jupons, qu'on ne trouve pas une seule chose sur ses indiscrétions passées sur Internet ? Ça ne te fait pas penser que tout était effectivement un coup monté ?

J'acquiesçai lentement.

— C'est étrange.

Je m'étais dit exactement la même chose quand, toutes les deux, nous avions passé des heures à chercher sur Internet chaque mention de la famille Lancaster pendant les deux dernières années. Je ne ferais pas mon travail si je n'avais pas cherché tous les autres scandales possibles, des choses qui pouvaient apparaître quand nous serions à Londres. Oh, il y avait énormément d'informations à propos de Lancaster International, mais très peu de choses personnelles sur son propriétaire, Leo ou la mère de Damian. Étrangement, je n'avais pas du tout été surprise que rien d'autre n'apparaisse. Alors peut-être que je croyais effectivement certaines des choses que Damian m'avait dites ces derniers jours.

Il était probablement vrai que sa mère ne s'était pas trop risquée dehors ou n'avait pas assisté à beaucoup d'événements depuis que son père était mort.

Et c'était peut-être aussi vrai que Leo était considéré comme trop ennuyant pour les tabloïds.

D'accord, *peut-être*, juste *peut-être,* que toute l'orgie était un piège, et que, d'ordinaire Damian vivait comme un travailleur acharné, ce qui ne valait pas la peine d'apparaître dans les journaux. Je n'avais en tout cas trouvé aucune preuve du contraire, aujourd'hui.

Bien que Damian soit charismatique, il n'agissait jamais comme un don Juan. Il était évident qu'il prenait au sérieux ses responsabilités envers son affaire et sa famille. En fait, Damian était… *trop sérieux,* la plupart du temps.

Kylie haussa les épaules.

— Je pense que c'était un genre de mise en scène et que Damian était au mauvais endroit au mauvais moment. Est-ce qu'il a fait le premier pas avec toi ?

— Il n'a même pas essayé de m'embrasser à nouveau, admis-je. Il agit comme s'il essayait de me pousser à lui faire confiance.

Ce fichu baiser dansait toujours dans ma tête à chaque fois que je regardais Damian, peu importait à quel point j'essayais d'oublier.

Non pas qu'il avait évité de s'approcher de moi au maximum, quand nous dînions ensemble, mais il avait simplement opté pour passer un bras autour de moi et m'inonder de sous-entendus sexy qui n'étaient jamais mis à exécution.

Je n'étais pas sûre de savoir si j'étais soulagée ou déçue que tout se concentre sur les paroles et pas sur les actes.

Kylie sourit.

— Il essaie probablement de gagner ta confiance.

— Ah ! Ou alors, il pourrait être un tueur en série essayant de me bercer dans un sentiment de sécurité avant de bondir, la contre-attaquai-je.

Je *devais* me rappeler qu'il y avait un côté de Damian que je n'*avais pas* vu. Même si tout le scandale était un piège, il n'était pas complètement innocent. Il s'était également transformé en cible en s'enivrant suffisamment pour permettre à quelqu'un de trafiquer sa boisson.

Mais est-ce juste de le juger ? Moi, j'avais été ivre morte dans un avion avec un véritable inconnu.

La seule différence était que Damian Lancaster était un duc milliardaire sous le feu des projecteurs, et pas moi. Si je voulais croire qu'il avait été piégé, je ne pouvais pas m'en vouloir pour quelque chose qui pouvait arriver à presque n'importe qui.

Kylie refusa d'abandonner.

— Tu lui plais vraiment, Nic. Et je pense qu'il te plaît tout autant. Pourquoi ne pas lui laisser une chance ? On fait tous des choses stupides, parfois. Dieu sait que moi-même, j'en ai fait.

— C'est un client, Kylie, lui rappelai-je sévèrement.

Elle haussa les sourcils.

— Techniquement, non. Vous pourriez avoir une aventure *avant* de signer le contrat.

Je secouai la tête et chassai les larmes qui commençaient à brouiller ma vue.

— Je ne peux pas. Je crois que je commence à l'*apprécier*.

Je découvrais qu'il y avait trop de choses à admirer chez Damian, et certaines me touchaient vraiment.

Même s'il me rappelait qu'il était né privilégié, et qu'il ignorait ce qu'était une vie normale, je commençais à penser que sa richesse et son pouvoir n'étaient pas *toujours* bons pour lui.

Damian prenait toujours ses responsabilités à cœur, et même s'il avait tout l'argent qu'il voulait, à mon avis, il n'avait pas beaucoup de temps pour en profiter.

Pendant les moments où il baissait la garde, je voyais bien qu'il était stressé, épuisé et plus inquiet à cause de sa famille et de son entreprise que pour ses propres intérêts.

C'était vraiment difficile de ne *pas* aimer un mec qui faisait passer les besoins des autres avant les siens.

— Je commence à bien l'aimer aussi, confia Kylie. Mais pas comme toi. Il semble sincèrement intéressé par le fait de nous connaître, Macy et moi. Quand il pose des questions, il écoute ce que nous avons à dire. Je reconnais un autre manager de crise quand j'en vois un et je pense que Damian en est un. Visiblement, il semble vouloir résoudre les problèmes de tout le monde, sauf les siens. Je pense que c'est probablement un grand frère génial, et un bon fils. Il paraît… loyal envers tous ceux à qui il tient, Nic. Est-ce que tu sais qu'il a donné une incroyable somme d'argent à l'œuvre de charité de Macy ?

J'avais commencé à fouiller dans le frigo pour trouver des sauces, mais j'arrêtai ce que je faisais et relevai la tête pour regarder Kylie, bouche bée.

— C'est bizarre. Il ne l'a pas mentionné.

— Tu vois. C'est ça qui est troublant, dit-elle en fronçant les sourcils. Je ne crois pas qu'il *veuille* parler de toutes les choses sympas qu'il fait. Il a glissé un chèque à Macy, tout à l'heure. Avec beaucoup de zéros dessus. Il était discret, mais je l'ai vu quand même. Je ne pense pas qu'il veuille qu'on lui soit reconnaissant parce qu'il a aidé.

— Je me demande s'il participe à beaucoup d'œuvres de charité, en Angleterre, songeai-je. On pourrait utiliser quelques-uns de ces galas à notre avantage.

Elle acquiesça.

— Je peux te garantir qu'il est généreux, mais il n'en fait probablement pas tout un plat. J'imagine même qu'il doit donner de façon anonyme, s'il le peut. J'ai l'impression qu'il a un énorme sens du devoir, et je suis prête à parier qu'il considère que c'est sa responsabilité de réparer tout le mal qui a été fait dans le monde.

— Crois-le ou non, je peux l'imaginer, confirmai-je.

À certains moments, j'avais l'impression que Damian portait le poids du monde sur ses larges épaules.

— Tu penses pouvoir envisager qu'il n'est peut-être pas l'homme que tu crois ? me demanda Kylie. Mes sens sont hypersensibles, et il n'en a alarmé aucun. Je ne suis pas certaine de savoir ce qu'il se passe, mais je ne crois pas que Damian soit le genre de mec à coucher avec chaque femme qu'il rencontre. Je pense qu'il est totalement fou de *toi*, et il ne sait pas du tout comment réagir.

Mon cœur loupa un battement.

— Il est le genre d'homme qui pourrait me faire du mal, Kylie.

— Ou te donner de multiples orgasmes, ajouta-t-elle. Il est torride. Je l'admets. Et ce serait facile de lui coller l'étiquette de coureur de jupons à cause d'une erreur. Je ne veux pas que tu sois blessée, mais je ne veux pas non plus que tu loupes une opportunité avec un homme qui semble voir qui tu es vraiment. Et il aime *tout* ce qu'il voit. Est-ce que tu n'es pas un tant soit peu tentée d'oublier toute prudence et de savoir ce que c'est de se noyer dans son adoration ?

— Je suis très tentée, admis-je en arrêtant de faire semblant avec ma meilleure amie. Mais que se passera-t-il si je ne peux pas gérer ça comme une simple affaire ?

Je me sentis paniquer à l'idée de me rapprocher autant d'un homme comme Damian et de me rendre vulnérable.

— C'est clairement un risque, répondit Kylie. Et tu es la seule à pouvoir décider s'il en vaut la peine.

J'essuyai une larme sur ma joue.

— J'ai peur, Kylie.

Elle passa une main apaisante dans mon dos.

— Je sais. Je comprends. Crois-moi. Être attirée par quelqu'un, c'est difficile. Tu as peur que ton petit faible t'aveugle face à la vérité. Et Dieu sait que nous avons raison de douter de Damian Lancaster. Suis tes instincts, Nic. Si j'avais suivi les miens aujourd'hui et pendant mon mariage, j'aurais pu éviter toute cette peine de cœur.

J'attirai ma meilleure amie dans une immense étreinte. Je pouvais entendre la douleur vibrer dans sa voix quand elle évoquait les moments les plus difficiles de son passé.

Nous nous accrochâmes silencieusement l'une à l'autre pendant quelques instants. Quand je reculai enfin, je lui demandai dans un soupir tremblant :

— Tu le savais, Kylie ?

Elle me montra sa tempe.

— Je le savais ici.

Elle bougea ses doigts vers son cœur.

— Mais je ne voulais pas y croire là. J'aurais aimé écouter ce petit instinct tenace qui me disait que je me commettais une erreur.

Je hochai la tête et l'attirai dans une autre brève étreinte pour la réconforter.

— J'imagine que je vais attendre de voir comment ça se passe. Le problème, avec moi, c'est que je n'entends *rien* m'affirmant que faire confiance à Damian serait une erreur. Mon instinct me dit de lui faire confiance, mais je n'arrête pas de trouver des excuses pour ne pas le faire.

Son visage devint complètement sérieux lorsqu'elle m'avertit :

— Ne laisse pas la peur prendre des décisions pour toi, Nic. Ça aspirera toute la joie de ta vie. Tu veux vraiment te demander ce que ce serait d'accorder une chance à Damian, même s'il s'avère finalement que ce n'est pas quelque chose dont tu as envie pour toujours ? Tu veux porter ces questions avec toi pour le reste de ta vie ?

— Non, lui affirmai-je. Je ne suis simplement pas sûre qu'il soit le meilleur mec à qui faire confiance pour une *première aventure.*

Un éclat malicieux étincela dans le regard de Kylie.

— Les mecs beaux et orgasmiques le sont rarement. C'est un énorme risque. J'imagine que c'est ce qui les rend si excitants. Vis un peu, Nic. Quand as-tu été autant attirée par un homme ?

Je déglutis difficilement.

— Jamais. C'est ce qui est si effrayant.

— Si ça tourne mal, tu sais que Macy et moi serons toujours là pour toi, quand ça se terminera, déclara-t-elle solennellement.

Mais je pense que ne pas saisir ta chance te hantera bien plus que la mélancolie que tu connaîtras pendant un moment si ça se termine mal. Au moins, tu sauras que Damian n'était *pas* ton Monsieur Orgasme.

Mon cœur se serra lorsque j'essuyai toute trace de larmes sur mon visage.

Quand je serais ridée et aurais les cheveux blancs, je ne voulais pas que Damian Lancaster soit mon seul regret. Pour une fois, je voulais vivre dangereusement, et peut-être un peu imprudemment. J'avais trente-deux ans, maintenant, et je ne m'étais jamais risquée à trouver autre chose qu'un copain « bon-pour-maintenant ».

J'en voulais plus, et Damian était le premier homme à m'avoir tentée à risquer cette expérience, ce *quelque chose* assez vague.

— Je vais y réfléchir, promis-je. Je ne suis pas aussi courageuse que toi quand il s'agit de saisir des opportunités. J'aimerais l'être.

Elle me lança un sourire narquois.

— Parfois, j'aimerais être aussi prudente que toi, donc on est à égalité.

Je voulais lui dire qu'être constamment sur mes gardes et vouloir rendre ma mère fière n'était pas exactement une excellente façon de vivre, non plus.

Ma mère s'était démenée, en tant que mère célibataire, elle s'était assurée de me donner tout ce dont j'avais besoin, quand j'étais enfant et adulte. En retour, j'avais pensé à deux fois tous les pas que je faisais pour m'assurer que ce soit le bon. Je ne me précipitais jamais dans ce qui pourrait la décevoir, et je n'entravais jamais ma capacité à réussir.

Peut-être que c'était la raison pour laquelle j'avais toujours joué la carte de la sécurité avec les hommes.

S'ils ne me détournaient pas de mes plans de carrière, j'avais songé qu'ils étaient une bonne chose.

J'avais été le monde de ma mère, et elle était devenue le mien, aussi.

Non pas qu'elle voulait que je sacrifie quoi que ce soit pour elle, mais j'avais été son seul enfant, donc à mon avis, inconsciemment, j'avais eu envie de faire tout mon possible pour que ses sacrifices en vaillent la peine.

Je jetai un regard méfiant à ma meilleure amie.

— Être irréprochable peut être incroyablement ennuyant. Maman ne t'a jamais dit de ne pas plonger la tête la première avant de vérifier la profondeur de l'eau, d'abord ?

Kylie secoua la tête.

— Jamais. Elle voulait que tout le monde soit heureux autour d'elle. Tout comme toi. Tu tiens ça d'elle, tu sais.

— J'aimerais être *davantage* comme elle, soupirai-je. J'aimerais être minuscule, charmante et adorable.

— Elle n'aurait pas changé un seul cheveu de ta tête, Nic. Elle aimait que tu sois grande, blonde, que tu aies des formes et que tu sois absolument magnifique. Elle disait toujours à quel point tu étais belle, et que tu tenais de ton père.

— Ah bon ?

J'étais ébahie. Maman n'avait jamais vraiment mentionné mon père, avec moi.

— Elle n'arrêtait pas de répéter que tu étais comme lui, répondit Kylie. Elle n'aurait pas changé ça, Nic. Ton père était un ingénieur brillant, et elle n'a jamais laissé quiconque oublier que sa fille était aussi douée pour les études que son père.

Je lui souris faiblement.

— Mon père était vraiment grand, aussi. Peut-être qu'être géante n'est pas si grave si on se tient à côté d'un homme vraiment grand qui ne nous donne pas l'impression d'être une Amazone.

— Hmm… Peut-être quelqu'un comme Damian Lancaster ?

Je pris une grande inspiration et soupirai d'un air tremblant en rassemblant dans mes bras tout ce que j'avais sorti du frigo et du garde-manger.

— Il est trop parfait, physiquement, marmonnai-je.

Trop grand.

Trop musclé.

Trop imposant.

Trop… tout.

— Il est… impressionnant.

Je tendis un paquet de chips à Kylie.

Elle me fit un clin d'œil en le saisissant.

— Ce qui est exactement ce qui pourrait te mener à l'un des meilleurs orgasmes de ta vie.

— Je ne suis pas sûre d'en avoir envie, grommelai-je. Je ne suis pas certaine d'y survivre.

Kylie rit en faisant un signe de tête vers le salon.

— Allons-y, Madame Sécurité. Le danger nous attend.

Elle sortit de la cuisine, et je la suivis, me demandant si je pouvais *vraiment* m'autoriser une aventure sauvage avec quelqu'un comme Damian Lancaster.

CHAPITRE 16

Nicole

— J'AIME TES AMIES, m'informa Damian lorsque je fermai la porte sur Macy et Kylie avec leurs au revoir infinis. Même si toutes les deux m'ont averti que si je te brisais le cœur, elles me couperaient les boules. Je crois que Macy a même dit qu'elle les donnerait à manger à une meute de loups affamés.

Je laissai échapper un rire étonné.

— Elle a vraiment dit ça ?

Il acquiesça solennellement et me suivit dans le salon.

— Non pas que je leur en veuille. Si j'étais ton ami, mon premier instinct serait de te protéger de moi, aussi.

Mon corps frissonna alors que je me retournais et remarquais l'expression avide dans ses yeux verts changeant constamment.

Il avança vers moi, avec un regard si intense que je faillis reculer alors qu'il continuait de parler.

— Je n'imagine pas quelqu'un qui te connaît ne pas avoir envie de te protéger d'un branleur comme moi, ma belle.

Je n'étais pas surpris par son commentaire, ou sa tendresse. Damian avait l'habitude de se moquer de lui-même parfois, et je m'étais presque habituée à ce qu'il me lance des compliments extravagants.

Je pris une profonde inspiration alors qu'il se mettait devant moi et je me délectai de son odeur.

— Tu es un homme aussi horrible que ça, alors ? demandai-je en levant les yeux vers lui.

Damian était un homme compliqué, mais je *voulais* le comprendre.

— Quand il s'agit de toi, je pense que la réponse serait probablement *oui*. Tu es beaucoup trop bien pour un homme comme moi, Nicole, mais je ne peux m'empêcher de te courir après.

Je pris une profonde inspiration alors que ses mains se posaient sur mes épaules.

Un simple contact avec ce mec était tout ce qu'il fallait pour me désarçonner.

Il avait bien dit qu'il me toucherait à chaque opportunité, affirmant que c'était de l'entraînement pour le grand jour.

Chaque hormone féminine de mon corps se manifestait et demandait à être satisfaite à chaque seconde où il se rapprochait suffisamment pour entrer en contact avec moi. Ou me sentir. Ou me goûter.

Ressaisis-toi, Nicole. Si tu veux l'aborder comme un égal, et finalement t'offrir dans cette folle affaire, tu ne peux pas fuir ce qu'il te fait ressentir.

Je levai le menton et soutins son regard.

— Je ne suis pas une enfant, Damian. Je ne pense pas avoir besoin d'être protégée.

Il passa un bras puissant autour de ma taille.

— C'est ce qu'on dit toujours, ma belle. Tu ferais mieux de fuir, mais ça ne fonctionnerait pas. Je te rattraperais probablement.

Je suivis mes instincts et passai mes bras autour de son cou.

Mon Dieu, il sentait bon.

Il était agréable.

Je laissai mes doigts jouer dans les boucles courtes et rêches à l'arrière de son crâne, ravie de découvrir qu'elles avaient quelques nœuds capricieux au bout. Pas étonnant que Damian les tire impitoyablement vers le bas pour avoir ce look élégant. Mais cette petite irrégularité humaine le rendait légèrement plus abordable.

— Et si je n'ai pas vraiment envie de fuir ? demandai-je, essoufflée.

Il passa son pouce sur mes lèvres.

— Alors je dirais que tu risques d'être embrassée passionnément, puis séduite, répondit-il d'une voix rauque.

Des souvenirs de ce *foutu baiser* me traversèrent l'esprit comme un train à grande vitesse.

La chaleur.

Le désir.

La perte d'un semblant de contrôle.

Me noyer dans une passion si intense que la seule chose à laquelle je pouvais penser, c'était à une façon de me rapprocher de lui.

Alors que mon corps tremblait à cause du besoin, je dus me demander ce que ce serait de connaître cette expérience *de fichu baiser* complètement sobre.

Serait-ce la même chose, ou toutes les sensations perdraient-elles de leur pouvoir s'il n'y avait pas d'alcool pour intensifier leur force ?

Lorsqu'il posa les mains sur mes hanches coincées dans mon jean et me poussa jusqu'à ce que je puisse *sentir* son érection dure, je sus que j'avais besoin de réponses à mes questions.

Je devais savoir ce que ce serait de l'embrasser en n'étant pas ivre.

— Alors j'imagine que tu vas devoir m'embrasser, murmurai-je.

— Est-ce que tu sais à quel point c'était difficile de ne pas t'embrasser, Nicole ? Ce soir ? Dans ton bureau ? Quand on était seuls, lundi ? C'est une putain de torture de te toucher et de ne pas t'attirer dans mes bras pour t'embrasser à t'en faire perdre la tête.

Il semblait tourmenté.

— C'est trop dur pour moi aussi.

La confession me fut arrachée sans que j'y réfléchisse. La bouche de Damian descendit lentement, jusqu'à ce que je puisse sentir la chaleur de son souffle sur mes lèvres.

— Pas aussi *dur* que pour moi, grogna-t-il juste avant que sa bouche s'écrase sur la mienne.

Puis je ne pus dire un mot, même si j'en avais eu envie.

Tout ce que je pouvais faire, c'était ressentir.

Le désir fut bien plus intense, cette fois-ci, et il fut instantané, commençant à la seconde où ses lèvres touchèrent les miennes. Je resserrai mes bras autour de son cou et laissai une faim crue traverser mon corps pour essayer de trouver une satisfaction rien qu'en m'abandonnant à son étreinte féroce.

Il resserra sa prise sur mon corps. Un bras fermement passé autour de ma taille, et l'autre derrière ma tête.

Je gémis contre sa bouche alors qu'il dévorait la mienne.

En fait, le baiser était encore plus intense que le précédent.

Plus torride.

Plus sensuel.

Plus écrasant.

— Damian, chuchotai-je quand il se recula enfin pour mordiller ma lèvre inférieure.

J'avais besoin de plus.

De tellement plus.

La chaleur liquide inondant mes cuisses me brûlait, et chaque part de moi était tendue à cause d'une envie insatisfaite qui me déchirait, morceau par morceau.

— Détends-toi, ma belle, gémit-il à côté de mon oreille.

Sa bouche effleura la peau tendre de mon cou.

Que je me détende ? Oh que non. Ça n'arriverait pas.

Je gémis alors que son souffle chaud effleurait mon oreille, me laissant tremblante à cause du désespoir.

Je fondis.

Je soupirai.

Je bougeai en fonction de chacun de ses contacts.

Peut-être que j'étais terrifiée par la passion incontrôlée qui flottait entre nous deux, mais ce n'était pas suffisant pour que j'aie envie d'arrêter.

Je ne pouvais supporter de mettre fin à ce genre de plaisir.

Je sentis le torse de Damian se soulever lourdement alors qu'il posait son front contre le mien.

— Bon sang, Nicole ! haleta-t-il. Je ne peux pas faire ça sans avoir envie que tu sois nue.

Je pantelai une seconde avant de répondre.

— J'imagine que je suis en train de découvrir que moi non plus.

Mon cœur battait à tout rompre, et mon corps protestait férocement contre Damian qui avait adouci son attaque sensuelle.

Alors que mon esprit rationnel commençait à fonctionner, je me rendis compte que mes poings étaient serrés dans ses cheveux et que je m'y accrochais comme si ma vie en dépendait.

— Pardon, marmonnai-je alors que je desserrais mes doigts. Ça t'a fait mal ?

— Oh, bon sang, non, dit-il d'une voix rauque. Tu pourrais arracher chaque cheveu de ma tête que je ne m'en plaindrais pas, tant que je peux continuer à te toucher. La manière dont ton corps me répond est plus chaude que l'enfer, Nicole. Je ne peux pas t'embrasser sans avoir envie de te baiser. Ce n'est pas possible.

— Je perds le contrôle quand tu m'embrasses, dis-je.

Ma voix était désormais légèrement méfiante, maintenant que j'étais plus cohérente.

Ce foutu baiser avait été encore plus puissant que celui de l'avion.

Alors ouais, j'avais mes réponses.

L'alcool n'avait en rien renforcé mon désir.

Chaque sensation, chaque émotion, chaque chose que j'avais sentie avait été… réelle.

Il colla nos corps l'un contre l'autre, comme s'il ne pouvait supporter de me laisser partir.

— Je veux que tu perdes le contrôle, Nicole. Je veux que tu croies que je serai capable de prendre soin de toi quand tu t'effondreras.

Je plongeai mon visage contre son épaule alors que mon corps tremblait à cause d'un désir insatisfait.

— Il faut que je…

Il m'interrompit.

— Je sais ce qu'il te faut, Nicole. Laisse-moi te l'offrir.

Je secouai la tête, confuse.

— Je ne suis pas sûre de le pouvoir.

Chaque cellule de mon corps mourait d'envie pour Damian Lancaster, mais mon cerveau ne pouvait oublier que le sexe ne représentait rien, pour lui. Il m'avait dit qu'il était capable de se lever, de s'habiller et de laisser derrière lui une femme qu'il venait de prendre.

Je n'étais pas certaine de pouvoir gérer ce genre de réaction de sa part. Je me sentais beaucoup trop exposée, avec Damian.

Je ne m'attendais pas à ce qu'il me promette tout, ou même qu'il s'engage d'une façon ou d'une autre, mais il fallait que je lui fasse confiance.

Comment me sentirais-je s'il n'était pas aussi secoué que moi après une nuit de plaisir physique intense dans son lit ?

Damian se retira et m'embrassa sur le front.

— Tu réfléchis trop, Nicole. Dis-moi ce qu'il y a dans ta jolie tête.

Je te veux.

J'ai besoin de toi.

Et ça me fait vraiment peur.

— Je… Je… n'ai pas de coups d'un soir, Damian. Et j'ai un travail à faire.

Il posa ses mains sur mes épaules et me figea avec son regard morose et sombre.

— Tu en as envie, Nicole. Tu crois que je ne le sens pas ? Ton corps en meurt d'envie. Tout comme le mien.

Je croisai résolument son regard. Je n'allais plus marcher sur des œufs à cause de l'attirance entre nous.

— Oui. Je ne doute pas que le sexe serait stupéfiant. Mais peut-être que j'ai du mal à croire que tu seras là, avec moi, *une fois* que ce sera arrivé.

Mon cœur se serra quand je vis la déception dans ses yeux, et je sus instantanément qu'il ne se sentait pas seulement vaincu à cause du fait que nous n'allions pas bouleverser nos mondes ce soir.

— Je suis désolée, chuchotai-je.

Il secoua la tête.

— Non. Je t'ai donné une raison de croire ça. Ne sois pas désolée. Le timing est pourri. Mais je vais faire en sorte que ça se passe bien. Peut-être que je suis un peigne-cul, parfois, mais je ne suis pas l'homme que tu penses, Nicole. Nous avons le temps. Nous trouverons une solution. Ce genre d'attirance est nouveau pour moi aussi, tu sais.

Je faillis céder quand je vis le trouble dans son regard, l'incertitude qu'il n'arrivait pas vraiment à dissimuler.

Devrais-je lui dire que je *voulais* lui faire confiance, que, peut-être, pouvions y aller doucement et explorer la folie de cette alchimie indéniable ressentie entre nous ?

Malheureusement, je n'en eus pas la chance.

Damian me relâcha lentement avec un grognement rauque.

— Je vais attendre que tu me fasses confiance. Tu le mérites.

Il me prit la main.

— Raccompagne-moi jusqu'à la porte et vire-moi de là, femme, avant que je change d'avis, exigea-t-il.

J'allai avec lui, et il m'embrassa doucement sur le front avant de partir.

Lorsqu'il s'en alla, je fermai la porte et m'effondrai contre elle, me sentant à la fois soulagée et déçue.

Je fermai les yeux et m'obligeai à respirer lentement, tentant de calmer mon corps et mon esprit.

Finalement, *j'allais* céder à Damian Lancaster. Tous les jours, il faisait quelque chose qui me donnait envie de le croire.

Je doutais vraiment qu'il sache ce que son départ anticipé signifiait, ce soir, et ce que ses actions venaient de me prouver.

Il devait forcément savoir qu'il n'aurait pas fallu grand-chose pour que je tombe dans un lit avec lui. Mon Dieu, je n'en avais pas été loin, quand il m'avait relâchée.

Pourtant, il voulait toujours gagner ma confiance plus qu'il ne voulait me baiser au point de me faire perdre la tête. Il aurait pu insister. Au lieu de ça, il s'était retiré, parce que je ne lui faisais pas totalement confiance.

— Oh, Damian, dis-je dans un chuchotement émerveillé.

Je m'éloignai de la porte et avançai vers la cuisine.

— Tu ignores totalement à quel point tu peux être mignon.

CHAPITRE 17

Damian

— NON, MAMAN, JE ne *peux pas* lui avouer la vérité maintenant, expliquai-je à ma mère au téléphone le lendemain matin.

Je lui avais précisé tout le plan de Nicole pour améliorer ma réputation auprès des Anglais.

Elle avait été entièrement partante, à part pour le fait de ne pas informer Nicole que c'était Dylan, la source du scandale, et pas moi.

— Ce n'est pas bien, Damian. Elle devrait connaître toute la vérité si elle essaie à ce point de t'aider. Elle ne sait pas que tu as des frères ? m'interrogea maman.

Je soufflai d'un air exaspéré et attachai ma montre Patek Philippe préférée à mon poignet. Je ne pouvais pas prétendre que j'étais un collectionneur de montres, mais j'en avais beaucoup, puisque je vivais une existence basée sur un emploi du temps très serré rempli d'obligations.

— Elle est au courant pour Leo, dis-je d'une voix ferme. Elle ne sait pas que j'ai un jumeau. Visiblement, l'énorme chèque que j'ai signé pour que Dylan soit effacé d'Internet a été bien dépensé. Nicole n'a jamais rien dit sur lui, et il est clair que moi, je ne l'ai pas mentionné.

— Ta loyauté envers ton frère va t'attirer des problèmes, m'affirma-t-elle sèchement. Et comment vais-je expliquer les photos de famille ?

— Décroche-les, suggérai-je.

J'avais déjà fait en sorte que toutes les preuves de son existence soient éliminées de chez moi, à Londres.

— Je ne comprends pas pourquoi tu ne peux pas lui dire la vérité, répliqua-t-elle fermement. Quelqu'un finira certainement par le mentionner. On ne peut pas effacer entièrement son passé. Il avait une vie ici, Damian.

— Je ne veux pas effacer toute sa vie, bordel, grommelai-je. Et personne n'évoque Dylan avec moi. Jamais. Je pense que la plupart des gens ignorent où il est et ce qu'il fait. Ils doivent se douter que son chagrin est insurmontable. Alors personne ne dit jamais un seul mot. Ils doivent imaginer que son absence est un sujet sensible, ce qui me convient très bien.

— Tu prendras quand même un risque, m'avertit-elle.

— C'est un risque que je suis prêt à prendre, répondis-je. Je peux éloigner Nicole des gens qui seront assez audacieux pour poser la question, et la présenter à ceux qui ne le feront pas. Elle ne travaille pas officiellement pour moi, maman, donc elle n'a signé aucun accord de confidentialité.

Sa voix fut plus douce lorsqu'elle demanda

— Tu penses vraiment en avoir besoin, Damian ?

— Je ne peux pas prendre de risque, répondis-je. Ce n'est pas seulement à propos de moi…

— Je sais, je sais, m'interrompit-elle. Tu as fait une promesse à Dylan. Je me demande simplement quand tu comprendras que ton frère a utilisé cette promesse pour te manipuler, Damian.

— Tu crois vraiment que je l'ignore ? m'enquis-je. Il profite que je lui ai accordé ma parole, mais je ne peux pas le jeter en pâture. Dylan est mon frère jumeau. Si nos positions avaient été inversées, il m'aurait soutenu. Je le sais.

Ma mère soupira.

— Probablement. Et je serais en train de lui dire les mêmes choses qu'à toi.

— Dylan me donne l'impression qu'il tient enfin le bon bout, maman. Il est resté calme à Beverly Hills, et loin des problèmes.

Je parlais à Dylan tous les jours et commençais à sentir quelques remords.

— Si je mettais Nicole au courant, je suis presque sûr qu'elle insisterait pour qu'on reproche ces actes à celui qui les a commis. Elle est franche et directe. Je pense qu'elle abandonnerait totalement le plan et qu'elle laverait mon nom de tout soupçon.

— Alors, c'est une femme sensée, répondit ma mère.

Je souris en allant dans la cuisine pour boire le thé que j'avais préparé plus tôt.

— Très. Tu l'aimerais bien.

— J'ai le sentiment que *tu* l'apprécies déjà, devina maman.

— Je suis coupable, confiai-je rapidement. C'est probablement l'une des femmes les plus remarquables que j'ai jamais rencontrées.

Je n'allais pas faire comme si je ne tenais pas à Nicole. Maman comprendrait ce mensonge avant même qu'il franchisse mes lèvres.

— Pourquoi ai-je l'impression que, si tu la ramènes ici, ça ne concerne pas que ta réputation esquintée ? demanda-t-elle d'une voix suspicieuse.

Je souris en récupérant ma tasse de thé.

— Elle est belle. Franche. Brillante et éduquée. Est-ce qu'on peut m'en vouloir d'avoir *envie* de passer du temps avec elle ?

— Ce n'est pas normal pour toi, Damian. Quand as-tu commencé à t'intéresser à autre chose que ta famille et Lancaster International ? Je pense que tu tiens *sincèrement* à cette femme.

Comment un fils pouvait-il dire à sa mère qu'il désirait tellement baiser quelqu'un qu'il avait l'impression que ses testicules tomberaient s'il ne le faisait pas ?

J'ignorais totalement comment expliquer ça à la femme qui m'avait élevé avec amour, donc je répondis :

— J'ai déjà admis que je l'aimais bien.

— Et ressent-elle la même chose ? s'enquit maman.

J'appuyai une hanche contre le plan de travail de la cuisine.

— Je l'espère.

J'entendis ma mère soupirer profondément.

— Alors peut-être qu'elle te pardonnera quand elle apprendra tout ce que tu lui as caché.

— J'espère qu'elle ne le découvrira *jamais*, expliquai-je. Elle devra retourner chez elle, aux États-Unis, quand tout sera fini. Et j'espère que Dylan se reprendra et reviendra à Londres après ça, donc l'agence de Nicole n'aura plus besoin d'éteindre des incendies majeurs. Ashworth Crisis Management pourra simplement nous aider à améliorer notre marque à l'avenir.

— Et qu'arrivera-t-il à ta relation avec Nicole ? demanda-t-elle doucement.

— Nous resterons amis, je l'espère.

Alors même que je prononçais ces mots, tout mon corps protesta, mais j'essayai de renier ses sentiments.

— Et ça ne te dérangera pas ?

Frustré, je passai une main dans mes cheveux.

— Ai-je le choix ?

À ce moment, j'eus l'impression d'être acculé. Je désirais Nicole, mais si je lui disais la vérité maintenant, elle allait inévitablement me détester pour avoir menti à propos de Dylan.

Honnêtement, je n'étais pas sûr d'être plus effrayé par la réaction de Nicole ou par le fait qu'elle n'avait signé aucun accord de confidentialité qui l'empêcherait de révéler l'existence de Dylan.

Bon sang ! J'avais essayé de ne jamais lui mentir, mais toutes les conneries que je ne lui racontais pas étaient tout aussi mauvaises.

Je voulais la confiance de cette femme plus que tout au monde, et pourtant, je ne la méritais pas.

À quel point était-ce tordu ?

Maman resta silencieuse à l'autre bout du fil pendant un moment avant de répondre.

— Tu as le choix, Damian. Si seulement tu pouvais mettre de côté ton devoir et tes obligations envers ton frère et Lancaster International suffisamment longtemps pour voir les options que tu as. Ne sacrifie pas toute ta vie pour ton frère, Damian. Dans son état normal, tu sais qu'il ne le voudrait pas, et la décision de revenir dans la famille devrait être la sienne, pas la tienne. Je lui ai parlé au téléphone. Je pense que tu as peut-être raison. Il tient le bon bout, en fin de compte. Il s'est excusé de m'avoir mise au milieu de cette tempête médiatique. Je crois que tu as dû l'atteindre quand tu l'as jeté dans la piscine, et que tu lui as forcé la main. Je suis fier de toi parce que tu lèves enfin le pied. Mais tu dois aussi le laisser assumer la responsabilité de ses propres erreurs.

Je passai mes doigts sur les muscles de mon cou, pour tenter d'éviter un mal de tête.

— Je ne sais pas s'il est prêt pour ça.

Peut-être que Dylan me dégoûtait, mais mon désir de le protéger était bien trop fort. Et s'il ne me fallait qu'un peu plus de temps…

— Tu ne le sauras jamais à moins de lâcher prise, déclara sévèrement maman. Tu es un bon frère et un bon fils, Damian. Tu l'as toujours été. Tu as constamment été guidé par ton sens de la responsabilité envers tout et tout le monde… À part toi-même. Si tu apprécies cette femme, donne-lui la chance de savoir qui tu es réellement. Ne gâche pas tout en la laissant imaginer que les actions de Dylan sont les tiennes. Comment pourrait-elle te faire confiance ?

— Tu ne crois pas que je me suis déjà posé la question un million de fois ? demandai-je d'une voix rocailleuse. Ce n'est pas comme si j'avais envie qu'elle croie que je ne prends rien au sérieux. Mais Dylan est mon frère, mon jumeau, et, il y a encore quelques années, mon meilleur ami. Je ne peux pas tout bonnement lui tourner le dos.

— Bien sûr que non. Nous serons là pour lui, Damian. Nous le soutiendrons tous. Mais est-ce que c'est mal de ma part de vouloir que mon fils aîné trouve également le bonheur ?

J'avais envie de lui dire que je n'étais plus certain de savoir à quoi ressemblait le bonheur, et que je ne l'avais probablement plus connu depuis le décès de mon père.

— Je serai heureux quand Dylan remettra un pied dans la vraie vie et qu'il aura à nouveau les idées claires, lui dis-je.

— Quand ce sera le cas, je pense que tu regretteras de ne pas avoir été honnête avec Nicole, songea-t-elle.

— *S*'il le fait, maman, pas *quand*.

— Oh, Damian, déclara-t-elle, perturbée. Cela a toujours été une histoire de *quand* et pas de *si*. Peu importe ce qu'il a traversé, Dylan est fort. Je n'ai jamais douté que mon fils égaré retrouverait le chemin de la maison. Il est têtu, il lui faut du temps pour se reprendre, mais la situation n'a *jamais* été désespérée. Même si tous les deux vous êtes des jumeaux identiques, vos personnalités sont différentes. Tu te rappelles combien de temps Dylan pouvait bouder, quand vous étiez petits ?

Je fronçai les sourcils en me souvenant de mon enfance.

— Comme la fois où papa et toi vous ne l'avez pas laissé conduire le scooter parce qu'il était trop jeune ?

Maman gloussa.

— Oui, et à beaucoup d'autres occasions, quand Dylan n'obtenait pas ce qu'il voulait. Je crois qu'il a puni tout le monde avec sa mauvaise attitude pendant un an à cause de ce scooter. Mais tu n'as jamais fait ça, fils. Tu acceptais *non* comme réponse et tu continuais.

Je fronçai les sourcils.

— Je n'ai jamais compris l'intérêt de perdre du temps. Une fois que papa et toi vous disiez non, vous n'aviez pas pour habitude de changer d'avis.

— Exactement. Mais il a fallu un long moment à ton frère pour se rendre compte qu'être taciturne n'allait rien changer. Ce garçon a toujours été obstiné, mais il n'a jamais été irrespectueux, alors ton père et moi attendions simplement. Néanmoins, je n'ai pas pensé, un instant dans ma vie, qu'il était *perdu*. Il est trop intelligent pour ne pas se remettre les idées au clair tout seul, finalement.

— Mais ce n'est plus un enfant, maman.

— Il est tout aussi têtu, répondit-elle calmement. Ce n'est pas la première fois qu'il s'éloigne de Lancaster International.

Elle avait raison. Je bus une gorgée de mon thé en pensant aux deux années que Dylan avait passées à bosser pour la concurrence, après l'université.

Il avait insisté pour se lancer dans un business plus risqué, parce qu'il voyait le potentiel de revenus immenses.

Mon père avait refusé.

Dylan avait contourné la contrainte en allant travailler pour notre plus grand rival pendant deux ans, avant de décider que sa loyauté envers sa famille était plus forte que son désir d'avoir raison.

— Alors tu penses qu'il est simplement en train de bouder ? m'enquis-je.

J'étais incapable de considérer qu'il nous avait fait vivre l'enfer uniquement pour prouver quelque chose.

— Non, répondit-elle tristement. Je crois que nous savons tous à quel point Dylan a souffert. J'ai mal pour lui, Damian. Il est mon fils. Mais j'ai aussi conscience qu'il peut être obstiné et je savais qu'il aurait besoin de temps pour gérer ce genre de douleur. Nous sommes là s'il veut que quelqu'un l'écoute. Il ne dit pas grand-chose. Mais il le fera lorsqu'il sera prêt. Pour le moment, je ne serais pas une bonne mère si je ne détestais pas le fait que tu doives assumer toute la responsabilité.

— Ça ne me dérange pas, dis-je d'une voix rauque. Je veux seulement que Dylan soit de retour.

— Tu ne l'as jamais perdu, me rassura-t-elle. Attends donc de voir.

— Tu penses vraiment qu'il va s'en sortir ? demandai-je désespérément.

— Je le sais. Alors, arrête de mettre toute ta vie entre parenthèses pour lui, Damian. Et nom de Dieu, ne rejette pas tes chances d'avoir une femme décente. Je ne rajeunis pas, conclut-elle catégoriquement.

Je souris d'un air narquois.

— S'il te plaît, ne commence pas à compter tes petits-enfants avant qu'ils soient conçus. Combien de fois dois-je te dire que je ne suis pas un bon parti pour le mariage ?

— Foutaises, me contredit-elle. Tu ferais un époux merveilleux pour n'importe quelle femme. Et j'aimerais que tu t'engages afin que j'amorce le harcèlement envers ta femme pour avoir des petits-enfants.

— Je n'envisage pas de me marier, maman. Pourquoi tu n'abandonnes pas et que tu ne t'attaques pas à Leo pour le moment ?

Elle émit un bruit inélégant que j'entendais rarement de sa part.

— Ce garçon ne se posera jamais, se plaignit-elle. J'arrive à peine à le garder en Angleterre plus d'une semaine ou deux. Il rentre à la maison demain, mais je doute qu'il reste longtemps.

— Je vais devoir l'appeler...

— Peu importe, m'interrompit ma mère. Je vais le tenir au courant, si tu t'obstines à suivre ce plan ridicule. Je vais demander aux domestiques de ne pas mentionner Dylan non plus, mais je ne leur expliquerai pas pourquoi.

Je bus cul sec le reste de mon thé et posai la tasse dans l'évier.

— Merci, maman. Je dois filer. N'oublie pas d'enlever ces fichues photos.

Elle marqua une pause avant de dire, à contrecœur :

— Je vais le faire, mais j'espère que tu sais ce que tu fais, Damian. Ça va être difficile de te sortir de cette histoire.

— Tu es adorable, maman. Je te l'ai rappelé, dernièrement ? Je vais amener Nicole pour que tu puisses la rencontrer.

— N'essaie pas de me flatter pour que je fasse ce que tu veux, Damian Lancaster, déclara-t-elle d'un ton menaçant. Et tu ne vas pas simplement amener cette fille. Tu vas *me* l'amener, à moi. Elle ne peut pas rester chez toi si tu tentes de vendre une histoire d'amour toute douce. En plus, tu vas l'ennuyer si tu continues de travailler autant. Je pense qu'il est temps pour moi d'organiser mon premier événement mondain depuis le décès de ton père. Et je vais accepter quelques invitations à des galas de charité en ton nom. La presse sera déjà loin, dans des soirées importantes, et peut-être que des familles connues feront quelque chose qui mérite de passer dans les journaux.

Je déglutis difficilement alors que ma tête recommençait à être douloureuse. Papa était parti, donc il n'y avait aucune raison pour que ma mère soit obligée de continuer d'épater la galerie.

— Tu n'as aucune raison de faire ça…

— J'ai toutes les raisons. Je suis toujours la duchesse de Hollingsworth, et mon fils est sous le charme d'une femme. J'imagine qu'il y a suffisamment de tristesse sur cette immense propriété. Leo sera présent. S'il te plaît, ne pense pas que je serai incapable de jouer la mère enjouée dans votre plan. J'ai assez bien rempli le rôle de la duchesse pendant toutes ces années.

Je ne pouvais la contredire sur ce qu'elle venait d'affirmer. À une époque, la propriété du Surrey avait organisé d'incroyables galas, et, la plupart du temps, ils débordaient de rire, de musique et de fête.

J'avais grandi entouré de famille et d'amis.

À mon avis, j'avais simplement oublié ce que c'était d'être heureux, ces cinq dernières années.

Ma mère avait arrêté de s'occuper de la scène mondaine, et toute la bâtisse était devenue silencieuse quand nous avions perdu mon père.

Quand la douleur de son trépas avait commencé à s'apaiser, les problèmes de Dylan avaient débuté, donc il n'y avait jamais eu aucune tentative ni désir de quitter cette solitude et ce chagrin.

— Tu *veux* vraiment organiser un gala ? demandai-je, étonné.

— Si ça t'aide à te marier plus vite, j'en ferai un chaque soir, déclara-t-elle aimablement. Je ne peux pas éviter certains des snobs, mais tous les membres de notre cercle d'amis ne sont pas de sales hypocrites.

— Tu es absolument implacable, dis-je avant d'éclater de rire.

— Amène-moi cette fille, et tu verras à quel point je peux être tenace, me taquina-t-elle.

— Je pense que je vais aussi rester à la maison, dis-je, un peu nerveux à l'idée de laisser Nicole seulement entre ses mains.

— Parfait, je vous verrai bientôt, tous les deux.

Maman raccrocha, mais il me fallut quelques secondes pour faire de même.

Lorsque je rangeai enfin mon téléphone dans ma poche, je n'étais pas sûr d'être heureux que ma mère sorte de sa retraite solennelle. J'en étais peut-être complètement terrifié.

CHAPITRE 18

Damian

— Je n'arrive pas à croire que je pars pour Londres dans un jet privé ! C'est tellement bizarre que nous soyons les seuls passagers. Cet avion est génial, Damian. J'ai l'impression que c'est une maison luxueuse ! s'exclama Nicole.

J'avais l'impression qu'elle allait s'élancer de son siège alors que nous nous préparions pour le décollage.

Sa queue de cheval blonde rebondit grâce à son enthousiasme et son beau visage s'empourpra alors qu'elle tournait la tête vers moi, d'un air totalement stupéfait.

Mon cœur commença à être aussi douloureux que ma tête pendant que je la regardai.

Elle souriait, et merde ! Ce sourire m'atteignait. À. Chaque. Fois.

L'enthousiasme de Nicole pour la vie en général était probablement l'une des nombreuses choses qui m'attiraient vers elle.

Sans compter la première fois que je l'avais vue, elle était toujours… exaltée à propos de la vie. Même quand elle se disputait avec moi, elle était passionnée, et pleine d'émotions. J'avais donc envie de tendre la main vers elle, de l'attraper, de la coller contre moi pour qu'une partie de sa personnalité vibrante se dépose sur *moi*.

Pour moi, la vie ne concernait que le travail, le devoir et les obligations. Je n'avais pas le temps pour quoi que ce soit d'autre, mais ça ne signifiait pas que je ne *souhaitais* pas me sentir heureux comme avant la mort de mon père.

Je ne m'étais jamais attardé sur le fait que voler en jet privé était un privilège. Je le faisais tout le temps. Mais je pouvais presque sentir *l'*enthousiasme de Nicole en l'observant, et peut-être que je le partageais, même si l'expérience était une seconde nature pour moi.

— Transatlantic Airlines n'est plus assez bien pour toi ? plaisantai-je.

— J'aime prendre l'avion, répondit-elle d'une voix claire. Et acheter un billet en classe affaires était une folie, parce que le vol était si long. Honnêtement, avant de reprendre l'entreprise de ma mère, je ne voyageais que très rarement en avion. Est-ce qu'on va devoir s'arrêter pour remettre du kérosène ?

J'étais soulagé qu'elle ait fait une folie en choisissant un billet en classe affaires pour Londres. Si elle ne l'avait pas fait, nous ne nous serions jamais rencontrés.

— Non. On ira directement à Heathrow.

Je ne voulais pas mentionner que mon jet privé avait nécessité le travail d'ingénieurs spécialisés, et qu'il était l'un des plus rapides et plus coûteux à voler de nos jours.

Peu importait.

La joie sur son visage était bien plus importante que les détails techniques de l'avion.

Elle finirait par se rendre compte qu'il y avait un cinéma, une énorme suite et tout ce qu'elle ne trouverait jamais chez une compagnie aérienne publique.

Pour le moment, tout ce qui semblait lui importer, c'était la cabine luxurieuse et spacieuse qui pouvait facilement nous accueillir, et dans laquelle on pourrait faire tenir une quarantaine de ses plus proches amis.

Je tendis la main et attachai sa ceinture avant qu'elle bondisse hors de son siège en cuir inclinable.

— On roule, l'informai-je.

Une fois qu'elle fut attachée, je m'assis à côté d'elle et bouclai ma propre ceinture.

Elle s'installa dans un soupir.

— Je n'arrive pas à croire que je retourne à Londres. J'aimerais vraiment faire du tourisme, cette fois.

Je souris en fermant les yeux.

— Je vais faire en sorte que tu voies tout ce que tu veux. Pas de métro, cette fois.

Elle resta silencieuse quand nous décollâmes, mais une fois que nous fûmes dans les airs, elle demanda :

— Tu vas bien ? On dirait que tu n'as pas dormi.

En fait, je ne m'étais pas assoupi plus de quelques heures consécutives depuis que Dylan avait disparu des radars.

— J'ai une petite migraine.

Une petite migraine était un euphémisme. Mais ce n'était pas comme si les maux de tête causés par le stress étaient nouveaux. J'avais appris à vivre avec, la plupart du temps, mais la douleur d'aujourd'hui était la pire que j'avais jamais connue.

Après avoir parlé à maman, l'inconfort était devenu une agonie qui me torturait. C'était si horrible que mon cerveau fonctionnait à peine.

Je sentis une main sur mon bras.

— C'est une migraine ?

— Non. Un mal de tête de tension, je pense. Tout ira bien. J'ai pris de l'aspirine. J'ai simplement besoin de quelques minutes.

Mon explication était trop forcée, même à mes propres oreilles.

Nicole caressa gentiment ma mâchoire avec sa paume lorsqu'elle dit :

— Tu as l'air un peu pâle, Damian. Accroche-toi.

Le capitaine avait atteint l'altitude de croisière, donc Nicole n'était plus confinée sur son siège. Je l'entendis détacher sa ceinture et se lever.

— Où est-ce que tu vas ? demandai-je dans une faible protestation.

Ce n'était pas comme si elle pouvait aller loin, mais j'avais l'impression de devoir me lever pour lui faire visiter.

— Ne bouge pas, m'ordonna-t-elle au loin.

J'ouvris un œil et vis qu'elle était en train de discuter avec l'hôtesse de l'air assignée à ce vol, une femme d'âge moyen, adorable et efficace, qui s'appelait Claire. Je l'avais subtilisée à Transatlantic où elle envisageait de prendre sa retraite pour éviter les plannings chargés qu'elle devait suivre sur les vols commerciaux.

Claire avait travaillé pour ma compagnie aérienne pendant près de trente ans, donc je l'avais convaincue que ce serait beaucoup plus facile de travailler à temps partiel pour moi.

Je fermai à nouveau les paupières, espérant vraiment que l'aspirine que j'avais gobée avant le vol ferait bientôt effet.

Nicole revint enfin sur son siège et posa une main douce sur mon épaule.

— Tiens, Damian. Prends ça.

Je levai la tête et saisis le verre d'eau ainsi que les cachets dans sa main.

— J'ai déjà pris de l'aspirine.

Elle secoua la tête.

— L'Ibuprofène fonctionnera mieux. C'est un anti-inflammatoire. Prends-le.

Je ne la contredis pas. Je mis les pilules dans ma bouche et les fis passer avec une gorgée d'eau.

Nicole me prit le verre des mains.

— Maman avait des maux de tête comme ceux-ci, dit-elle. C'était horrible. Tu as une douche, dans cet hôtel volant ? Peu importe. Je vais vérifier par moi-même. Repose-toi un moment.

— Nicole, tout ira bien pour moi, lui dis-je.

Puisqu'elle ne répondit pas, je sus qu'elle était déjà partie explorer.

Cinq minutes plus tard, je la sentis se rasseoir prudemment. Sa voix fut douce lorsqu'elle parla.

— Oh mon Dieu. C'est comme un cinq étoiles ici.

Apparemment, elle avait trouvé la suite, la salle de bain et probablement le cinéma, aussi.

— J'aime être à l'aise quand je prends l'avion, ce qui arrive souvent.

— Tu passes du temps sur cet énorme lit, là-bas ? demanda-t-elle sèchement.

J'eus envie de faire une plaisanterie grivoise sur son commentaire, mais je n'en avais pas l'énergie.

— Je dors là, à l'occasion, oui.

— Il faut que tu fasses plus qu'une sieste, me réprimanda-t-elle. Il te faut une douche chaude pour te détendre, et une bonne nuit de sommeil. Ça fera d'énormes différences. Viens, je t'emmène dans la salle de bain.

Je la sentis tirer sur ma main, et mon sexe devint soudain *très intéressé* par ses intentions. Apparemment, même la souffrance insupportable ne pouvait empêcher ma verge de réagir à Nicole.

J'ouvris les yeux.

— Tu prévois de me déshabiller ?

Elle fronça les sourcils, et je me dis que je n'aimais pas ça du tout.

— Je vais t'aider. Viens avec moi.

Le sous-entendu lui était évidemment passé au-dessus de la tête puisqu'elle était concentrée sur le fait de soigner ma migraine.

C'était quoi ce délire ? J'étais plus que prêt à la suivre si elle m'aidait à enlever mes vêtements.

Non pas que j'étais incapable de le faire moi-même, mais j'étais bien plus curieux de voir jusqu'où Nicole irait pour apaiser ma douleur.

Je détachai rapidement ma ceinture, me levai et la suivis à l'arrière de l'avion.

Je n'étais clairement pas habitué à ce qu'on *m*'aide, mais je ne pouvais nier que j'étais touché par sa tendre inquiétude. Combien de temps cela faisait-il qu'une femme, autre que ma mère, ne s'était pas fait du souci pour moi, pour une quelconque raison ?

Mon cerveau était un peu embrumé à cause de la douleur, mais j'étais plutôt certain qu'aucune femme ne pourrait *un jour* se préoccuper de mon bien-être physique, puisque j'avais toujours été parfaitement capable de m'épanouir sexuellement.

Mais toute… toute cette tendre affection était nouvelle, et je n'étais pas sûr de savoir comment la gérer. D'accord, ce n'était pas comme si je n'aimais pas l'obtenir de la part de Nicole, mais j'ignorais totalement comment y répondre.

Elle ferma la porte de la suite derrière moi.

— On va te déshabiller.

Il n'y avait absolument aucun artifice dans sa voix. Sa douce voix était celle d'une femme qui voulait tout bonnement… m'aider.

Soudain, je me sentis comme un véritable con de jouer le jeu afin de voir jusqu'où elle irait.

Admettons, ma tête tambourinait, et j'étais un peu nauséeux parce que mon manque de sommeil me rattrapait, mais je n'étais pas exactement *invalide.*

— Peut-être que je vais simplement m'allonger un moment, bredouillai-je.

La culpabilité commençait à titiller ma conscience.

Elle me lança un regard mécontent.

— Absolument pas. Tu as besoin d'une douche chaude, et *ensuite* tu pourras dormir, pas seulement faire une sieste. Il faut que tu détendes ces muscles avant de t'assoupir. Tu te reposeras mieux et plus longtemps. Quand tu te réveilleras, le mal de tête devrait avoir totalement disparu. Tu n'es pas invincible, Damian, même si tu crois l'être.

Je faillis grimacer, car j'évitais les douches chaudes comme la peste. Je prenais des douches *fraîches* tous les matins afin que mon cerveau fonctionne après quelques heures de sommeil.

Je la regardai, impuissant à contrôler mon bâton de dynamite, alors qu'elle commençait à détacher les boutons de ma chemise blanche.

Nom de Dieu ! Elle allait me mettre totalement nu sans même y réfléchir.

Elle ouvrit la chemise sur mes épaules et la récupéra avant qu'elle tombe par terre. Elle la plia rapidement et la posa sur la commode non loin.

— Viens avec moi, m'intima-t-elle.

On aurait dit un général commandant ses troupes lorsqu'elle m'attrapa la main.

Je ne me plaignis pas une seule fois en la suivant dans la salle de bain, en la voyant faire couler l'eau de la douche, puis en observant la teinte rose de ses joues alors qu'elle me faisait face à nouveau et saisissait les boutons de mon jean.

Fasciné, je ne bougeai pas un muscle lorsqu'elle libéra chacun d'entre eux, ce qui était considérablement plus difficile, maintenant que mon sexe accueillait avec enthousiasme chaque contact de ses doigts avec ma braguette.

— Nicole, dis-je avec un grognement étranglé. Je peux terminer.

Elle me tuait. Même si ma tête me donnait l'impression d'être prise dans un étau, je ne pouvais négliger le fait que ses mains étaient posées exactement où je les voulais. Enfin, presque, en tout cas.

— Laisse-moi t'aider, Damian. Ne sois pas têtu, me réprimanda-t-elle en baissant mon jean sur mes jambes.

Je savais qu'il était totalement impossible qu'elle passe à côté de mon énorme érection, mais elle décida évidemment de l'ignorer.

Ce qui, je devais l'admettre, me restait légèrement en travers de la gorge, peu importait l'intensité de ma migraine à ce moment.

Je la vis s'agenouiller à mes pieds, et ce ne fut pas difficile de l'imaginer là pour une tout autre raison que m'aider à me déshabiller.

Oh que oui, mon esprit prenait totalement cette direction. J'étais un homme vigoureux, nom de Dieu, et Nicole était l'héroïne de chacun de mes fantasmes.

Comment pouvais-je ne pas y penser ?

Je retins un grognement de frustration alors qu'elle se levait pour savoir quelle était la température de l'eau dans la douche.

— C'est bien chaud, annonça-t-elle en se tournant vers moi. Tu veux que je reste avec toi ?

Pour la première fois, elle sembla légèrement anxieuse.

— Non, répondis-je d'une voix étranglée. Je gère.

Même si j'avais terriblement envie qu'elle baisse mon boxer et accueille mon érection douloureuse, je compris que je n'étais pas en position de satisfaire une femme, et la dernière chose que je souhaitais, c'était de lui offrir une baise médiocre.

Elle méritait mon attention totale, pleine et entière quand je la guiderais vers son premier hurlement orgasmique, mais aussi à chaque fois que je la touchais.

Nicole était une femme avec qui un homme devait prendre son temps, afin de pouvoir savourer tous les cris étranglés qu'il pouvait arracher à ses lèvres pulpeuses et succulentes.

D'accord, pas *un homme. Moi. Uniquement… moi.* Je ne voulais pas l'imaginer avec quelqu'un d'autre que *moi.*

Jamais.

— Je vais attendre à l'extérieur, dit-elle d'un ton hésitant. Appelle-moi si tu as besoin.

Je tendis une main vers la sienne alors qu'elle commençait à s'en aller.

— Nicole, dis-je d'une voix rauque en enroulant mes doigts autour des siens. Merci.

Je ne voulais pas qu'elle se sente gênée parce qu'elle tentait d'aider mon pathétique être.

Je levai la main et l'embrassai, reconnaissant, avant de la relâcher.

— Prends ton temps, insista-t-elle. Essaie de détendre ces muscles.

J'acquiesçai. Elle se tourna et partit.

J'enlevai mon boxer et entrai dans la douche pleine de vapeur. Je venais d'être empli d'humilité par une femme guidée par le simple désir de m'aider à apaiser un horrible mal de tête.

CHAPITRE 19

Nicole

UNE FOIS DAMIAN assoupi, j'utilisai cette douche, si grande pour un avion que c'en était ridicule, puis j'enfilai un short et un t-shirt en coton léger.

J'allais rester avec lui au cas où il aurait besoin de quoi que ce soit et, pour être honnête, j'étais moi-même assez fatiguée.

Je n'avais pas beaucoup dormi la veille. Après avoir fait mes valises, j'avais encore été agitée en rejoignant enfin mon lit.

Je laissai une petite veilleuse dans la salle de bain, au cas où il aurait besoin de se lever, puis j'ouvris la porte, prenant soin de ne pas faire trop de bruit.

La chambre était dans le noir complet, mais mon cœur tambourina quand je me souvins exactement de l'allure de Damian avant qu'il tombe sur le matelas king size.

L'avais-je vraiment débarrassé de son boxer sans même songer à la sagesse de déshabiller un homme comme Damian ?

Oui, je l'avais fait, et je recommencerais si c'était nécessaire.

Mon cœur se serra à cause de la vulnérabilité que j'avais aperçue dans ses yeux avant qu'il les ferme, dans la cabine.

Pour une fois, il n'avait pas donné d'ordre et ne s'était pas caché derrière une façade de milliardaire hautain.

Il n'avait été qu'un homme qui avait mal, qui souffrait évidemment de migraines de stress handicapantes, et qui essayait de poursuivre comme si tout allait bien.

J'avais immédiatement reconnu les signes parce que ma mère avait subi les mêmes symptômes quand toutes ses responsabilités de mère célibataire et de soutien de famille l'avaient submergée.

La peau de Damian, normalement chaude et bronzée, avait été si blanche que cela avait été légèrement effrayant, et les lignes de tension et de douleur avaient marqué les traits bruts de son visage.

J'avais suivi mon instinct horrible de l'aider, peu importait ce qu'il fallait pour y arriver.

Alors oui, après lui avoir trouvé quelque chose qui l'aiderait beaucoup plus que de l'aspirine, je *l'avais* traîné dans la salle de bain pour qu'il prenne une douche chaude.

Quand il avait enfin émergé de l'immense salle de bain, son teint était redevenu normal, mais sa fatigue était toujours complètement évidente, donc j'avais insisté pour qu'il dorme.

Honnêtement, ça m'agaçait que Damian soit prêt à souffrir en silence.

Un petit mal de tête, mon cul !

L'homme têtu donnait l'impression de ne pas avoir dormi depuis des jours. Damian Lancaster avait atteint son point de rupture, qu'il ait envie de l'admettre ou non.

Il était apparemment prêt à aider tous les membres de sa famille, et tous ses employés, mais je devais me demander : qui était là pour Damian Lancaster ?

Je me raidis. *Moi. Je serai là pour faire en sorte qu'il prenne soin de lui.*

Si personne ne faisait attention à cet homme obstiné, moi, je le ferais. Si personne d'autre ne pouvait voir qu'il n'était pas un robot, et qu'il avait occasionnellement besoin de dormir, de manger et de prendre soin de lui comme n'importe quel humain, moi, j'allais lui rappeler qu'il n'était pas complètement invincible.

Je laissai échapper un léger soupir alors que je rejouais dans ma tête ce que j'avais découvert en retirant les vêtements de son corps immense devant lequel on pouvait baver.

J'essayai de ne pas penser à ça. Vraiment. Mais, vulnérable ou non, Damian Lancaster presque nu avait été un sacré spectacle.

J'avais eu totalement raison en me disant qu'il dissimulait des tablettes de chocolat sous ses chemises sur mesure. Si mon but principal n'avait pas été de soulager sa douleur, je suis presque sûre que j'aurais été estomaquée et que j'aurais salivé comme un animal affamé.

Damian était simplement… beau, et il n'y avait rien dont j'avais plus envie que de déballer son paquet incroyablement grand et dur que j'avais senti sous mes doigts en le débarrassant de son jean.

La seule chose qui m'avait retenue était le fait qu'il n'avait pas eu besoin de moi, d'une manière sexuelle, à ce moment-là.

Il avait eu besoin de paix.

Il avait eu besoin d'un défenseur face à ce qui était, je le savais, un aperçu exceptionnel du *véritable* Damian.

Mais mon Dieu, j'avais des yeux, et il était impossible que je le voie dans toute sa virilité torride sans que mon corps n'y réagisse.

Un Damian Lancaster à moitié nu était l'incarnation de tous les fantasmes d'une femme excitée.

— Nicole, marmonna Damian en donnant le sentiment de n'être qu'à moitié réveillé.

Sa voix me fit brusquement sortir de mes pensées horribles. *Remets ta langue dans ta bouche, Nicole.*

Inquiète, je m'approchai doucement du lit.

— Dors, Damian, dis-je d'une petite voix.

— Alors c'est à ça que tu ressembles quand tes cheveux sont détachés. Littéralement. On dirait un ange sexy, grommela-t-il.

Je me rendis soudain compte que je me tenais sous un rayon de lumière provenant de la salle de bain quand je tendis la main pour toucher mes cheveux toujours mouillés. Les boucles humides tombaient sur mes épaules.

Je relevai les couvertures et me glissai au bout du lit.

— Tu es en train d'halluciner si tu me compares à un ange, l'informai-je légèrement. Dors un peu.

— Tu es un bien trop loin, répliqua-t-il d'une voix rauque.

Il étira un bras puissant et m'attira de son côté du lit si facilement que je faillis oublier que je pesais plus qu'une femme moyenne.

Je laissai échapper un soupir satisfait quand sa chaleur m'enveloppa telle une couverture chauffée.

Il passa deux bras musclés autour de moi alors qu'il collait son corps au mien et que j'appuyais mon dos contre son torse.

Mon Dieu, il sentait si bon, même si je savais que la douche devait l'avoir débarrassé de ce qui restait de son eau de Cologne luxueuse.

Son parfum était musqué, vif, et n'était caractéristique que de Damian.

Mon corps frissonna alors que je percevais la chaleur de son souffle contre mon cou.

Je me crispai vicieusement à cause de l'envie primitive de me rapprocher encore davantage de Damian, mais je laissai cet instinct passer.

Il me parcourut paresseusement de ses mains, touchant mon ventre, mes hanches, le côté de mes cuisses, puis il se cala sous ma poitrine.

J'eus envie de me cambrer contre lui comme un chat savourant une caresse chaude, mais je m'obligeai à rester calme puisque je savais que Damian dormait à moitié.

— Ta place est ici, Nicole, murmura-t-il d'une voix rauque près de mon oreille. Avec moi. Je pense que je le sais depuis le moment où je t'ai vue. *Merde.* Tu es si bonne. Tu sens si bon. Je t'ai exactement où je le voulais et je ne peux absolument rien y faire, là.

Je passai mes bras par-dessus les siens, comme si je désirais l'empêcher de me relâcher.

— Endors-toi, idiot, le sermonnai-je. La seule chose dont j'ai envie pour toi, là, c'est que tu te reposes enfin.

Ce n'était pas que Damian était dangereux, mais la menace était temporairement maîtrisée. Riche ou non, puissant ou non, titré ou non… Damian était simplement un homme. Admettons, il était un sacré spécimen, mais il *restait* faillible ce qui, pour moi, était malheureux, puisque cela le rendait d'autant plus désirable.

Damian émit un doux grognement.

— Tu penses vraiment que je peux m'endormir avec tes fesses bien rondes contre ma queue dure et douloureuse ? C'est une véritable torture.

Je tentai, peu enthousiaste, d'échapper à sa prise :

— Je peux bouger.

— Je te l'interdis, répondit-il dans un grondement. Je viendrai te retrouver.

— Alors tu aimes la torture ? le taquinai-je doucement en me collant à nouveau contre lui.

Damian me donnait l'impression d'être la femme la plus désirable du monde, et cela semblait faire ressortir ma déesse intérieure.

Qui aurait pu savoir que *j'avais* une déesse intérieure ?

— Apparemment, je ne suis au courant de cette propension que depuis que je t'ai rencontrée, grommela-t-il d'un air mécontent. Désormais, je m'en délecte, visiblement.

Je souris dans l'obscurité de la pièce.

— Tu vas survivre. Dors.

— Tu deviens plutôt autoritaire, observa-t-il.

— Tu as un problème avec ça ? demandai-je d'une voix légère.

J'adorais le fait d'être beaucoup plus audacieuse quand je me chamaillais avec Damian. Honnêtement, je commençais à apprécier ce genre de libertés avec lui.

— Pas du tout, répondit-il. Je pense plutôt que je commence à aimer ton impertinence.

— Est-ce que je t'ai vraiment plu depuis le début ? m'enquis-je, incapable de m'en empêcher.

Je le sentis acquiescer doucement contre mes cheveux.

— Tellement que je n'ai pas su immédiatement ce que je devais faire de cette attirance, ma belle. Généralement, je ne suis pas le type de mec à entamer la conversation avec une femme que je ne connais pas. Normalement, je travaille pendant les vols commerciaux. J'étais là pour observer le genre d'expérience qu'avaient mes clients, après tout.

Comment pouvais-je croire qu'un homme qui cherchait possiblement plusieurs femmes pour une orgie hésitait à parler à une seule ? Pourtant, je commençais curieusement à croire que Damian était d'ordinaire un homme d'affaires pragmatique qui ne faisait pas du plaisir sexuel sa priorité. Du tout.

— Alors lire mes messages était extraordinaire, pour toi ?

— C'est un comportement épouvantable, expliqua-t-il. Mais je n'ai pas pu m'en empêcher. Je devais savoir pourquoi tu avais l'air si troublée, ma chérie.

— J'étais une véritable inconnue, lui rappelai-je.

— Tu n'étais pas une inconnue, répondit-il. Je ne pouvais pas dire pourquoi je ressentais ça, mais c'était bien là. Tu as captivé un homme qui n'a pas l'habitude qu'on le mène par les boules.

— Toi non plus, tu n'avais pas l'air d'un anonyme, avouai-je. Il y avait quelque chose chez toi qui me paraissait familier, mais qui ne l'était pas. J'imagine que mon instinct a été de ne pas te faire confiance, sur le vol. Généralement, je ne bois pas beaucoup d'alcool et je ne balance pas ma vie à quelqu'un que je ne connais pas bien. Mais tu avais raison. Je *voulais* parler alors que j'étais toute seule sur un long trajet en avion. Mais si ça n'avait pas été toi qui t'étais retrouvé assis à côté de moi, j'aurais gardé la bouche fermée. Tu m'as écoutée, tu m'as accordé toute ton attention. Je n'ai jamais vu un homme qui m'écoutait vraiment, comme si ce que j'avais à dire était important.

— Ne te contente jamais d'un gars qui ne reconnaît pas à quel point il est chanceux de t'avoir, Nicole, exigea-t-il.

— Je n'ai jamais cru qu'un homme était chanceux avec moi, songeai-je.

Je pensai aux mecs peu enthousiastes que j'avais eus dans ma vie.

— Ce sont des idiots. Ce sont tous des idiots, répondit-il d'un air agacé.

Je lui lançai un plus large sourire.

— Parce qu'aucun d'entre eux ne m'a fait crier lors d'un orgasme ?

— Non, répliqua-t-il vivement. Parce qu'ils t'*avaient* et qu'ils n'ont jamais apprécié la femme extraordinaire que tu es.

Mon cœur devint douloureux en entendant ses mots.

— Je ne suis pas vraiment certaine de savoir comment te gérer, parfois, admis-je. Tu vois des choses chez moi que personne n'a jamais remarquées, et c'est un peu effrayant. Je ne suis pas exactement une *femme fatale*, Damian. Je ne me dénigre pas, mais les hommes comme toi ne sont simplement pas attirés par quelqu'un comme moi. Ils sortent avec des top models, des actrices qui font partie de l'élite, ou des dames de société qui sont soit riches, soit magnifiques. Ils ne choisissent pas une femme ordinaire qui possède une petite entreprise et qui est parfaitement heureuse en s'asseyant sur la plage, quelque part, à boire des lattes avec ses amies.

— Je suis sorti avec des mannequins, déclara-t-il avec un soupir masculin. Elles ne peuvent pas apprécier un repas sans penser à chaque calorie qu'elles mettent dans leur bouche. La plupart sont horriblement ennuyantes et perpétuellement mécontentes. Pareil avec les actrices et les élites sociales. Les apparences, c'est ce qui compte le plus pour elles, et elles ne comptent pas vraiment pour moi.

— S'il te plaît, ne me dis pas que tu te fiches de savoir comment les gens te perçoivent. Si c'était le cas, je ne serais pas là.

— Peut-être que je fais seulement *semblant* de m'en préoccuper, suggéra-t-il. Pour pouvoir passer plus de temps avec toi et t'attirer dans mon lit.

Mon corps laissa échapper un petit frisson.

— Je suis déjà dans ton lit.

— Ne me le rappelle pas, dit-il en grognant. Et je ne suis pas en position de te baiser correctement.

Pendant un moment, je me délectais de la chaleur du désir inexplicable de Damian de me baiser à m'en faire perdre la tête.

— J'aime la façon dont tu me veux.

— J'en suis ravi, parce que ça *me* rend carrément fou, répliqua-t-il d'un air grincheux.

Je gloussai à cause de son ton plein d'autodérision, alors que j'étais le genre de femme qui ne gloussait *jamais.*

— Je commence à te croire, lui dis-je.

C'était la vérité.

Si je considérais Damian pour ce qu'il était vraiment et évaluais tout ce que je savais sur lui, personnellement, je dirais qu'il était un homme d'affaires vieux jeu et acharné de boulot qui prenait *rarement* le temps de s'occuper d'une femme. Et quand c'était le cas, alors c'était bref et se passait entre ses autres obligations.

Pas une seule des choses que je savais sur lui ne le dépeignait comme un genre de coureur de jupons.

Damian se figea enfin complètement et, en quelques instants, je pus sentir sa respiration se calmer, m'indiquant qu'il se permettait en fin de compte de sombrer dans le sommeil dont il avait désespérément besoin.

Je fis attention en me blottissant contre lui, mais il sembla percevoir ce mouvement et resserra sa prise sur moi.

Je détendis mon corps et m'autorisai à me délecter du plaisir d'avoir mon corps collé contre son torse et son ventre solides comme de la pierre, ainsi que ses cuisses puissantes.

Mon *corps* avait peut-être toujours férocement envie de lui, et je pouvais à peine me contenir, mais dès que je m'assoupis, mon *cœur* fut totalement satisfait de l'endroit où je me trouvais.

CHAPITRE 20

Damian

— TU ES PRÊTE ? demandai-je à Nicole lorsque nous nous garâmes dans la longue allée circulaire de la maison de ma mère.

Nous avions laissé le troupeau de journalistes au bout du chemin. Ils n'avaient pas le droit de franchir le portail.

Nicole écarquilla les yeux.

— C'est *là* que tu vis ? On dirait plus un château qu'une maison.

Je levai la tête vers les pierres impressionnantes de la maison de campagne des Lancaster, la demeure Hollingsworth.

Pour moi, ce n'était rien de plus que la maison dans laquelle j'avais grandi, mais je supposais que je pouvais comprendre l'air totalement ébahi de Nicole.

Déjà, la propriété était énorme, surtout pour les normes anglaises, et elle était probablement un peu imposante. Une partie des pierres à l'avant de la maison étaient originelles, mais tout le domaine avait été étendu, soigneusement remodelé et amélioré au fil du temps.

— Elle appartient à ma famille depuis le dix-septième siècle, expliquai-je. Chaque génération y a laissé sa marque, l'a changée ou a ajouté quelque chose, donc c'est un fatras de goût, j'en ai bien peur.

— C'est… extraordinaire, bredouilla-t-elle.

Je souris en remarquant que Nicole regardait toujours la maison par la vitre, bouche bée.

Je quittai le siège en cuir de la Rolls-Royce et trottinai pour rejoindre le côté de Nicole.

— Allons-y, dis-je en lui prenant la main et en lui bloquant la vue de la grande maison.

Si je ne la poussais pas à bouger, elle passerait probablement toute la journée à fixer la demeure de mon enfance.

Après être sortie du véhicule, elle lissa nerveusement la robe rouge qu'elle portait.

— Tu es sûr que ta mère comprend complètement ce plan ?

Nicole n'était pas le genre de femme à se dérober à un défi, et je n'aimais pas la voir si incertaine.

— Absolument. Elle a même donné son accord pour organiser un gala. Ne sois pas nerveuse. Toutes les deux, vous vous entendrez bien.

Elle se redressa.

— Je suis désolée. Ce n'est pas comme si j'ignorais que tu étais incroyablement riche. J'imagine que je n'étais simplement pas prête à te voir dans ton environnement.

— Étais-je différent, aux États-Unis, alors ?

Je la regardai curieusement en lui prenant la main.

— Tu es absolument magnifique, au fait. Je te l'ai dit ?

Elle me lança un petit sourire narquois.

— Tu me l'as dit au moins une dizaine de fois depuis que nous sommes sortis de ton jet, mais merci… encore.

C'était un beau début d'après-midi dans le Surrey, et le soleil se réfléchissait sur les merveilleux cheveux blonds de Nicole.

Pour une fois, elle les avait laissés détachés, et cela lui donnait un air vraiment sexy.

Je pris une profonde inspiration, incrédule en voyant comme je me sentais mieux après un long sommeil réparateur.

Ma migraine avait totalement disparu pour la première fois depuis deux ans, ce que je ne regrettais certainement pas. Néanmoins, je n'arrivais visiblement pas à oublier à quel point Nicole était agréable, collée contre mon corps, *avant* que je m'endorme.

Malheureusement, j'avais dormi si longtemps que Nicole s'était déjà levée et habillée avant que je me réveille.

— Tu vas bien ? demanda-t-elle alors que nous avancions vers la maison. Tu n'as toujours pas retrouvé ton mal de tête ? Tu as meilleure mine qu'hier.

Jamais de la vie je ne me serais vu comme le genre de mec qui voulait qu'une femme soit aux petits soins pour lui, mais bon sang, l'inquiétude de Nicole me réchauffait le cœur.

— Je me sens incroyablement bien, répondis-je honnêtement.

Elle me sourit sincèrement.

— Bien. Je suis ravi que ta démarche orgueilleuse soit de retour.

— Je ne suis pas orgueilleux, femme.

— Oh, mais si, répliqua-t-elle. Je pense que c'est probablement inscrit dans ton ADN de Lancaster, mais c'est assez canon.

Eh bien, d'accord, alors. Si Nicole aimait mon prétendu orgueil, peut-être que j'en avais effectivement un.

Nous grimpâmes les marches de pierre, et la porte s'ouvrit avant même que je puisse sonner.

— Bienvenue à la maison, Votre Grâce, déclara le vieux majordome de ma mère d'un ton jovial.

J'ignorai le regard accusateur que Nicole me lança. Je n'avais jamais dit que *personne* n'utilisait ce titre. J'avais abandonné l'idée de rappeler à Barnaby que je préférais qu'il ne s'adresse pas à moi aussi formellement. Ce vieil homme était amoureux des traditions, et sa famille travaillait avec les Lancaster depuis des générations.

— Salut, Barnaby.

Je menai Nicole jusqu'à la maison.

— Vous n'avez pas encore pris votre retraite.

Le jour où il prendrait sa retraite était devenu une blague persistante entre lui et moi.

— Non, votre Grâce. Je prendrai ma retraite quand votre mère le fera, rétorqua-t-il malicieusement.

Maman n'avait pas vraiment d'occupations, mais elle travaillait d'arrache-pied pour ses œuvres de charité. Je lui souris.

— Alors, soyez prêt à bosser jusqu'à votre mort, lui conseillai-je.

— Avec grand plaisir, Votre Grâce, répliqua l'homme.

Je lui donnai une claque sur l'épaule.

— Barnaby, je vous présente Nicole Ashworth. Elle va rester dans la propriété, avec moi, pendant que j'y suis en résidence. Nous allons faire un peu de tourisme et nous rendre à quelques galas.

Je savais déjà qu'aucun des employés n'avait été prévenu que tout ça était une ruse, donc je devais être convaincant.

— C'était un plaisir, mademoiselle Ashworth, annonça Barnaby avec un sourire sincère.

Nicole tendit la main pour le saluer, et Barnaby la saisit, dans une salutation américaine typique.

Quel homme malin.

— S'il vous plaît, appelez-moi Nicole, déclara-t-elle simplement. Je suis vraiment ravie d'être ici. D'après ce que j'ai vu depuis la voiture, le Surrey est très beau.

Barnaby lui lança un grand sourire.

Bravo, Nicole. Il n'y avait pas une seule autre déclaration qui aurait autant plu à ce vieux gentleman dont les racines étaient fermement plantées dans le sol du Surrey.

— Tu es en avance, Damian ! s'exclama maman.

Elle dévala les escaliers d'une façon qui aurait dû être impossible pour une femme de son âge.

Je récupérai sa minuscule carrure dans mes bras et l'embrassai sur la joue.

— Non, maman. Tu es convenablement en retard, comme d'habitude.

Mon père avait un jour dit que ma mère était constamment à la bourre parce qu'elle prenait trop soin de son apparence. L'attention qu'elle portait à son allure était bien plus en rapport avec l'anxiété que la vanité, et avec son désir de s'adapter au monde de mon père.

Il ne m'avait jamais échappé que mon père l'attendait toujours joyeusement et avec indulgence, sans se plaindre. Évidemment, il comprenait aussi pourquoi ma mère en faisait toute une histoire, et ça ne le dérangeait pas de patienter jusqu'à ce qu'*elle* soit à l'aise.

J'étais certain qu'il serait resté le cul sur une chaise à côté de la porte jusqu'à être recouvert de poussière, si nécessaire, tant que ma mère finissait par descendre les escaliers et lui saisir la main.

— Vous devez être Nicole, dit ma mère en s'éloignant de mes bras. Damian avait raison. Vous êtes vraiment belle.

Nicole rougit quand ma mère s'approcha d'elle et la prit dans ses bras, puis elle *me* lança un regard noir par-dessus son épaule lorsque maman l'accueillit avec enthousiasme.

Comme si c'était ma faute si elle était une bombe ? Je n'avais pas raconté de mensonges à maman.

Nicole salua ma mère tout aussi chaleureusement, même si elle fut interrompue quand celle-ci tenta de nous attirer dans le salon pour boire du thé.

— Ne devrions-nous pas emporter nos valises ? demanda-t-elle d'une voix hésitante.

Maman passa un bras sous celui de Nicole.

— Barnaby va les porter jusqu'à vos appartements, assura ma mère à Nicole.

Je regardai cette dernière tâcher de dissimuler son expression perplexe. Oui, il allait évidemment lui falloir un moment pour découvrir qu'ici, à la demeure Hollingsworth, quelqu'un était là pour faire toute les tâches banales qu'elle avait l'habitude d'accomplir elle-même. Elle reprit ses esprits en suivant ma mère.

— Bien sûr, souffla Nicole. Merci, Votre Grâce.

Ma mère tapota doucement son bras.

— Pas de formalités. Appelez-moi Bella.

Je faillis m'étouffer avec ma langue. Ma mère invitait rarement *quiconque* à l'appeler Bella, puisque c'était le surnom que mon père lui avait choisi lors de leur très long mariage.

Il était certain que personne, en dehors de la famille, n'utilisait ce nom, donc je soupçonnais déjà les motivations de ma mère.

Le thé était sans chichis, chez nous, et je remarquai que tout avait été placé sur la table basse lorsque nous entrâmes dans le salon.

— S'il vous plaît, servez-vous, dit maman en faisant un signe de la main vers la table.

Je récupérai une tasse dans le buffet et commençai à la remplir avec la théière.

— Du Silver Tips Imperial, dis-je en sentant l'odeur de la boisson.

— Évidemment, répondit ma mère. L'un de tes nombreux préférés. Ce n'est pas parce que je ne touche pas à ce truc que je ne peux pas servir quelque chose que tu apprécies.

Nicole haussa les sourcils.

— Vous n'aimez pas le thé, Bella ?

Maman grimaça.

— Je ne supporte pas ça. J'ai essayé de me forcer pendant des années à en boire. Je suis trop vieille pour ça, maintenant. L'autre théière est remplie de *café con leche*.

— Du café au lait, l'informai-je doucement.

— Merci mon Dieu, dit Nicole avec ferveur en attrapant la poignée de la seconde théière. J'avais peur de devoir souffrir jusqu'à mon retour aux États-Unis.

— Je ne pourrai jamais abandonner mes racines espagnoles, expliqua ma mère à Nicole en lui prenant la théière des mains. Nous, les Espagnols, nous aimons le café.

J'empilai quelques sandwichs et des scones sur une assiette pour Nicole, puis mis de la nourriture sur une autre pour moi-même.

Ma mère était déjà joyeusement assise dans son grand fauteuil quand Nicole et moi nous installâmes en face d'elle sur le canapé.

— Est-ce qu'il y a une bonne et une mauvaise façon de manger ça ? chuchota Nicole en levant doucement le scone.

Heureux que mes parents n'aient jamais été à cheval sur les convenances, je lui répondis :

— Non. Si tu aimes la confiture et la crème, tu en mets dessus et tu te régales. Tu peux le déguster nature. Le plonger dans ton café. Tout ce qui te fait plaisir.

Elle badigeonna alors le scone de confiture et posa une bonne dose de crème dessus.

Elle réprima ensuite un léger gémissement en fermant les yeux et en savourant le goût de scone tout juste sorti du four.

Son expression orgasmique faillit me tuer, mais je souffris en silence et j'étais prêt à lui en redonner si elle les aimait autant.

Je retins un grognement alors qu'elle léchait délicatement de la crème sur son doigt une fois que tout fut englouti.

— Je crois que c'est l'une des choses les plus extraordinaires que j'ai jamais mangées.

— Alors il est possible que tu aies trouvé quelque chose de bon à propos du thé anglais ? demandai-je avec un clin d'œil.

— S'il est servi avec des scones et du café, j'ai clairement changé d'avis.

Je m'enfonçai sur le canapé et dévorai tout ce que j'avais sur mon assiette, le faisant passer avec mon mélange préféré.

Tant que Nicole était ici, le thé serait *toujours* servi avec d'innombrables scones.

Qualifiez-moi de masochiste, mais un homme devait prendre son plaisir où il le trouvait. Voir Nicole heureuse était bien plus gratifiant pour moi que je ne voulais bien l'admettre.

CHAPITRE 21

Nicole

EN MOINS D'UNE semaine, j'étais complètement épuisée par tout le faux-semblant que je devais déployer avec Damian, et un grand nombre d'événements nécessitait que l'on fasse des allers-retours à Londres.

J'avais oublié le nom de la plupart de personnes que j'avais rencontrées. Il était impossible de suivre le rythme, mais j'*avais* souvent remarqué les mêmes visages lors de plusieurs engagements.

Bella m'avait déjà aidée en acceptant quelques invitations qui impliquaient une multitude d'œuvres de charité pour lesquelles Damian donnait régulièrement. La presse était habituellement présente parce que beaucoup de personnalités prestigieuses étaient là.

Je devais bien admettre que Damian ne s'aventurait jamais loin de moi quand nous étions ensemble, et il jouait parfaitement le rôle du petit ami de conte de fées.

En fait, il le faisait *si bien* que j'oubliais souvent que ce n'était qu'un jeu.

— Je crois qu'il est temps de partir, dit Damian en entrant dans le grand salon de l'aile est.

Nous occupions une majeure partie de ce qui était considéré comme l'aile est, et qui consistait en une immense pièce de vie, avec plusieurs chambres de chaque côté. Il y avait également deux énormes suites. Damian en habitait une, et j'avais pris l'autre, en face.

Cette dernière semaine, j'avais appris à être à l'aise dans mon environnement. Au début, j'avais été terrifiée à l'idée de casser l'un des nombreux meubles de famille luxueux qui décoraient la demeure Hollingsworth, mais je m'étais finalement détendue. J'adorais la mère de Damian et son frère, Leo. Alors la résidence était chaleureuse, même s'il était presque impossible de ne pas partager l'espace avec des antiquités qui valaient une fortune.

Je n'étais pas particulièrement fan de certaines des connaissances de Damian que j'avais rencontrées lors de nos fêtes infinies, mais après tout, il ne semblait pas grandement apprécier leur compagnie non plus. Les gens disaient peut-être que le système de classe avait disparu en Angleterre, mais en tant que personne extérieure, je ne le voyais pas vraiment de la même façon. Certains des galas de charité avaient été remplis de snobs purs et simples ou d'individus titrés qui méprisaient clairement tous ceux qui ne vivaient pas dans leur sphère.

Personne ne m'avait ouvertement qualifiée d'Américaine sans importance. Je ne pensais pas qu'ils oseraient, avec Damian à côté de moi, mais je ne doutais pas qu'ils l'auraient fait si je n'avais pas été l'invitée d'un duc milliardaire puissant avec un pedigree de compétition.

Maintenant, je comprenais exactement ce qu'avait affronté Bella quand elle avait épousé le père de Damian. Je ne pouvais imaginer comment c'était de *vraiment* essayer de s'intégrer et d'être acceptée par des gens incroyablement impatients de trouver des défauts chez la nouvelle venue. Pas étonnant qu'elle se soit pliée en quatre pour être approuvée. Moi, je faisais semblant, mais pas elle.

Je levai les yeux de là où j'étais, sur le canapé. J'étais à peine réveillée et je buvais encore mon café, consultant les réseaux sociaux. La plupart des commentaires négatifs sur Damian avaient disparu.

— Alors il n'y a rien de prévu, aujourd'hui ?

Ma voix trahissait un peu trop mon espoir, mais j'en avais assez d'assister à des galas de charité où je devais faire attention à tout ce que je disais ou ce que je faisais. Heureusement, Damian avait fait en sorte que mes interactions avec les invités soient brèves lors de ces événements. Oui, c'était mon boulot de me mêler à eux, mais cela commençait à m'épuiser.

Damian traversa la pièce, ses cheveux toujours mouillés à cause de la douche, et il était habillé de façon décontractée, portant un jean noir et une chemise boutonnée.

— Je crois qu'on a déjà réussi, dit-il d'un ton malicieux en me tendant un journal.

Je jetai un coup d'œil au titre.

DAMIAN LANCASTER ABANDONNE LES ORGIES !

Je souris en laissant tomber cet exemplaire de la presse à scandale sur mes genoux.

— Félicitations. Tu es un homme changé.

— Je suis le même que le jour où le scandale a éclaté. Ce sont eux qui semblent me voir différemment, m'informa-t-il.

— Alors on peut s'accorder un jour libre dans ce tourbillon social infini ? Mon Dieu, je ne sais pas comment tu fais ça.

Il haussa les épaules.

— Normalement, je ne le fais pas. J'espère que tu ne vas pas t'imaginer que c'est *ainsi* que je remplis habituellement mes journées. Je n'aime pas non plus ces rassemblements ridicules.

— Mais tu connais tellement de gens…

— Je ne les *connais* pas vraiment. Je tolère beaucoup d'entre eux puisque je dois être au même endroit qu'eux. Je sélectionne ceux que je qualifie vraiment d'amis. Il y a des gens sincèrement sympas dans la foule des riches, mais la plupart n'assistent pas à ces événements non plus. Ils donnent sans avoir besoin de tous ces hommages.

J'étais secrètement heureuse que Damian n'aime pas une grande partie de ces élites.

— Alors, dis-moi combien de temps on peut se permettre de passer tranquillement.

— Autant que tu veux. Je crois qu'on devrait commencer à faire du tourisme et rester chez moi, à Londres, pour que ce soit plus facile pour nous. On peut revenir pour le gala de maman, samedi soir.

J'acquiesçai impatiemment.

— J'adorerais, mais ta mère ne va pas avoir besoin d'aide ?

— Sérieusement ? dit-il. Tu penses vraiment que maman ne peut pas orchestrer cette fête sans nous ? En fait, je te garantis qu'elle ne voudrait pas qu'on dérange ses plans. C'est une experte de l'organisation d'événements. C'est simplement qu'elle ne l'a pas fait depuis la mort de mon père. C'est sympa de la revoir en action.

— Je pense qu'elle aimait terriblement ton père, lui dis-je.

Bella n'arrêtait jamais de parler de son mari décédé.

— Autant qu'il l'aimait, confirma Damian. Ils étaient incroyablement heureux, peu importait qu'ils aient l'air mal assortis. Maintenant, va te préparer pour le petit déjeuner. On peut partir à Londres juste après.

Bella avait mentionné ses débuts humbles en Espagne et combien cela avait été difficile pour elle de s'habituer à vivre une existence bien différente de celle qu'elle avait eue en grandissant.

— Je soupçonne que c'est Bella, qui réussit à vous maintenir les pieds sur terre, à Leo et toi.

Je posai mon ordinateur portable sur le canapé et me levai. Il fallait que je me douche et m'habille avant de partir à l'étage.

— Tu veux dire qu'elle nous empêche de devenir snob ?

J'acquiesçai. Damian et Leo semblaient tous les deux normaux en comparaison avec les élites hautaines que j'avais rencontrées cette semaine.

— C'est vrai, en fait, confirma Damian. On a été gâtés, mais pas *pourris* gâtés. Elle voulait qu'on passe autant de temps que possible avec notre famille en Espagne, donc on n'était pas constamment entourés d'enfants d'ultra-riches. Mon père était un bon modèle, également. Il travaillait plus dur que n'importe lequel de ses employés. Il n'était pas du genre à simplement vivre grâce à l'héritage familial. Je suis reconnaissant de tout ce qu'il m'a appris. Je m'ennuierais vraiment à mourir si tout ce que j'avais à faire, c'était assister à plusieurs événements mondains et balancer des ragots sur mes homologues.

Il marqua une pause avant d'ajouter :

— Maintenant, va te doucher, femme. J'ai besoin de mon petit déjeuner.

Je souris en partant dans ma chambre, récupérant quelques affaires décontractées et me préparai à descendre en quinze minutes.

Lorsque je réapparus, Damian semblait m'attendre patiemment sur le canapé.

Il travaillait sur son ordinateur portable, tout comme il l'avait fait chaque matin de la semaine dernière. Je m'arrêtai à l'entrée de l'énorme salon et… me contentai de le regarder.

Damian était l'homme le plus concentré que j'avais jamais rencontré. Il était un lève-tôt, donc je ne savais pas exactement à quelle heure il s'était réveillé chaque matin, depuis que nous étions là, mais j'étais prête à parier que c'était bien avant le lever du soleil.

Peut-être pas si tôt que ça, puisqu'il a l'air bien reposé.

Je n'avais pas vu un seul signe de privation de sommeil, et Damian jurait que ses migraines avaient disparu. Il paraissait détendu, même avec toutes les fêtes ridicules auxquelles nous avions assisté.

— Tu travailles encore ? demandai-je doucement en entrant dans la pièce.

Il leva les yeux de ce qu'il était en train de faire et sourit.

— Uniquement jusqu'à ce que tu m'honores de ta présence, ma belle.

Mon Dieu, il me tuait avec la manière dont il me regardait.

Comme si j'étais une déesse.

Comme si j'étais vraiment belle.

Comme si j'étais la personne la plus essentielle de sa vie.

Comme si… Je valais la peine qu'on attende, peu importait combien de temps il me fallait pour arriver.

— Tu as pu rattraper ton boulot ? m'enquis-je.

Il posa son ordinateur portable sur le côté et se leva.

— Plutôt, oui. J'ai délégué certaines de mes responsabilités à quelques-uns de mes plus grands cadres pendant un moment, pour que je puisse focaliser toute mon attention où elle devrait être.

— Tu veux dire pour assister à des fêtes pleines de gens coincés ? le taquinai-je.

— Non.

Damian avança vers moi jusqu'à se retrouver juste devant moi.

— Je préférerais passer du temps à te regarder, Nicole.

Mon cœur fit un salto dans ma poitrine.

Peut-être que Damian et moi *jouions* effectivement un jeu, mais l'intimité entre nous devenait bien trop réelle.

Nous commencions à reconnaître les habitudes amusantes que nous avions tous les deux, comme des amants qui avaient passé suffisamment de temps en compagnie l'un de l'autre.

Damian était incroyablement curieux à propos de mon présent et de mon passé, donc il posait un nombre de questions visiblement infini, dont certaines pour lesquelles je devais réfléchir avant de répondre.

J'étais ravie qu'il arrête de se retenir avant de donner des réponses aux questions que j'avais pour lui. Il n'y avait plus de phrases brèves. Au lieu de ça, non seulement il me parlait de lui, mais aussi de ce qu'il ressentait quant à sa place dans le monde.

Tous les deux, nous ne pouvions pas être plus différents, mais nous nous liions à un niveau plus beaucoup profond que superficiel.

Tous les deux, nous avions de grandes attentes pour nous-mêmes : moi, parce que j'étais fille unique, et lui, parce qu'il était l'aîné de la famille.

Parfois, le voir essayer de tout donner à tout le monde et avoir l'impression que ce n'était pas suffisant, c'était comme… m'observer moi-même.

Je voyais Damian comme les autres ne le voyaient peut-être pas, et cet homme était assez extraordinaire.

J'étais maintenant complètement convaincue que peu importait ce qu'il s'était passé le soir où il avait été photographié, ce n'était pas ce qu'on pouvait croire.

Damian prétendait qu'il ne se souvenait pas de ce qu'il s'était produit, et il était difficile pour moi de ne pas le croire.

J'avais vu trop de choses, appris trop de détails sur Damian dans la semaine qui s'était écoulée pour douter de son explication.

Quand toutes les preuves étaient contraires à son comportement de ce jour en particulier, je ne pouvais nier qu'il avait été piégé.

— Me regarder serait extrêmement ennuyant, dis-je légèrement.

Il joua avec les mèches de mes cheveux qui s'étaient échappées du chignon que j'avais attaché à l'arrière de mon crâne.

— Pas du tout. C'est devenu mon occupation favorite, j'en ai peur. Je suis complètement accro.

Mon Dieu, je commençais à être dépendante du fait de voir Damian tous les jours, et de son désir presque obsessif de s'assurer que j'étais heureuse.

Son inquiétude n'était pas quelque chose qu'il activait ou désactivait pour faire semblant.

Son attitude de « petit ami attentif » paraissait constamment allumée, même lorsque nous étions seuls comme actuellement, et cela me rendait totalement folle.

Je mourais d'envie d'avoir son attention, son affection et la façon dont il me regardait comme si j'avais amélioré toute sa journée rien qu'en entrant dans la pièce.

Pour être honnête : je tombais amoureuse de Damian Lancaster et, visiblement, je ne pouvais m'empêcher de progresser vers ce plongeon dangereux.

Je m'éloignai de lui, d'un air défensif, puis je fis le deuil de sa façon folle et chaotique de conquérir mon cœur chaque fois qu'il me touchait.

— Je meurs de faim, dis-je d'une voix bien trop joyeuse.

Instantanément, son regard s'emplit de remords, comme s'il était profondément désolé de m'empêcher de manger.

Franchement ? Comme si je ne pouvais pas me permettre de louper un repas ou deux ?

— Allons te trouver à manger, alors, déclara Damian en saisissant ma main.

Mon cœur fondit jusqu'à n'être plus qu'une flaque sur le sol en marbre luxueux.

Vraiment, cet homme nécessitait une femme tout aussi impatiente de satisfaire *ses* besoins qu'il était prêt à le faire avec les siens.

Je ne voulais clairement pas penser à qui pourrait être cette femme à l'avenir, alors que je laissais Damian m'emmener prendre un petit déjeuner.

CHAPITRE 22

Damian

PARFOIS, J'AIMERAIS ÊTRE le genre de mec à offrir des cœurs et des fleurs, avec Nicole.

Elle méritait une séduction lente et constante, remplie de romance et de tout ce qu'une femme pouvait vouloir d'autre de la part d'un amant.

Malheureusement, je n'avais plus aucune patience, et je ne pouvais songer qu'à la mettre dans mon lit et à la baiser jusqu'à ce que mon corps et mon esprit redeviennent normaux.

Puisque j'avais vraiment besoin de plus d'intimité pour ça, je devais l'emmener à Londres.

Bientôt.

Maintenant.

Aujourd'hui.

Dans l'heure qui venait, plus ou moins.

— Il va falloir que je parte après ton gala, maman, l'informa Leo alors que nous étions assis autour de la table du petit déjeuner.

— Si tôt ? s'enquit Nicole.

Elle semblait sérieusement déçue en regardant mon plus jeune frère.

Leo lui sourit et, soudain, je ressentis le désir intense de le pousser à s'en aller *tout de suite.*

Je ne me faisais aucune illusion sur le fait que Leo désirait Nicole quand il faisait preuve de charme avec elle. Non, le salaud essayait simplement de *me* provoquer.

Et qu'il soit maudit, parce que ça fonctionnait.

— Je veux voir si je peux travailler avec les autorités colombiennes pour obtenir un couple reproducteur de caïmans Rio Apaporis qui a récemment été aperçu en plein cœur de l'Amazonie. On pensait qu'ils étaient une espèce éteinte, mais une équipe américaine a récemment découvert une population là-bas. J'aimerais les faire entrer dans mon programme de protection, expliqua Leo.

Il lança encore son sourire à mille watts en direction de Nicole, de l'autre côté de la table.

— Alors, j'imagine qu'on va se dire au revoir, répondit-elle, sacrément déçue.

Leo secoua la tête.

— On ne se dit jamais au revoir. Je négocie pour avoir un terrain près du désert de Palm, en Californie. Je veux lancer un autre sanctuaire et un programme de reproduction aux États-Unis. On peut se retrouver là-bas. Je te donnerai mon numéro avant de partir.

Je détestais la façon dont les yeux de Nicole s'illuminèrent lorsqu'elle répondit :

— J'adorerais. Je sais que le programme que tu as ici a beaucoup de succès.

Il faudra me passer sur le corps pour que vous vous voyiez seuls… tous les deux.

Frère ou non, il faudrait que je tue cette petite merde.

Je fronçai les sourcils en regardant Leo, l'air de dire « ça n'arriverait même pas dans tes rêves les plus fous ».

Il m'ignora complètement.

— Jusqu'ici, ça a été un grand succès.

Je grinçai des dents alors que Leo donnait un tas d'information à Nicole sur son programme de reproduction, dans le Nord, près de la frontière galloise, qu'il avait transformé en l'un des sanctuaires les plus réputés du monde pour sauver des espèces en danger. Parce que Leo voulait que son héritage se poursuive longtemps après qu'il aurait disparu, il l'avait transformé en sorte de zoo éducatif, donc il pourrait survivre à l'avenir grâce au prix des tickets des visiteurs et à leurs donations.

Même si la plupart des gens faisaient un long voyage pour y aller, ces tickets exclusifs pour voir une telle gamme d'espèces en danger se vendaient comme des petits pains.

— Waouh, dit Nicole avec une voix suintant d'admiration. Tu dois être incroyablement fier de tout ce que tu as accompli, Leo. Est-ce que je pourrai avoir des tickets quand tu lanceras son programme aux États-Unis ?

Il lui lança un sourire malicieux que je mourus d'envie d'effacer de son joli minois en le frappant.

— Tu n'auras pas besoin de tickets, dit-il catégoriquement. Tu viendras quand je serai là, et je te ferai personnellement la visite.

— J'adorerai amener mon amie, Macy, songea Nicole. Elle est vétérinaire pour les grands animaux exotiques. La conservation, elle a ça dans le sang. Elle adorerait faire le tour d'un tel endroit.

— Amène toutes tes amies, déclara magnanimement Leo. Tes amies sont mes amies.

Je levai les yeux au ciel. Leo n'était pas exactement sociable. Oui, il pouvait convaincre des donateurs quand il le devait, mais il détestait autant sociabiliser que moi. La plupart du temps, il s'entendait bien mieux avec les animaux qu'avec les humains.

— Alors, tu pars combien de temps ? l'interrogea Nicole en étalant de la confiture sur sa tartine.

Leo haussa les épaules.

— Autant de temps qu'il le faudra. Nous pensions avoir perdu cette espèce, donc chaque paperasse vaudra la peine, si on peut essayer de retrouver toute une population.

— Fais attention, l'avertit Nicole. Ce n'est pas une zone un peu dangereuse ?

Nom de Dieu ! Si je devais supporter une seconde de plus l'inquiétude de Nicole envers mon petit frère, j'allais perdre la tête.

Celui-ci me lança un coup d'œil furtif et sourit comme un foutu idiot.

Ce salaud appréciait bien trop ma gêne.

J'ignorais comment il savait que flirter avec Nicole me transformerait en un fou à lier, mais *il en était bien conscient.*

— Ce n'est pas l'endroit le plus sûr du monde, confia-t-il. Mais j'ai traversé pire que ça. Bien sûr, si tu t'inquiètes, je m'assurerai de t'envoyer des nouvelles.

— Pas. Nécessairement.

J'obligeai mes mots à sortir au travers de mes dents serrées.

— Nicole et moi resterons en contact. Je la tiendrai au courant.

Salaud !

Leo haussa les épaules.

— Je croyais que toute cette impression de couple, ce n'était que pour faire semblant. Il est certain que Nicole voudra retrouver sa vie aux États-Unis, pour rencontrer un mec sympa.

Nous prenions toujours nos repas en privé, donc Leo arrêtait de faire comme si Nicole et moi étions vraiment en couple.

— Hors de question, grognai-je.

Merde ! J'en avais assez de faire comme si ma vie serait un jour normale à nouveau si Nicole n'en faisait plus partie.

J'en avais assez d'agir comme si je ne voulais pas me taper cette femme jusqu'à ce que nous haletions et soyons épuisés.

J'en avais marre de prétendre que si Nicole et moi passions une semaine ensemble dans un bonheur sexuel, cela changerait l'obsession que j'avais de prendre soin d'elle et me permettrait de redevenir normal.

Et j'en avais *carrément* ma claque de faire comme si elle n'était pas à moi.

Nicole Ashworth était irrévocablement à moi. Elle avait scellé ce marché dès que nous nous étions rencontrés. Simplement, elle ne le savait pas encore.

Peut-être que je l'avais toujours su, inconsciemment, moi aussi, mais je ne l'avais pas admis dans mon esprit jusqu'à ce qu'elle prenne soin de moi si tendrement et de façon si altruiste dans mon jet privé, la semaine dernière.

Nicole avait scellé son destin quand elle avait choisi de prendre soin de l'homme, et non du milliardaire ou du duc, alors que je vivais un rare moment de vulnérabilité.

— De quoi ? s'enquit poliment Leo.

Trop poliment.

— Les garçons, nous prévint maman.

Elle nous lança à tous les deux un regard entendu.

— On profite d'un bon repas, là.

Je l'observai en fronçant les sourcils.

Leo avait fait exprès de me provoquer, mais elle ne voulait clairement pas le reconnaître. En fait, j'étais *hautement suspicieux* quant au petit sourire qu'elle avait sur les lèvres.

Je ne pus me détendre à nouveau que lorsque maman entraîna Nicole dans une conversation sur ce qu'elle voulait voir pendant qu'elle serait à Londres.

— Tout, répondit Nicole en soupirant.

Ma mère lui sourit tendrement.

— Vous aimez le théâtre, ma chère ?

Les yeux de Nicole s'illuminèrent comme des pierres précieuses.

— J'adore. Surtout les comédies musicales. Je vais à Los Angeles aussi souvent que possible pour assister aux dernières représentations. J'ai vu que *Le Fantôme de l'Opéra* se jouait à Her Majesty's Theater. Mais je suis ici pour travailler et je doute qu'on puisse obtenir un ticket de dernière minute.

Bon sang ! Pourquoi ne lui avais-je jamais demandé si elle aimerait voir quelque chose à Londres ?

— Je vais prendre des tickets pour vendredi soir, dis-je avant que ma mère propose de se les procurer. Tu as fini de travailler, Nicole. Nous avons accompli notre mission, et ça ne te fera certainement aucun mal d'être vue en ville avec moi.

Elle tourna la tête et me lança, à moi et moi seul, son sourire magnifique rempli de joie.

Je passai de la bête enragée au salaud le plus chanceux de la Terre en moins de deux secondes.

Être responsable du sourire de cette femme était un sentiment de véritable euphorie. Je ne pouvais pas l'expliquer, même si j'en avais envie (ce qui n'était vraiment pas le cas).

J'avais l'impression d'être un foutu héros en lui offrant quelque chose d'aussi simple que des billets pour aller au théâtre.

À un moment, Nicole Ashworth avait décidé de me faire passer de la catégorie de salaud à celle de mec bien. Peut-être que je ne le méritais pas, mais j'allais faire de mon mieux pour en valoir la peine.

— Merci, Damian, répondit Nicole d'une voix essoufflée. J'ai toujours voulu voir ce spectacle.

Évidemment. C'était une tragédie romantique. Il n'y avait pas eu un seul œil féminin dépourvu de larmes quand je l'avais vu quelques années plus tôt. Je n'avais jamais vraiment compris *pourquoi,* puisque

Christine était sauvée du Fantôme, et que tout allait bien à la fin quand elle mettait les voiles avec Raoul.

Le gentil garçon gagnait.

Le méchant perdait.

Fin.

Pourquoi cela devrait-il nous faire pleurer ?

Merci mon Dieu, il y avait de nombreuses musiques sympas entre le début et la fin.

— On s'y prend à la dernière minute, déclara-t-elle anxieusement. Tu penses qu'on peut encore avoir des billets ?

— J'ai des relations.

Elle leva les yeux au ciel.

— Évidemment. Si vous voulez bien m'excuser, je vais m'assurer que mes valises sont prêtes.

Elle regarda Leo.

— Je ne te fais pas un câlin tout de suite pour te dire au revoir puisque je te verrai au gala de Bella.

— Je vais quand même en prendre un, la taquina Leo.

— Ignore-le. Vas-y, encourageai-je Nicole en me levant.

Elle sortit rapidement de la salle à manger, apparemment impatiente de commencer son aventure londonienne.

Je me rassis.

— C'était quoi ton délire ? demandai-je à mon petit frère d'un ton furieux une fois que Nicole fut hors de portée de voix.

Il haussa les sourcils.

— J'ignore totalement de quoi tu parles.

— Tu flirtes avec Nicole. Ce n'est pas… normal, pour toi.

À trente et un ans, je doutais vraiment que Leo soit vierge, mais je ne l'avais jamais vu personnellement s'intéresser à une femme en particulier. Il avait été trop occupé à sauver le monde.

Il haussa les épaules.

— Je l'aime bien. C'est un problème pour toi ? Ce n'est pas comme si vous étiez dans une vraie relation.

— C'est un problème, répondis-je. Si tu la touches avec autre chose que des intentions fraternelles, je vais devoir te tuer, Leo. Tu ne seras plus là pour sauver une seule espèce menacée à l'avenir. Réfléchis-y avant de le faire.

Mon frère écrasa son poing contre la table.

— Je le savais ! Tu es fou d'elle. Je le voyais bien, même si tu ne voulais pas qu'on le remarque. Pourquoi tu ne lui dis pas simplement ? C'est assez évident qu'elle t'adore aussi. Dis-lui la vérité, Damian. Raconte-lui pour Dylan. Si tu le fais toi-même, que tu dévoiles tout, ça se passera beaucoup mieux que si elle l'apprend de la bouche de quelqu'un d'autre.

Je jetai un coup d'œil au visage souriant de mon frère. Il me provoquait uniquement pour que j'admette à quel point je voulais que mon histoire avec Nicole soit réelle.

Mon indignation et ma colère irradiaient de mon corps. Peu importait à quel point ses actions avaient été malavisées, il *avait essayé* de découvrir ce que j'éprouvais vraiment.

— Ne recommence plus, lui conseillai-je. Sinon il y a des chances que je te mette au sol et que ton joli minois soit complètement réarrangé.

Contrairement à Dylan et moi, Leo avait les cheveux blonds, des yeux bleus masculins avec des traits parfaits. Sa carrure musclée venait de son dur labeur physique, et non pas d'efforts intenses dans une salle de gym. Les femmes s'arrêtaient et le regardaient quand il passait à côté d'elles, mais je devais bien lui accorder qu'il ne semblait pas le remarquer. Il avait toujours manqué de la vanité qui allait parfaitement avec une génétique idéale comme la sienne.

— Elle te rend évidemment heureux, Damian. Tu ne sais pas à quel point je suis ravi de te voir un peu plus léger. Nicole est une femme incroyable. Pourquoi tu ne fais pas de cette fausse relation une réalité ?

Mon expression devint maussade quand je demandai :

— Comment suggères-tu que je m'y prenne ? Elle pense que je suis un acharné du travail et un coureur de jupons.

— Elle a raison sur le fait que tu bosses dur, confirma Leo. Mais visiblement, tu sembles mieux le gérer, maintenant, en te servant de tous les cadres que tu as. Explique-lui simplement pour Dylan.

Leo ignorait totalement que j'avais réellement envisagé de dire la vérité à Nicole. Peut-être qu'elle ne me faisait pas totalement confiance, mais moi je la croyais, qu'elle ait sa signature sur une clause de confidentialité… ou non. Cette femme n'avait pas du tout un esprit vengeur et elle ne blesserait jamais volontairement quelqu'un.

Peut-être qu'elle serait en colère que je lui ai caché la vérité à propos d'un grand nombre de choses, mais j'étais prêt à admettre que je préférerais la voir furieuse que blessée. Elle pourrait peut-être même me pardonner, si j'insistais suffisamment, et nous pourrions ensuite nous lancer dans des ébats bouleversants qui se produiraient à l'instant où je pourrais la déshabiller.

Je parlai enfin.

— Je vais devoir croire qu'elle gardera le secret. La dernière chose dont on a besoin, après tout le travail qu'on a fait pour que les gens oublient cette histoire, c'est de balancer l'existence de Dylan maintenant. Tout est en train de se calmer.

Je contactais mon jumeau tous les jours. Le nuage noir au-dessus de sa tête n'avait pas encore disparu, mais il semblait sobre. En fait, il suivait une thérapie, sur laquelle j'avais insisté plus tôt avant de mettre une petite fortune sur son compte en banque.

Maman se joignit à la conversation.

— Tout ira bien pour Dylan. Et je pense que, désormais, tu as pleinement conscience que Nicole ne trahirait pas ta confiance.

— Foutu Dylan, cracha Leo. Pardon, maman, mais j'en ai vraiment marre de voir Damian payer le prix émotionnel de toutes les choses stupides que fait Dylan.

— Je suis totalement d'accord, Leo, et je l'ai déjà dit. Mais Damian doit décider lui-même d'arrêter de couvrir Dylan.

— C'est mon frère jumeau, et je lui ai donné ma parole. Ça signifie quelque chose.

— C'est aussi un salaud, ajouta Leo. Écoute. Je compatis avec lui. Je l'aime. Dylan est mon frère, aussi. Il a traversé beaucoup de choses. À chaque fois que je l'ai au téléphone, j'essaie de le pousser à me parler pour qu'on puisse l'aider à traverser tout ça, mais il se ferme comme une huître. Il n'essaie même pas, c'est pour ça que je suis énervé. Et ça fait deux ans. C'est bien trop de temps à laisser son frère aîné se charger de sa vie pendant qu'il traverse un brouillard d'alcool. Si je pensais pouvoir aider, je le ferais, Damian. Je serais resté en Angleterre et j'aurais travaillé à tes côtés pour te décharger un peu. Mais je ne sais presque rien sur la gestion de Lancaster International.

Mon cœur se serra quand j'entendis le discours passionné de mon frère. Cela signifiait qu'il était prêt à mettre sa propre carrière entre parenthèses pour m'aider.

— Je n'ai jamais voulu ça, Leo. Je suis fier de tout ce que tu as accompli. Lancaster International ira très bien.

— Je me fiche de la boîte, Damian. Je m'inquiète pour toi. C'est pour ça que je suis content de te voir avec quelqu'un comme Nicole. Ne gâche pas tout ça à cause de Dylan. Elle est sincère, Damian, et, dans notre monde, c'est rare. Tu vas devoir décider ce qui est le plus important pour toi : Nicole ou continuer de protéger Dylan du vrai monde et des conséquences de ses actions.

— Elle n'est pas le genre de femme à révéler tes secrets, même si elle est en colère, ajouta maman. Je ne fais pas confiance à beaucoup de monde, mais mon instinct me dit que tu peux lui faire confiance, à elle.

Je savais déjà que je pouvais lui faire confiance. Elle n'était pas vindicative.

— Je prévoyais de lui dire après le gala. Elle mérite de tout savoir, confiai-je. Si cela la fait fuir aux États-Unis, je ne veux pas que ça arrive avant qu'elle ait terminé tout ce qu'elle voulait faire à Londres.

Honnêtement, je ne prévoyais pas de la laisser partir très loin, même si elle voulait s'éloigner de moi. Peu importait combien de temps cela prenait, j'allais la suivre jusqu'à ce qu'elle me fasse confiance.

— Alors, vas-y et montre-lui comment passer du bon temps, suggéra joyeusement Leo. Si tu n'as plus rien à faire, tu pourras toujours l'emmener en avion jusqu'à Lundy Island. Nicole adorerait nager avec les phoques, là-bas. Les courants sont un peu traîtres quand c'est plus profond, mais c'est une plongeuse expérimentée.

— C'est dangereux ? demandai-je d'une voix rauque.

Je n'allais certainement pas l'envoyer dans des eaux périlleuses au milieu du canal de Bristol.

Leo secoua la tête.

— Pas vraiment. Pas pour quelqu'un comme Nicole. Elle fait régulièrement des plongées profondes et difficiles.

Je secouai la tête. J'allais probablement mourir d'une crise cardiaque en attendant de la voir remonter à la surface.

— Peut-être plus tard. Quand j'aurai mon diplôme, je pourrai aller avec elle.

— Je suis à ton service, déclara aimablement Lco.

— On va organiser quelque chose, lui dis-je. Pour l'instant, je veux qu'on parte pour Londres.

Je me levai et laissai tomber ma serviette sur mon assiette.

— Je doute qu'il lui faille encore beaucoup de temps pour tomber amoureuse de toi, déclara ma mère dans mon dos. Je pense qu'elle est déjà à mi-chemin.

Les mots de maman ne me réconfortaient pas vraiment, même si sa supposition était correcte.

À mi-chemin, ça nous laissait encore une grande route à parcourir, et j'étais enfin prêt à admettre que j'avais franchi cette ligne d'arrivée avec elle depuis longtemps.

Non seulement j'avais fini la course, mais j'avais continué de devenir fou d'elle longtemps après avoir vu ce drapeau à carreaux.

CHAPITRE 23

Nicole

« LA MAISON DE Damian » à Londres s'avérait être une demeure du Mayfair presque trop folle pour être crédible.

Si je ne m'étais pas actuellement tenue au deuxième niveau souterrain de sa maison, qui abritait une piscine intérieure ainsi qu'un spa, je n'aurais probablement jamais compris qu'une maison pouvait réellement avoir deux niveaux au-dessus de la terre et trois en dessous.

Néanmoins, un ingénieur de talent *avait* fait en sorte que cela soit construit, et j'étais *dans le souterrain*, donc je savais que cette maison existait.

Simplement, je n'étais pas sûre de savoir comment j'avais réussi à me faire inviter ici.

Sous nos pieds, il y avait un espace de divertissement avec un cinéma privé, et, au-dessus, la salle de gym de Damian.

Dans la partie émergée de la maison se trouvaient deux suites nuptiales au rez-de-chaussée, et d'autres à l'étage.

Quand nous étions arrivés à Londres hier, je n'avais pas vraiment eu le temps d'explorer sa maison extraordinaire. Damian avait pris ses responsabilités de guide au sérieux et m'avait montré de nombreux lieux.

Nous nous étions rendus à la Tour de Londres, puisque je n'avais pas vu grand-chose la première fois que je l'avais visitée, puis nous avions marché jusqu'au Tower Bridge. Damian m'avait emmenée voir Big Ben avant que nous dînions, puis nous étions enfin retournés dans sa demeure et, épuisés, nous avions été prêts à nous mettre au lit.

Nous étions allés plus lentement, ce matin. Nous étions restés une grande partie de la journée à Buckingham Palace. Puisqu'il était un peu trop tôt pour que la reine passe ses dix semaines loin de là, dans sa résidence d'été, le palais n'était pas ouvert au public. Damian s'était donc arrangé pour faire un tour de la résidence et de la cour avec l'aide de ses *relations.*

À mon grand soulagement, et pour le bien de mes pieds fatigués, j'étais heureuse que nous soyons rentrés tôt chez Damian.

Nous avions décidé de nager et avions ensuite prévu de dévorer le repas que sa gouvernante avait préparé avant de partir pour la journée.

— Est-ce que tu vas rester plantée là ou tu comptes rentrer dans l'eau dans un avenir proche ? me taquina Damian avant de remonter à la surface.

Il tira ses cheveux mouillés en arrière.

— Elle est chauffée.

Non. Ce n'était pas vraiment la température de l'eau qui m'inquiétait. La piscine devait être plus chaude que l'océan en Californie.

J'hésitais à enlever le haut que je portais et à exposer mon corps moins que parfait à un homme bâti comme un dieu grec.

C'est ridicule. Je nage tout le temps en Californie, et je n'ai jamais eu un seul moment d'embarras à l'idée de me déplacer en maillot de bain.

Ce n'était pas comme si j'arborais un bikini. Je portais un une-pièce modeste sous ma robe légère noir et blanc à fleurs, qui finissait au niveau des genoux. J'aurais simplement aimé qu'elle n'épouse pas chaque courbe de mon corps.

— Qu'est-ce qui ne va pas ? s'enquit Damian en nageant jusqu'au bout de la piscine pour me parler.

— Je ne crois pas que *mon* corps ressemblera à ceux des femmes en bikini qui se retrouvent habituellement dans cette piscine, déclarai-je d'un air méfiant.

— Est-ce que tu es en train de dire que tu es nerveuse à l'idée de te mettre en maillot de bain ? demanda-t-il, confus.

— Bingo, répondis-je, sarcastique. Tu touches le pactole.

Il sourit en levant les yeux vers moi.

— Je vais toucher le pactole quand tu enlèveras ce truc ridicule que tu portes et que tu entreras dans la piscine.

D'accord. Ma robe était un peu idiote, mais j'aimais les fleurs.

— C'est facile pour toi de dire ça, puisque tu as un corps si parfait, grommelai-je.

— Le tien aussi est parfait, répondit-il. Ou est-ce que tu es juste timide parce que tout ton corps est couvert d'horribles tatouages de dragons ?

Je sentis mes lèvres commencer à se recourber légèrement. Je savais ce qu'il tentait de faire, et ça fonctionnait. Un peu. Damian essayait de me faire rire, et je me rendis compte que je n'avais aucune raison d'être timide.

— Bien sûr que non, répliquai-je en jouant le jeu. J'ai toujours préféré les tatouages de licorne.

— Maintenant, je meurs d'envie de les voir, ma belle. Enlève ça.

Il savait très bien que je n'avais aucun tatouage sur mon corps, mais son insistance m'aidait à me détendre.

— Juste pour information, ajouta-t-il. Tu seras la première femme à nager dans cette piscine. Il n'y en a eu aucune autre, qu'elles soient en bikini ou non, dans cette maison.

Je fondis.

C'était une demeure faite pour impressionner, pourtant Damian n'y avait jamais accueilli d'invitées féminines ?

— Tu ne te plaindras pas de ne pas avoir été prévenu, marmonnai-je.

Je commençai à lever le seul vêtement qui se tenait entre moi et ma gêne.

Je le passai au-dessus de ma tête d'un air déterminé et le jetai sur un transat non loin.

— N'entre pas, dit Damian d'une voix rauque. Pas encore.

Mon corps s'empourpra entièrement alors que ses yeux parcouraient chaque courbe fermement épousée ou non par le maillot, depuis le sommet de mon crâne jusqu'à mes orteils.

Finalement, il croisa mon regard, et son air affamé et envieux m'indiqua tout ce que j'avais besoin de savoir.

Pour une raison étrange et inconnue, Damian aimait ce qu'il voyait.

— Comment peux-tu te voir autrement que comme une femme magnifique ? demanda-t-il d'une voix rauque.

Frustrée, je tournai lentement sur moi-même.

— Il n'y a absolument rien de magnifique chez moi.

Ce n'était pas comme si *j'appréciais* d'être gênée, mais quand j'étais à côté d'un homme comme Damian, il était difficile de ne pas trouver tous les défauts que j'avais.

Admettons, j'étais en forme parce que je nageais et plongeais, ainsi que grâce à tous les exercices que je faisais en Californie pour m'amuser, mais les quelques kilos en trop que j'avais collaient toujours autant à mes fesses et à mes hanches comme de la glue.

— Viens ici, exigea Damian d'une voix de baryton qui aurait fait tomber la culotte de n'importe quelle femme.

Il leva les bras, et je bondis, sachant déjà qu'il allait me rattraper.

Même si la piscine était chauffée, je haletai à cause du choc de mon corps heurtant l'eau. Damian m'empêcha de plonger trop profondément, toutefois mes cheveux se mouillèrent quand il resserra ses bras et attira mon corps contre le sien.

— Ne doute jamais de toi, Nicole, déclara-t-il d'une voix rauque. Je déteste ça. Tu es merveilleusement grande et bien roulée. Tu devrais afficher ton corps. Ou attends… peut-être pas, parce que constater qu'un autre homme te regarde me rendrait fou. Mais tu devrais savoir que beaucoup d'hommes saliveraient sur une femme comme toi. Et il s'avère que je suis l'un d'entre eux.

Je soupirai en posant mes mains sur ses épaules pour me stabiliser.

— Je n'ai jamais rencontré un homme qui pensait ça. Même mon rencard du bal de promo s'est désisté à la dernière minute parce que j'étais plus grande que lui, avec des chaussures à petits talons. J'imagine qu'il n'avait jamais pris la peine de se tenir à mes côtés, avant. J'avais le cœur brisé. On était censé sortir avec Kylie, Macy et leurs rencards. Au lieu de ça, je suis restée à la maison et j'ai regardé la télé avec maman. Le gars a trouvé une remplaçante de dernière minute qui était plus petite que lui. Après cette première humiliation, j'imagine que j'ai simplement appris à faire avec. En chemin, j'ai perdu confiance en mon allure et je ne l'ai jamais vraiment retrouvée.

Damian écarta les cheveux mouillés de mon visage.

— Tu me fais bander depuis qu'on s'est rencontré. Ton rencard du bal de promo était un idiot peu sûr de lui. Et tu n'aurais jamais dû te mettre avec quelqu'un en fonction de l'affection qu'il était prêt à te donner. Tu devrais exiger tout ce que tu veux, Nicole, et si un homme ne veut pas te le donner, écrase-le avec un haut talon et passe à autre chose. Non… oublie ça, parce que tu as déjà un homme qui salive devant toi. Tu n'as pas besoin d'en avoir un autre.

Mon cœur loupa un battement quand je vis l'éclat de désir dans son regard magnifique. Je n'étais pas sûre de savoir pourquoi je trouvais ça si difficile à croire que Damian me considérait irrésistible, mais mon Dieu, je voulais vraiment m'en délecter.

Il me faisait *sentir* belle.

Ne pouvais-je pas simplement l'accepter, même si c'était peu probable que je sois son type ?

— Où as-tu été toute ma vie, Damian Lancaster ? demandai-je doucement en enroulant mes bras autour de son cou.

— Juste ici, à attendre d'être le premier mec à te faire crier ton orgasme, ma belle, dit-il malicieusement. Je pense que je t'ai toujours attendue.

Mon cœur mourait d'envie parce que, toute blague mise à part, j'avais également l'impression que l'avais toujours attendu.

Chaque relation que j'avais eue dans ma vie pâlissait face à ce que je ressentais pour Damian Lancaster.

Et il était totalement impossible que je n'emmène pas cette histoire aussi loin qu'elle pouvait aller.

Je voulais être avec lui et j'allais réclamer son corps magnifique comme étant à moi jusqu'à ce que ce soit le contraire.

Kylie avait eu raison.

J'allais le regretter pour toujours si je ne le faisais pas.

J'avais envie de voir ce que c'était de se sentir vraiment désirée, et l'homme parfait pour me l'apprendre se trouvait devant moi.

— Alors, montre-moi, Damian, demandai-je doucement. Apprends-moi ce que c'est de connaître une véritable satisfaction physique.

— Pas encore, déclara-t-il dans un grondement désespéré. Je souhaite que tu me fasses confiance, Nicole. Je veux que tu saches quel genre d'homme je suis, d'abord.

Je souris.

— Je le sais déjà. Tu es le genre de mec qui glisse un chèque au montant énorme à une vétérinaire qu'il connaît à peine pour aider un refuge pour animaux sans vraiment vouloir de reconnaissance pour ça. Tu es le genre d'homme qui offre à une employée plus âgée un travail sur son jet privé puisque cela rend *la* vie de cette dernière plus facile. Tu es le type d'homme qui s'inquiète plus à propos de sa famille que pour lui-même. Tu ferais n'importe quoi pour sauver ta mère d'une période de malheur. Tu jouerais le guide avec une femme qui veut voir Londres, même si tu as déjà été dans ces endroits un million de fois. Tu es quelqu'un de bien, Damian. Je le sais depuis un moment, maintenant.

— J'ai envie que tu me fasses confiance, déclara-t-il férocement.

— C'est le cas, murmurai-je alors que mes lèvres effleuraient le coin de sa bouche.

— Alors que Dieu te vienne en aide, ma belle, parce que maintenant que tu as foi en moi, je ne peux plus attendre un seul putain d'instant pour te toucher.

Mon corps ne put que trembler en réponse à sa bouche qui s'écrasa sur la mienne.

CHAPITRE 24

Nicole

JE N'ÉTAIS PAS certaine de savoir comme cela était arrivé, mais à un moment, il était toujours en train de dévorer avidement ma bouche dans la piscine, et, le suivant, il m'avait amenée au rez-de-chaussée et avançait vers sa chambre, avec moi dans ses bras.

Bien sûr, j'avais été légèrement distraite par la façon dont il m'embrassait, comme s'il ne pouvait arrêter.

Quand il arrêta d'assaillir mes lèvres, Damian me reposa sur mes pieds avant que je puisse même mentionner que j'étais trop lourde pour qu'il me porte dans la maison.

Cette protestation mourut avant de pouvoir être prononcée quand mes pieds touchèrent le sol. Je fus piégée par un regard sensuel aux iris verts auquel je ne pouvais échapper.

Damian ne semblait pas le moins du monde essoufflé.

Il paraissait affamé et déterminé à me dévorer tout entier.

— N-nous sommes mouillés, bredouillai-je.

— Mon but est de te faire mouiller autant que possible, répondit-il. Alors je me fiche totalement d'avoir déjà lancé le processus.

Je frissonnai à cause de l'intensité de son regard et, soudain, je me moquai complètement de savoir si nous trempions le parquet luxueux.

Honnêtement, je n'étais plus nerveuse du tout. Tout ce que je voulais, c'était être aussi proche de Damian que possible. Peu importait si je ne croyais pas que mon corps était parfait.

Il pensait que c'était le cas, et c'était satisfaisant pour moi.

Sa suite nuptiale était similaire à celle que j'occupais, mais à part un autre bref coup d'œil, je ne pus m'obliger à m'y intéresser suffisamment. Je ne me préoccupais que de l'immense lit à côté de moi.

Poussant les bretelles de mon maillot de bain, je me dandinai pour en sortir, tout aussi impatiemment que Damian retirait son short.

Ils chutèrent dans une petite flaque d'eau qu'aucun de nous ne vit avant que Damian me fasse reculer contre le lit et me laisse tomber sans aucune grâce sur le matelas.

Je remontai jusqu'à la tête de lit et laissai tomber mon crâne mouillé sur l'oreiller.

Je sentis l'odeur de Damian et attirai le coussin contre mon nez, me noyant dans ce parfum de sensualité virile entêtant, familier, sexy au point de m'en tordre l'estomac. Je regardai le propriétaire de cette eau de Cologne de luxe avancer vers moi.

Son regard ne croisa pas le mien alors qu'il venait sur le lit auprès de moi.

— Je savais que tu étais belle, Nicole, mais tu ne l'as jamais autant été que maintenant, déclara-t-il d'une voix qui palpitait à cause de ses intentions sexuelles. Te voir ici, comme ça, ça vaut tous les moments douloureux pendant lesquels j'ai dû attendre.

J'ouvris les jambes quand Damian couvrit mon corps avec le sien, posant une main derrière ma tête et m'embrassant comme s'il essayait de s'assurer que je n'étais pas un genre de tour que lui jouait son esprit, ni un mirage.

Mon corps trembla de soulagement alors que nos peaux se collaient l'une à l'autre. Combien de temps avais-je attendu pour sentir le corps chaud et magnifique de Damian contre le mien ?

Mon Dieu, comme j'aimais ce bel homme troublant, têtu et alléchant. Je passai mes mains dans ses cheveux mouillés et savourai la sensation en me frottant contre lui. Je ne me lasserais probablement jamais d'avoir Damian si proche de moi, mais j'allais m'en délecter à chaque seconde.

Toute notion du temps m'échappa quand il m'embrassa encore et encore, chaque étreinte me donnant l'impression qu'il me possédait avidement, et je ne pouvais nier que je voulais et avais besoin de ça de sa part.

— Damian, murmurai-je.

Il explora la peau sensible de mon cou, puis de mon oreille.

Mon corps était agité contre le sien, désespéré à l'idée de relâcher cette chaleur incendiaire et brûlante que cet homme accumulait en moi depuis que nous nous étions rencontrés.

J'avais amassé toutes mes souffrances jusqu'à ce que *ne* pas être satisfaite ne soit plus une option.

Le sexe n'avait jamais été comme ça, pour moi, comme un plaisir intense, presque douloureux.

— S'il te plaît, gémis-je en empoignant ses cheveux mouillés.

— Sois patient, mon cœur, grogna-t-il contre ma poitrine.

Il passa sa langue malicieuse sur l'un de mes tétons en train d'agoniser.

Je pantelai, tenant sa tête contre ma poitrine alors qu'il bougeait d'un sein à l'autre uniquement pour me tourmenter.

— Tu as une poitrine incroyable, dit-il d'une voix basse réservée à la chambre à coucher et qui ne faisait rien d'autre que gonfler mon désir.

Je me raidis quand sa langue glissa jusqu'à mon ventre.

Il n'allait sûrement pas…

Mon Dieu, je n'étais pas certaine qu'il…

Aucun homme n'avait jamais…

— Daman, je ne… je ne peux pas… Oh, mon Dieu…

Les mots sortaient de ma bouche dans un gémissement érotique que je ne pouvais contenir lorsqu'il écarta davantage mes jambes et plongea sa tête entre elles avec un enthousiasme qui me fit serrer les mains autour des draps, sous moi, afin de ne pas tomber du lit.

Il passa sa langue en bas, sur la peau rose et tremblante entre mes cuisses, jusqu'en haut où il trouva mon clitoris. Il réussit à tourmenter la petite boule de nerfs sensible jusqu'à ce que je me tortille sous sa bouche talentueuse.

— Damian, je ne…

Mes mots bredouillés semblaient entraîner une certaine urgence dans ses efforts consécutifs pour me rendre complètement folle.

Chaque sensation m'était étrangère, puisque je n'avais jamais été avec homme qui avait eu le désir de poser sa bouche aussi bas sur moi.

Sauf lui.

Sauf Damian.

Et il le faisait avec une avidité m'indiquant qu'il adorait ça.

Je laissai tomber mon passé et m'accrochai à chaque émotion vive qui traversait mon corps.

Il n'y avait *que* lui.

Il n'y avait *que* ça.

Et le plaisir écrasant que *seul* Damian pouvait me procurer.

— S'il te plaît, oh, s'il te plaît, gémis-je d'une voix essoufflée que je ne reconnaissais même pas.

J'attrapai sa tête et me frottai contre sa bouche sexy.

Je voulais…

J'avais besoin de…

Il fallait que j'aie…

Quand je sentis un orgasme aveuglant grandir cruellement en moi, ma tête bougea d'un côté et de l'autre. Je n'étais plus vraiment sûre de pouvoir en supporter la force.

— Damian ! criai-je en m'abandonnant.

Je craignais, tout en l'accueillant, ce doux relâchement.

— Oui, s'il te plaît, fais-moi jouir.

Il enfonça ses doigts en moi sans détendre la pression tourbillonnant sur mon clitoris. Il les plia contre un point G dont je n'avais pas eu connaissance.

— Je ne peux plus, c'est trop ! S'il te plaît, Damian, hurlai-je.

Alors même que je m'effondrais, tout mon corps se divisa en minuscules morceaux quand l'orgasme le plus puissant que j'avais jamais connu me brisa en deux.

Je haletai quand la jouissance immense se transforma en spasmes rythmiques. J'essayai de prendre de l'air dans mes poumons lorsque l'intensité déclina lentement.

Respire… respire simplement, Nicole. Tu n'es pas morte. Tu es encore en vie.

Inspire.

Expire.

Inspire.

Expire.

Oh merde !

Oh merde !

J'étais dans un sale état quand Damian grimpa sur mon corps avec un merveilleux sourire sur son visage magnifique.

— S'il te plaît, n'essaie pas de me dire que tu as simulé celui-ci, dit-il en s'étirant à côté de moi.

Il serra mon corps contre le sien.

— Et comment se fait-il qu'un homme n'ait jamais enfoncé son visage dans ton sexe magnifique ?

Il m'embrassa sur le front et passa une main réconfortante dans mon dos. Je me sentais tellement vulnérable, si détruite, que j'avais besoin d'être rassurée.

— Tu sais très bien que je ne pourrais pas simuler ça, dis-je.

Mon pouls tambourinait encore, ma respiration était brève et creuse.

— Aucun homme n'a jamais eu envie de mettre son visage entre mes jambes. Ils aiment les fellations, mais ils ne sont pas prêts à rendre la pareille.

Il me lança un sourire maléfique qui me poussa à recourber mes orteils.

— Il y a un plaisir fantastique à faire jouir une femme, répondit-il. Je prends mon pied avec ça. Mais c'était mieux que dans n'importe lequel de mes fantasmes. Tu n'imagines même pas à quel point c'est bon pour moi de t'entendre crier mon nom quand tu t'apprêtes à jouir. Il n'y a rien de tel. Je recommencerai joyeusement à chaque fois que tu me laisseras faire.

Que je le laisserai faire ?

Comme si le contraire allait l'arrêter ?

— J'ai eu l'impression de me briser en deux, partageai-je avec lui. C'était assez… effrayant.

Il joua avec une boucle de mes cheveux encore un peu mouillés.

— J'ai promis que je serais là pour te rattraper quand tu tomberais. Je n'irai nulle part.

Son ton était sincère, mais mon cœur se serra parce qu'il n'avait pas peur de se rendre vulnérable pour m'aider à *me* sentir mieux. Damian avait envie que je sache qu'il connaissait la même impuissance que moi, en ce moment.

Quand j'avais laissé tomber toutes mes défenses, je l'avais senti et je n'étais toujours pas complètement à l'aise dans mon état exposé.

Nous avions probablement tous les deux peur de ce genre d'intimité.

Elle était trop redoutable.

Pourtant, aucun de nous ne pouvait se dérober, désormais.

J'avais l'impression que Damian m'appartenait, qu'il était bien avec moi, que c'était si naturel que je ne pouvais pas l'ignorer.

Je n'irais nulle part non plus, parce que cet homme valait la peine de connaître la gêne à laquelle j'allais devoir m'habituer pour lui donner ce qu'il voulait.

— Tu as vraiment pris ton pied avec des fantasmes dans lesquels tu pratiquais le sexe oral avec moi ? demandai-je curieusement quand mon pouls revint à la normale.

Il fronça les sourcils.

— Pendant tout ce temps, ma belle, mais ça n'atténuait pas vraiment l'envie. Et j'ai une assez bonne imagination. Je voulais bien trop que ce soit réel.

Je frôlai la barbe subtile sur sa mâchoire, mon esprit essayant d'imaginer une scène dans laquelle Damian était appuyé contre le mur d'une douche, son corps mouillé et tendu, sa main caressant de haut en bas cette verge parfaitement glorieuse que j'avais à peine vue avant qu'il me fasse un cunnilingus. La vision était si érotique que je dus la bloquer.

— Tu es un homme merveilleux, chuchotai-je.

Il sourit.

— Quoi ? Parce que je fais ce que n'importe quel autre homme ferait pour chasser un désir non réciproque ?

Je secouai la tête.

— Non, même si c'est une image qui me met l'eau à la bouche. Et tu sais que ce désir a toujours été partagé.

Il y avait des dizaines de raisons pour lesquelles Damian était si spécial, mais il ne les voyait évidemment pas.

— J'ai aussi pensé à toi en train de prendre ton pied, dit-il d'une voix rauque. Mais ça ne fonctionnait pas. Une femme comme toi ne devrait jamais avoir à jouir seule, alors je m'empêchais de me lancer sur *ce* genre de fantasme en particulier.

Je souris enfin.

— Me toucher était la seule façon pour moi d'avoir un orgasme, donc ce n'est pas si mal. J'imagine que je sais ce que je veux.

Étrangement, je n'étais pas le moins du monde embarrassée à l'idée de parler de masturbation avec Damian. Peut-être parce qu'il pouvait parler de sexe sans une once de gêne.

Comme si c'était naturel, normal, et que cela faisait partie de la vie de tous les jours.

En y réfléchissant, le sexe *faisait* partie d'une vie d'adulte saine.

Je n'avais jamais connu de mecs avec qui je pouvais en discuter avec tant… d'enthousiasme.

— Est-ce que j'étais dans tes fantasmes, Nicole ? demanda-t-il d'une voix rauque.

Je le regardai, fascinée, alors que ses yeux verts s'assombrissaient, changeant de teinte en un clignement d'œil. Ses iris, passant de clairs à foncés, m'aidaient à savoir ce qu'il imaginait.

Quand ses émotions changeaient, c'était aussi le cas de la nuance de ses yeux.

Pour le moment, je dirais que ses pensées étaient devenues totalement sauvages.

— Oui, lui dis-je dans un chuchotement sensuel. Ne t'inquiète pas. Tu étais un véritable étalon. J'étais un peu gênée à l'idée de me caresser et de me donner un orgasme dans la maison de ta mère…

— Merde ! Tu l'as fait là-bas, aussi ? Alors que j'étais dans la chambre en face de toi à essayer de me branler ?

Il écarquilla les yeux en me regardant d'un air interrogateur.

Je sentis mes cils battre tels ceux d'une séductrice, visiblement si puissante que je pouvais facilement exciter un homme comme Damian.

— Apparemment.

— Tu es une très vilaine fille, Nicole Ashworth, dit-il.

Je me levai et le poussai sur le dos.

— Pas autant que j'aimerais l'être, répondis-je en passant mes doigts sur son torse musclé. Je veux te toucher, te rendre aussi fou que je l'ai été à cause de toi.

Il plaça ses mains derrière sa tête.

— Je suis tout à toi, ma chérie.

Mon cœur manqua un battement quand je vis cet homme glorieusement nu, allongé sans aucune honte sur la couverture.

Le besoin d'entendre ses cris rauques d'extase m'écrasait quand je me baissai pour tracer chacune de ses tablettes de chocolat.

CHAPITRE 25

Damian

QUE NICOLE SOIT une séductrice hésitante ne faisait rien du tout pour calmer mon désir grandissant.

Son manque d'expérience en jouant avec un homme dans la chambre à coucher ne la rendait que plus torride.

Elle était si douce que mes instincts de base me poussaient à appuyer ses fesses délicieuses contre le lit et à enfoncer mon sexe douloureux et raide en Nicole jusqu'à ce que nous ne puissions plus comprendre où mon corps se terminait et où commençait le sien.

J'avais eu des fantasmes à ce propos, mais je réprimai cette envie urgente en la… regardant simplement.

Nom de Dieu ! C'était comme si tous les rêves érotiques que j'avais eus prenaient vie, mais c'était bien plus vivace qu'un fantasme.

Ses cheveux commençaient à sécher, ses mèches blondes donnaient l'impression que de l'or blanc tombait sur ses épaules et son dos dans un fatras de boucles emmêlées.

Sa poitrine était généreuse et parfaite.

J'aurais facilement pu jouir en enfonçant ma tête entre ses cuisses douces et soyeuses, ainsi qu'en la goûtant.

Quel homme n'aurait pas le sentiment d'être le salaud le plus chanceux de la terre en poussant cette femme à avoir le meilleur orgasme de sa vie ?

Certainement pas moi.

Il n'y avait rien au monde dont j'avais plus envie que d'être exactement où j'étais *en ce moment.*

Avec Nicole penchée au-dessus de moi, sa bouche prête à explorer chaque centimètre de ma peau impatiente.

Ne vous méprenez pas, je voulais la baiser jusqu'à ce qu'elle me supplie d'avoir pitié, mais je gardais ce désir en suspens parce que je souhaitais voir ce qu'elle avait en réserve pour moi.

C'était une douce torture alors qu'elle prenait son temps pour parcourir mon torse et suçotait l'un de mes tétons.

Je réprimai un grognement rempli de désir parce que je n'avais jamais considéré un téton masculin comme une zone érogène, nom de Dieu.

Je faillis vaciller quand sa lèvre succulente se connecta à ma peau chaude, et sa langue sortit pour tourbillonner, testant la solidité de chaque muscle de mon abdomen.

Je fermai les yeux en sentant l'effleurement de ses boucles douces et soyeuses sur ma peau.

Je grinçai des dents sous le coup de la frustration et la laissai continuer à explorer, même si ça me tuait.

En d'autres circonstances, je savourerais chaque contact de sa langue curieuse, mais j'avais désiré cette femme pendant si longtemps et j'avais été tellement tourmenté par cette envie que j'avais l'impression d'être allongé sur un banc de torture plutôt qu'un lit king size confortable.

— Nicole, grognai-je. Mon cœur. *Si tu ne me laisses pas te prendre bientôt, je vais perdre les seuls morceaux de mon esprit.*

Elle posa sa paume douce sur mon abdomen.

— J'aime ton corps, Damian. Tu es si fort.

Cette fois-ci, je ne pus retenir un grognement de satisfaction.

— Oh, bon sang, je me demande où ça nous mène, dit-elle.

Je ne me laissai pas avoir par son ton innocent alors que son doigt effleurait la traînée de poils qui commençait au niveau de mon nombril et finissait là où il y avait quelque chose de plus agréable que quelques poils.

Mon corps frissonna quand elle arriva au bout de cette ligne et qu'elle laissa le bout de son doigt caresser ma longueur.

— Tu es sur le territoire promis, maintenant, dis-je d'une voix étranglée.

— Je crois que j'aime bien cet endroit, déclara-t-elle dans un soupir sexy en passant ses doigts sur la peau veloutée qui couvrait mon érection.

— Tu es libre d'y rester, répondis-je d'une voix rauque.

— Merci. Je crois que je vais le faire, répondit-elle aimablement en baissant la tête.

Nom de Dieu !

Pas ça !

Pas maintenant !

Je n'allais pas y survivre.

Au bout du compte, je ne pouvais pas l'en empêcher, et je ne voulais pas non plus lui enlever quelque chose dont elle avait envie.

Je libérai simplement un grognement torturé en sentant sa bouche chaude sucer mon sexe dans ce que je ne pouvais décrire que comme un bonheur complet et total.

— Nicole. Nom de Dieu ! Pas ça. Oh ouais, comme ça.

Les mots qui se précipitaient hors de ma bouche n'avaient aucun sens, mais peu importait.

Chaque once de mon attention était concentrée sur ce que je ressentais en ayant ces lèvres séduisantes autour de ma verge. Lorsqu'elle raffermit sa prise en serrant et suçotant, le haut de mon crâne faillit exploser.

— Merde, oui, ma chérie, l'encourageai-je.

Je plongeai une main dans la masse de ses boucles blondes sur sa tête.

Je guidai sa bouche de haut en bas sur mon sexe. Non pas qu'elle ait *besoin* d'une aide quelconque. Elle s'en sortait très bien toute seule. Peut-être que c'était *moi* qui avais besoin d'avoir l'impression de l'aider.

Je m'autorisai à me noyer dans le plaisir érotique pendant quelques minutes, savourant et retenant ce que cela faisait d'avoir Nicole en train de me sucer comme si c'était la chose la plus délicieuse du monde.

Je ne pouvais m'en empêcher.

Combien de temps avais-je attendu ?

Peut-être que cela ne faisait que quelques semaines.

Mais j'avais *l'impression* qu'une éternité s'était écoulée.

— Nicole, marmonnai-je sans réfléchir, tombant dans un abysse de plaisir auquel je ne voulais pas vraiment échapper. Tu es si bonne.

Mes bourses commencèrent à se serrer, et je fermai rapidement les yeux.

Je ne pouvais plus la regarder me dévorer avidement.

La scène était beaucoup trop érotique.

J'étais bien trop proche de l'orgasme…

Ce n'était pas ainsi que je souhaitais que ça se passe !

Je me secouai en émergeant derrière le voile de l'euphorie sexuelle qui me piégeait.

Même si cela me tuait, je resserrai ma main autour des boucles de Nicole et tirai doucement.

— Non, bébé, protestai-je d'une voix rauque. Pas comme ça. Pas cette fois.

Peu importait à quel point j'avais envie de la laisser finir ce qu'elle avait commencé, et, bordel, combien je souhaitais qu'elle termine, il fallait que ça s'achève d'une manière totalement différente.

Nous devions *tous les deux* transpirer, haleter et être complètement satisfaits.

Je *devais* être en elle pour combler la bête rampante qui exigeait que je trouve une façon de rendre mienne cette femme.

— J'ai fait quelque chose de mal ? demanda-t-elle, confuse.

— Pas du tout, lui assurai-je. C'était bien trop bon.

J'ouvris le tiroir de ma table de nuit, puisque même si je n'avais jamais eu de femme dans mon propre lit, j'avais eu *l'impression* que c'était le bon endroit pour mettre des préservatifs.

Elle écarquilla les yeux.

— Oh, dit-elle dans un chuchotement étouffé.

Elle se rendait compte que j'étais désespéré à l'idée de la baiser.

— Tu veux… ça.

Oh que oui, je voulais ça et je n'arrêterais pas jusqu'à la sentir jouir autour de ma verge.

Je tâtonnai comme un foutu adolescent en déroulant le préservatif, puisque je voyais le besoin dans son regard réagir à mon désarroi.

— Chevauche-moi, Nicole, dis-je d'une voix qui ne faisait pas vraiment croire que c'était une *demande*.

C'était plus un ordre bourru.

Elle hésita une milliseconde, puis passa l'une de ses longues jambes au-dessus de moi jusqu'à me monter comme si elle s'était positionnée sur son étalon préféré.

— Merde, merci !

Je laissai échapper ce juron reconnaissant en me rendant compte que, après quelques semaines à côtoyer la folie, j'allais enfin retrouver une certaine normalité. Ouais, je savais que cette femme me ferait toujours perdre la tête, mais une partie de cette folie s'adoucirait légèrement après ça.

C'était ce que je pensais, en tout cas, jusqu'à tomber dans une paire d'yeux bleu océan qui me donnait le sentiment que je ne serai plus jamais rationnel.

CHAPITRE 26

Nicole

MA RESPIRATION SE bloqua dans mes poumons quand le regard de Damian croisa le mien, et que je perçus qu'il capturait mon âme.

À cet instant, nous étions tous les deux vulnérables et grandement ouverts sous les yeux de l'autre.

J'avais probablement l'air sauvage et impudente, parce que c'était exactement ainsi que je me sentais.

Peu importait que je ne sache pas du tout comment chevaucher un homme jusqu'à oublier ce que je faisais, parce que Damian serait là pour me montrer comment m'y prendre.

Je me fichais de savoir que j'avais refusé d'être au-dessus, par le passé.

J'en avais envie.

Damian en avait aussi.

Et j'étais remplie de l'instinct frénétique de nous sortir tous les deux de notre misère.

Maintenant.

Immédiatement.

Je me relevai et guidai sa verge où je voulais qu'elle soit, puis je redescendis lentement.

Je fermai les yeux, essayant de graver dans ma mémoire à long terme cette sensation entêtante de Damian en moi, pour ne jamais oublier la première fois où nous avions fusionné tous les deux, comme si nous ne nous séparerions jamais.

— Tu es si serrée, grogna Damian.

Son visage était un masque de contrôle à peine contenu.

Cela faisait un moment que je ne m'étais pas envoyée en l'air, et ça n'avait jamais été comme ça.

Il était épais, mais j'étais mouillée à cause de mon besoin. La transpiration perlait sur nos deux corps quand il fut enfin enfoncé complètement en moi, et je laissai échapper un soupir entièrement satisfait.

Nos regards étaient toujours rivés l'un sur l'autre, et je me sentais ouverte comme jamais auparavant.

— Merde, oui !

Les mains de Damian s'agrippèrent à mes hanches.

— Prends tout.

Je me crispai quand je commençai à bouger, me perdant dans le rythme de mon corps fusionnant avec celui de Damian.

Ses hanches puissantes s'élevèrent pour entrer en contact avec chaque mouvement vers le bas. Nous étions tous les deux parfaitement synchronisés pour tous ces va-et-vient satisfaisants.

Chaque coup de reins me rapprochait de la liberté, et je me délectais de fuir la femme que j'avais été.

Plus de doute.

Plus de gêne.

Plus d'inquiétude à l'idée de ne pas être une minuscule femme adorable.

J'étais entièrement désirée par cet homme, et cette prise de conscience me libérait.

— Prends ce que tu veux, Nicole, déclara Damian d'une voix rauque.

Je haletai, mes muscles délicieusement étirés, mon corps en feu à cause de mon besoin de me relâcher.

— Je n'ai envie que de toi, criai-je.

Je me détournai de son regard et fermai les yeux.

— Prends-moi, Damian. S'il te plaît.

Je lâchai un cri lorsqu'il nous fit rouler et me colla contre le lit. Il était toujours profondément plongé en moi lorsqu'il me demanda urgemment :

— Comme ça ? Comment me veux-tu, Nicole ? Parce que je vais te donner ce que tu veux.

Mon cœur battait déjà à tout rompre, mais il loupa quelques pulsations quand j'ouvris les yeux et vis son expression féroce.

— Ça n'a vraiment pas d'importance.

J'étais essoufflée, et les larmes me montaient aux yeux.

— Prends-moi comme tu veux, affirmai-je.

J'avais uniquement besoin de Damian et je me foutais totalement de savoir comment nous accomplissions cela.

— J'ai envie de le faire comme ça, moi aussi, déclara-t-il.

Son souffle chaud caressait mon visage.

— Enroule tes jambes fantastiques autour de moi, chérie, et tiens-toi bien. Je veux te voir jouir pour moi.

J'obéis immédiatement, me rendant compte que j'aimais quand Damian prenait le contrôle de notre plaisir.

— Je te fais confiance, lui dis-je honnêtement en passant mes bras autour de son cou.

Pour une raison ou une autre, au milieu de cette folie, j'avais besoin qu'il en soit conscient.

Je t'aime.

Les mots bouillonnaient en moi, mais je fermai la bouche.

Je ne pouvais pas le dire, mais j'avais désespérément envie qu'il le sache, aussi.

Je pantelai quand Damian commença à bouger, et chaque mouvement brutal de ses hanches me donnait encore plus envie que le précédent.

Il bougea, changeant légèrement de position jusqu'à arracher un gémissement affamé à mes lèvres.

— S'il te plaît, oh s'il te plaît, je ne tiens plus.

Mes ongles s'enfoncèrent dans la peau de son dos, et je continuai de m'accrocher tandis que mon orgasme se précipitait en moi.

Quelques secondes plus tard, je jouissais avec des vagues puissantes et palpitantes, différentes des premières, mais pas moins effrayantes.

— Damian ! criai-je.

J'avais légèrement l'impression que j'étais en train de mourir.

— Tu es à moi, Nicole. Dis-le ! exigea sèchement Damian.

— Je suis à toi, marmonnai-je.

Cet homme possédait mon âme et, pour le moment, je me fichais de savoir ce qu'il en faisait.

— Je vais m'assurer que tu n'aies plus jamais envie d'être avec quelqu'un d'autre.

Sa promesse possessive était aphrodisiaque pour moi, et mes muscles se serrèrent, avec des spasmes, autour de sa verge, jusqu'à soutirer à Damian son propre orgasme intense.

— Merde ! Nicole ! cria-t-il en jouissant.

Je regardai les muscles de sa gorge et sa mâchoire se serrer et se relâcher, chaque semblant de contrôle volant complètement en éclats.

Sa bouche s'écrasa sur la mienne, et je lui rendis ce baiser frénétique.

Son torse s'élevait toujours lourdement alors qu'il posait son front contre mon épaule.

Nos corps étaient trempés de sueur, et aucun de nous ne parla quand nous essayâmes de reprendre notre souffle.

Finalement, il relâcha un soupir viril et déclara :

— Un jour, tu vas me tuer, femme.

Puisqu'il ne semblait pas du tout inquiet à propos de son trépas, je répondis :

— Non. Je ne vais pas te tuer. Je vais te sauver.

— J'espère bien, grommela-t-il avec bonne humeur. Ne bouge pas. Je reviens.

Damian disparut dans la salle de bain, probablement pour mettre le préservatif dans la poubelle.

Je m'étirai légèrement, comme un chat profitant de la chaleur du soleil, certaine que je serai incapable de sortir du lit.

Damian fut de retour en moins d'une minute, et je faillis ronronner quand il attira mon corps épuisé dans ses bras.

— Je crois que je suis dévastée, me plaignis-je en me blottissant dans sa chaleur.

— Je ne t'ai pas vraiment volé ta virginité, déclara-t-il tandis que sa voix vibrait d'un humour diabolique.

Je lui donnai un coup de poing dans le biceps d'un air joueur.

— Pas dans ce sens-là, clarifiai-je. Un jour, tu m'as dit que ça me manquerait de ne pas avoir d'orgasme en couchant avec quelqu'un si j'en avais un vrai un jour. Je crois que tu avais raison. Ça va me manquer, maintenant. Je suis dévastée.

— Ça ne sera jamais un problème si tu restes avec moi, répondit-il.

Je souris contre son épaule.

— Est-ce que tu es en train de dire que ça pourrait être comme ça chaque fois ?

— Même mieux, répliqua-t-il malicieusement. Maintenant qu'on s'est débarrassé de ces premiers orgasmes, je peux m'affairer sur la jouissance multiple.

— Je crois que c'est un mythe, lui dis-je. Et je ne suis pas certaine de pouvoir en supporter plus.

— Ce n'est pas un mythe, nia-t-il. Attends donc de voir.

Mon pouls qui ralentissait timidement accéléra à nouveau quand je me rendis compte qu'il ne prévoyait évidemment pas que cette aventure se termine prochainement.

N'aie pas trop d'espoir, Nicole. Tu savais que t'impliquer là-dedans ne pourrait jamais être plus qu'une expérience sublime qui s'achèverait un jour.

— Tu es un peu arrogant à propos de tes aptitudes, le taquinai-je.

— Je ne suis pas arrogant, répondit-il d'une voix bourrue. Je suis simplement prêt à faire de ton plaisir ma priorité.

Son commentaire faillit me mettre les larmes aux yeux.

Damian était enclin à faire presque tout pour me rendre heureuse, et cette tendance qu'il avait à prendre soin de moi manquait presque de me briser, parfois.

Avais-je toujours été avec des hommes égoïstes ou Damian était-il vraiment une perle rare ?

Peut-être qu'il n'était pas exactement comme une licorne, mais il était spécial.

— Hé, ne t'endors pas, me dit Damian en me donnant un petit coup de coude. Il faut qu'on mange.

Je soupirai.

— Je meurs de faim. Et je pue. J'ai besoin d'une douche.

— Je crois qu'on en a tous les deux besoin. Et tu ne pues *pas*.

Mon Dieu, je l'adorais d'avoir dit ça, mais je savais que ce n'était pas la vérité.

— On mange et on se douche ? Ou on se douche et on mange ?

— On gagnera du temps si on se douche ensemble, suggéra-t-il avec beaucoup d'espoir.

Je gloussai. Je *gloussai* réellement.

— Tu as plus d'une douche dans cet endroit gigantesque.

En fait, je n'avais jamais vraiment compté, mais le nombre de salles de bain ici devait dépasser celui des chambres.

— Ah, mais la douche de cette suite est spéciale.

— Ah bon ? dis-je d'une voix remplie de doute.

— Elle est massante, et il y a plusieurs pommeaux.

Je me reculai pour le regarder.

— Tout comme ma douche.

— Il y a un effet pluie, ajouta-t-il.

— Il y en a aussi dans ma suite.

J'étais presque certaine de savoir où il voulait en venir, et le coin de mes lèvres commença à s'étirer.

— Il y a une autre différence.

Mon sourire s'élargit.

— Dites-le, Votre Grâce.

— Mon corps nu sera dans *ma douche*, et pas dans *la tienne.*

Je me relevai laborieusement.

— D'accord, tu gagnes. Ça rend la tienne vraiment spéciale. Allons-y.

Il me lança un regard malicieux qui fit à nouveau accélérer mon pouls.

— Je savais que tu comprendrais enfin mon point de vue.

Je levai les yeux au ciel, tendis une main et le laissai me guider vers sa douche.

Quand nous partîmes dîner bien, bien plus tard, je dus l'accorder à Damian.

Cela avait été la douche la plus incroyable de ma vie.

CHAPITRE 27

Damian

— TU ES SÉRIEUX ? demanda Nicole, ébahie. Tu n'es jamais monté dans ce truc depuis qu'il a ouvert, il y a vingt ans ?

Je haussai les épaules alors que nous entrions dans l'une des grandes capsules du London Eye.

— Je n'ai jamais été particulièrement fan de la hauteur, lui expliquai-je. Maman nous y a tous emmenés à l'ouverture du nouveau millénaire. Donc je ne voyais aucune raison de recommencer.

Elle se rapprocha de moi.

— Ça va aller ? J'ignorais totalement que tu avais le vertige.

Nicole sembla si inquiète que ce fut comme un bref coup de pied dans le ventre de me rendre compte qu'elle était préoccupée pour… *moi.*

— Pas vraiment, en fait.

Je tentai de la rassurer.

— Simplement je préfère éviter la hauteur, la plupart du temps.

Elle se blottit contre moi et passa ses bras autour de mon cou.

— Mais tu prends tout le temps l'avion.

— Je ne m'assieds pas à côté du hublot. Problème résolu.

Ici, où la capsule était faite en verre, je ne *pouvais* m'empêcher de me rendre compte que nous grimpions haut, au-dessus de la Tamise et du reste de la ville.

Bon sang ! Nous commencions déjà à monter.

Je redoutais cette visite depuis que je l'avais lue sur la courte liste des choses à faire à Londres, mais je n'allais pas l'envoyer sur cette attraction touristique toute seule. Si elle devait faire le plongeon de la mort à cent trente-cinq mètres de hauteur, je voulais être avec elle.

Enfin, ce n'était pas comme si je pouvais faire quoi que ce soit en cas de pépin, mais au moins, je serais avec elle.

— Pourquoi est-ce qu'on est tout seuls dans cette grande capsule ? m'interrogea-t-elle alors que nous continuions à monter.

Cela avait été une simple question, vraiment. *L'autre chose* que j'aimais éviter, c'était les grands groupes de touristes, et *j'avais* été impuissant de ce point de vue là.

— Privilège aristocratique, plaisantai-je.

Elle me lança un regard de mécontentement feint.

— Ça veut dire que tu as payé quelqu'un pour qu'on puisse être seuls.

— Un truc comme ça, grommelai-je.

En fait, c'était *exactement* ce qu'il s'était passé, et je n'allais certainement pas regretter de n'avoir Nicole que pour moi dans une grande capsule.

Elle bondit vers la vitre.

— Oh mon Dieu. C'est génial. Je commence à voir le fleuve.

Je me plaçai derrière elle et passai mes bras autour de sa taille. Je lui indiquai des lieux de l'index.

— Tu pourras voir Big Ben dans peu de temps, et Buckingham Palace.

Il nous faudrait trente longues minutes pour faire un tour complet, donc il n'y avait pas grand-chose qu'elle *ne pourrait pas voir* de la ville. La journée était très claire.

— Si j'avais une grande roue près de chez moi, j'aurais déjà fait des centaines de tours, dit-elle.

Elle frémit en s'appuyant contre moi.

— Il y a quelque chose de vraiment irréel à pouvoir tout voir depuis les airs.

— Ça me convient de tout voir depuis la terre ferme, répondis-je sèchement.

— C'est la grande roue la plus haute d'Europe, dit-elle en soupirant.

Son regard cherchait d'autres attractions touristiques.

— Petit fait amusant : il n'y a pas de capsule numéro treize. Nous, les Britanniques, sommes un peu superstitieux.

— Quoi ? s'exclama-t-elle dans un cri exagéré. C'est mon chiffre porte-bonheur. Je suis née le treize novembre. Tu *es* superstitieux ?

— Pas du tout. Je suis né le treize décembre, alors je n'ai jamais considéré que c'était un numéro qui portait malheur, non plus. Si tu te souviens bien, on s'est rencontré le treize juin, donc je ne pourrai jamais associer le nombre treize à autre chose que de la chance. Mais je dirais que nous sommes en minorité, puisqu'il n'y a pas de cabine treize.

Elle rit.

— Je m'en fiche. Ça ne me dérange pas d'être unique.

Elle était effectivement spéciale, et pas seulement parce qu'elle aimait le numéro treize.

Nicole serait singulière même si elle n'adorait pas ce qui était un nombre de malheurs pour beaucoup de gens.

Nous prîmes du temps pour découvrir la ville et montrer du doigt tout ce que nous avions vu pendant la semaine à Londres.

— Voilà le Tower Bridge, cria-t-elle.

Elle était si enthousiaste que j'avais le sentiment de devoir l'agripper plus fermement pour garder ses pieds à l'intérieur de la capsule.

— Mon Dieu, j'ai l'impression que nous sommes au sommet du monde.

— Je crois que tu es droguée à l'adrénaline, l'accusai-je.

Elle se retourna et passa ses bras autour de mon cou.

— Pas vraiment. Pour le moment, je pense que je suis droguée à la vie.

Je scrutai son visage. Je devais admettre qu'il y avait quelque chose de différent chez elle. Elle avait toujours été une lumière vive dans un monde parfois sombre, mais elle irradiait carrément, en ce moment.

— C'est le résultat d'orgasmes multiples, peut-être ? demandai-je avec espoir.

Honnêtement, cette femme devrait à peine être capable de marcher, après le nombre de fois où je m'étais inséré entre ses cuisses, ces derniers jours.

Elle me donna un petit coup malicieux dans le bras.

— Un vrai gentleman ne mentionnerait jamais ça.

— Mon cœur, je n'ai jamais prétendu que j'étais un gentleman.

Elle inspirait les pensées lubriques qui traversaient mon esprit toutes les une ou deux minutes.

— Mais vous êtes un duc, Votre Grâce, répondit-elle.

Son regard trahissait son hilarité.

— Je suis un homme, insistai-je. Un homme qui n'arrête jamais de penser à toi, nue, prisonnière d'un bon orgasme.

Comment pouvais-je oublier ça ?

Sa tête rejetée en arrière sous le coup de l'extase.

Ses yeux fermés quand sa jouissance la traversait…

La façon dont elle criait mon nom comme un mantra lorsqu'elle était au milieu dudit orgasme.

La manière dont elle me regardait *après*, comme si j'étais le seul homme qui pouvait la satisfaire.

J'étais loin d'être un genre de sauveur, pour elle.

J'évitais encore la tâche déplaisante de devoir raconter la vérité à Nicole, et je le détestais vraiment, même si j'avais décidé de tout lui avouer aussi vite que possible.

Ce serait donc au gala de ma mère.

Oui, j'avais envisagé de tout révéler, puisque la culpabilité de ne pas tout dire à Nicole commençait à me déranger.

À chaque fois que j'essayais de lui dire la vérité sur Dylan, je n'arrivais pas à faire sortir les mots de ma bouche.

En vérité, je ne voulais pas que Nicole arrête de me voir comme le seul homme en qui elle pouvait avoir confiance.

J'accordais plus d'importance à cette confiance qu'à ma propre vie, donc lui dire que j'avais été un réel salaud qui lui avait raconté des conneries pendant tout ce temps serait la chose la plus difficile de toute ma vie.

Lâche ! intervint la voix agaçante dans ma tête.

Je répondis : *je lui dirai après le gala de maman. Elle mérite de profiter de son voyage au Royaume-Uni.*

Je secouai la tête en me rendant compte que j'étais en train de me disputer avec… moi-même.

Mais qu'est-ce qui n'allait pas chez moi ?

— Peut-être que je suis ravie que tu ne sois pas un gentleman, murmura Nicole avant de rougir.

Nom de Dieu ! Comment cette femme pouvait-elle s'empourprer après tous les moments sexy que nous avions passés ensemble ? Ces derniers jours, nous avions atteint le point où plus aucune pièce de la maison n'était un territoire vierge. J'avais même réussi à la prendre dans la salle de gym et à la baiser jusqu'à ce que ni l'un ni l'autre n'aient besoin de faire d'autres exercices physiques.

— Damian ? Tu vas bien ? Nous sommes au sommet, me demanda délicatement Nicole.

Je saisis son visage et tentai de mémoriser le doux regard d'inquiétude et d'affection qu'elle portait dans ma direction. Ça ne durerait peut-être pas longtemps.

— Oui, je vais bien.

Je tombai dans son glorieux regard bleu qui m'indiquait à quel point elle tenait à moi.

Moi.

Damian Lancaster, l'homme.

Pas le milliardaire, le duc d'Hollingsworth.

Elle passa une main derrière ma tête et se rapprocha de moi pour m'embrasser.

— Peut-être que tu as besoin d'une distraction, chuchota-t-elle contre ma bouche.

Je n'en avais pas besoin.

Je n'avais pas songé à la hauteur à laquelle nous étions en ce moment.

Mais il était certain que je n'allais pas rejeter cette opportunité de me laisser entièrement envelopper par la chaleur et la tendresse de cette femme.

J'étais honnête avec moi-même en admettant que je commençais à mourir de bien plus d'envies que de celle de baiser Nicole.

Peut-être que cela avait toujours été le cas.

Maintenant, l'idée même d'être guéri de mon obsession en bondissant dans un lit avec elle était une vaste plaisanterie.

Je pris ce qu'elle m'offrait, mais je le savourai plutôt que de me jeter dessus comme un loup prêt à être nourri.

Je goûtai lentement et totalement ses lèvres, et j'essayai de lui dire à quel point je la chérissais avec un simple baiser.

Son abandon envers moi était si rapide et instinctif que mon sexe fut raide en quelques secondes.

J'adorais la façon dont elle me faisait totalement confiance avec son corps, comme si elle était certaine d'aimer tout ce que je lui ferais.

Je laissai ma bouche effleurer la peau soyeuse de son cou et de ses épaules, jusqu'à ce qu'elle ronronne de contentement.

— Damian.

Elle dit mon nom avec un soupir rempli de désir qui me heurta comme un coup bas.

Je levai la tête et attirai son corps doux et bien roulé contre le mien.

— Je jure que je te baiserais ici et maintenant si nous n'étions pas observés par des caméras de surveillance de tous les côtés.

— Dommage, répondit-elle, apparemment déçue. Mais au moins, on n'est plus en haut. Tu te sens mieux ?

— Je n'avais même pas remarqué, affirmai-je honnêtement. J'étais bien trop distrait.

Elle rit doucement en se tournant pour admirer la vue en dessous.

— Je crois que c'est l'une des choses les plus extraordinaires que j'ai jamais faites. Merci d'avoir souffert pour vivre ça avec moi.

— Ce n'était pas vraiment de la souffrance, ma belle.

Elle resserra à nouveau ses bras autour de ma taille.

Si Nicole voulait refaire un tour de grande roue, encore et encore, je serais à ses côtés, sans jamais me plaindre, rien que pour voir la jubilation sur son visage.

Il ne fallait pas grand-chose pour rendre Nicole heureuse, ce qui était rare dans mon monde.

Un bon repas.

Un tour dans une grande roue ridiculement haute.

Mon frère Leo proposant de la guider lors de la visite de son nouveau sanctuaire aux États-Unis.

Un spectacle dans un théâtre de Londres.

Voir Buckingham Palace à l'intérieur et à l'extérieur.

Des choses simples que n'importe quelle femme dans ma sphère sociale tiendrait pour acquises, ou qui ne les intéresseraient pas du tout.

Étrangement, Nicole m'aidait à affectionner ce genre de moments, également, quand je les voyais au travers de ses yeux.

— On est presque en bas, déclara-t-elle avec un soupir satisfait. Merci, Damian. Que tu sois prêt à y aller avec moi et à partager cette expérience signifie beaucoup pour moi. Cette journée a été vraiment spéciale.

Le voilà à nouveau, le murmure d'appréciation pour un fait si… petit.

Alors que nous sortions de la capsule, je lui pris la main, et Nicole m'embrassa sur la joue, reconnaissante.

Ce fut le moment où je me rendis compte que, pour moi, cette journée était assez spéciale aussi.

CHAPITRE 28

Nicole

J'ESSUYAI ENCORE MES larmes quand Damian et moi quittâmes Her Majesty's Theater, plus tard ce soir-là. Après l'entracte, il avait sorti un mouchoir en lin luxueux de la poche de sa veste de costume.

— Tu en auras peut-être besoin, avait-il marmonné.

J'avais ricané à ce moment-là, mais j'étais désormais ravie de l'avoir.

Il me prit la main et marcha devant moi alors que nous naviguions au travers de la foule. Il m'attira ensuite dans une pièce où il n'y avait que quelques personnes.

Regardant autour de moi, je remarquai un petit bar et je supposai que c'était un genre de salle d'attente pour les VIP.

— On va patienter quelques minutes que la foule s'en aille, dit-il. S'il te plaît, arrête de pleurer.

Il avança et récupéra deux verres de champagne au bar, avant de me les donner quand il revint.

— Tu vas bien ?

Damian semblait si déconcerté que j'en souris. Il n'avait évidemment aucune idée de ce qu'il devait faire avec une femme en larmes.

— Bien sûr, lui assurai-je. Le spectacle était… si triste. Ça m'a brisé le cœur.

Je goûtai le champagne. Il n'était pas trop sec pour que je le boive, donc j'engloutis une plus grande gorgée.

Il fronça les sourcils en disant :

— Tu vois, je n'ai jamais compris comment on pouvait considérer la fin comme une mauvaise résolution de l'histoire. Personnellement, je pense que la pauvre fille avait le choix entre la peste et le choléra. Raoul ignore sa détresse, il ne la croit pas quand elle essaie de lui parler du Fantôme et lui tapote la tête comme si elle était idiote. Mais pire encore, le Fantôme est un harceleur assassin. J'imagine que Raoul était un meilleur choix. Elle aurait vraiment dû les laisser tomber tous les deux et repartir de zéro. Mais elle a fini par choisir Raoul, qui était condescendant, mais pas un harceleur assassin, et le Fantôme disparaît. L'héroïne et le héros obtiennent ce qu'ils veulent. Fin.

Je levai les yeux au ciel. Il ne comprenait vraiment pas, mais son résumé hilarant me donnait envie de rire.

— Parce que je pense qu'une part de Christine tient au fantôme et s'inquiète de toute la douleur qu'il a traversée.

Il écarquilla les yeux.

— Ce salaud était un meurtrier. Et est-ce qu'on devrait mentionner le fait qu'il l'a manipulée en faisant semblant d'être son père, au début ? Ou le fait qu'il l'a kidnappée et obligée à rejoindre son repaire ? Plus d'une fois ?

Je haussai les épaules.

— Il faisait tout ça parce qu'il était obsédé par Christine.

— Vraiment ? Est-ce que la raison pour laquelle il a trompé des gens compte vraiment ?

— Oui, répondis-je.

Je dissimulai mon sourire derrière mon verre de champagne en buvant une autre gorgée.

— Tu ne pouvais pas sentir sa douleur, son chagrin, son envie d'être un homme différent pour Christine ? Il la suivait partout.

Il fronça les sourcils.

— Oui. Comme un harceleur dément qui veut violer et assassiner la pauvre femme.

Je ris.

— Il ne voulait pas la *tuer*. Il voulait être avec elle. D'accord, donc il est plus ou moins un antihéros fou et tourmenté, mais je suis quand même désolée pour lui. J'imagine que, le bon côté des choses, c'est qu'au moins, Christine et Raoul vivent heureux pour toujours.

— Si tu veux continuer de penser ça, je te suggère *grandement* de ne pas voir la suite, déclara-t-il sèchement. Musique horrible et très mauvaise intrigue.

— Je sais qu'il y avait une version en film, mais je ne l'ai jamais vue. C'était vraiment mauvais ? demandai-je curieusement.

Il haussa un sourcil.

— Tu aimerais un bref résumé ?

J'acquiesçai. J'appréciais les critiques cyniques.

— Oui.

Il prit une profonde inspiration.

— En gros, dix ans plus tard, le mari de Christine, Raoul, devient un alcoolique fauché et violent. Christine recroise le Fantôme, et on découvre que son fils de dix ans est en fait l'enfant qu'elle a eu avec le Fantôme. Après avoir souffert à cause de son trouble et de sa douleur, elle choisit enfin le Fantôme et se fait tirer dessus par Meg. Son fils s'enfuit et elle reste allongée là, à mourir, parce qu'il ne veut pas d'un harceleur assassin pour père. Christine déclare son amour infaillible pour le Fantôme, même si Dieu seul sait ce qu'elle trouve d'aimable chez ce salaud flippant, et elle meurt. Fin. Sérieusement, tout le truc n'était qu'une autre tragédie ridicule sans la musique incroyable pour la sauver. Comme la plupart des suites, elle n'aurait jamais dû être écrite, selon moi.

J'éclatai de rire.

— Oh mon Dieu. Maintenant, je dois la voir. Je suis complètement intriguée.

— Tu es tordue, m'accusa-t-il en plaisantant.

— Peut-être.

J'ouvris la petite pochette que je portais et y laissai tomber son mouchoir.

— Ou peut-être que j'adore les histoires d'amour vraiment tragiques.

Damian but cul sec le reste de son champagne.

— Je pense que c'est un truc de fille, observa-t-il en posant le verre vide sur une table non loin. J'espère que tu as aimé, entre deux sanglots.

Je trouvai sa taquinerie si amusante que je lui souris.

— Oui. Merci. C'est une soirée incroyable.

Mes yeux parcoururent amoureusement la vue de Damian dans un costume. Il m'avait demandé ce que je comptais porter, et j'avais opté pour quelque chose de formel, après lui avoir expliqué que j'avais une adorable robe de cocktail noire pour laquelle je n'avais pas encore trouvé d'opportunité.

Non pas que nous ayons besoin de nous habiller autant pour aller au théâtre. La tenue des spectateurs du soir alternait entre décontractée-chic et élégante. Mais Damian m'avait emmenée dans l'un des restaurants les plus privilégiés de la ville avant notre arrivée au Her Majesty's Theater, donc je n'allais certainement pas enfiler un jean ou une robe d'été pour ça.

À présent, j'étais reconnaissante d'avoir eu l'opportunité de voir Damian Lancaster en vêtements formels avant le gala de sa mère. Je ne pouvais toujours pas dire qu'il ne me coupait pas le souffle à chaque fois que je le voyais, mais au moins, j'avais pu le reluquer sans qu'une salle de bal remplie de monde nous observe.

Peu d'hommes pouvaient enfiler un costume et le porter comme s'ils étaient totalement à l'aise dans cette tenue raffinée.

Damian était l'un de ces hommes.

Son trois-pièces était évidemment taillé sur mesure, et Damian semblait à l'aise avec ce qu'il portait. Pas une seule fois il n'avait tiré sur son nœud papillon ou essayé d'ajuster sa ceinture. Le costume lui allait bien, et non le contraire.

— Je t'ai dit à quel point tu étais belle, ce soir ? demanda-t-il en se penchant vers moi.

Je lui lançai un regard que je n'avais pas voulu si exaspéré. Il me l'avait répété. Au moins une douzaine de fois depuis que nous avions quitté sa maison. Mais ma peau était chaude parce qu'il me troublait à chaque fois qu'il le disait.

J'avais fait beaucoup d'efforts pour mon allure de ce soir. Avec ma robe de cocktail noire arrivant au-dessus de mes genoux, je m'étais maquillée et avais tiré mes cheveux d'un côté de mon visage pour que mes boucles retombent élégamment dans mon dos.

Ma peau n'était pas assez sombre pour que je me passe d'un collant, donc j'en avais choisi un noir, si fin que j'avais eu peur de le déchirer toute la soirée.

Le mieux dans tout ça ? Je portais une paire de talons de sept centimètres *sans avoir* à m'inquiéter d'être plus grande que mon rencard.

Damian me surpassait toujours de quelques centimètres, même quand je portais des escarpins incroyables.

Je ne me recroquevillais pas pour avoir l'air plus petite que nécessaire.

Pas du tout.

Lors de ce voyage au Royaume-Uni, j'avais perdu toute gêne à propos de mon corps. Damian avait fait ça pour moi. J'avais appris à m'apprécier et à aimer mon corps, mais hé, tout le monde ne trouvait pas ce même genre de corps attirant.

— Tu me l'as dit, répondis-je enfin. Je pense que ce compliment est le douzième.

Il me lança un sourire narquois.

— Treize *est* l'un de mes numéros favoris. Et tu es… magnifique.

— Vous aussi, vous êtes sacrément beau, Votre Grâce, déclarai-je avec espièglerie.

Il ressemblait parfaitement au duc milliardaire sophistiqué qu'il était, et même plus.

Maintenant que nous étions sur *son* territoire, sa richesse et son pouvoir étaient bien plus flagrants, mais ce n'était pas son argent ou son titre qui me faisaient tomber à la renverse, parfois.

C'était l'aura de Damian, la confiance qu'il portait comme une cape invisible, qui m'attirait.

Pourtant, je savais aussi qu'une partie n'était qu'une façade, ce qui le rendait d'autant plus fascinant.

Il y avait tellement plus chez Damian Lancaster que ce que la plupart des gens ne verraient jamais. Il jouait tellement bien le rôle du duc milliardaire que personne ne *cherchait* une quelconque vulnérabilité en lui.

Ils s'en fichaient très probablement.

— Tu es prête à sortir d'ici et à rentrer à la maison ? s'enquit Damian.

À la maison ? *Est-ce que j'étais prête à rentrer à la maison* ?

Étrangement, j'étais presque à l'aise en restant au palais gigantesque et merveilleux de Damian à Mayfair.

*Probablement parce qu'on s'*était *envoyé en l'air dans presque toutes les pièces.*

Non, ce n'était pas la raison. Pas exactement. Je commençais à aimer sa demeure parce que c'était l'endroit où je le voyais le plus sourire, où je sentais son bonheur. Nous avions beaucoup ri, ces derniers jours dans la résidence, donc je ressentais une certaine chaleur à chaque fois que nous y entrions, au lieu de la considérer comme haut lieu touristique ultra-contemporain comme au tout début.

Bien sûr, c'était ostentatoire et luxueux. Damian Lancaster était l'un des hommes les plus riches du monde, alors pourquoi ne serait-ce pas le cas ? Mais ce qui rendait cette résidence si accueillante, ce n'était pas les tissus luxueux qui la décoraient, mais plutôt l'homme qui y vivait.

J'acquiesçai.

— Je suis prête.

J'essayai de ne pas penser à ce que j'allais ressentir quand il serait temps pour moi de retourner aux États-Unis.

Nous allions dans le Surrey demain soir pour le gala que Bella organisait, et ensuite, quoi ?

La mauvaise presse s'était totalement arrêtée.

Je retirai du marché des célibataires l'homme le plus convoité du monde, donc les Anglais étaient plus intéressés par moi que par la photo nue de Damian.

Quand je partirais, Damian Lancaster recevrait beaucoup de compassion parce qu'une femme américaine volage venait de le plaquer. Il serait la victime. Je serais la vilaine sorcière.

C'était du travail bien fait.

Vraiment, mon boulot ici était terminé.

Alors pourquoi avais-je l'impression que ce serait horriblement difficile de dire au revoir ?

Mais ce n'était pas comme si j'ignorais la triste fin de ce conte de fées.

Damian tendit sa main, et j'offris immédiatement la mienne, par instinct, puisque cela me semblait si naturel de le faire.

La foule avait considérablement diminué quand nous traversâmes l'entrée, et les cris de l'autre côté furent impossibles à manquer.

— Votre Grâce ! Attendez ! hurla une voix masculine en se rapprochant de nous. Votre Grâce !

Un homme plus âgé s'arrêta devant nous. Derrière lui se trouvait un mec avec une grande caméra sur l'épaule.

— Trenton Brown pour *The Sun Times*, Votre Grâce. Je suis journaliste. Voudriez-vous répondre à quelques questions ? demanda-t-il impatiemment.

Jusqu'à maintenant, nous n'avions pas été approchés par des reporters. Probablement parce que nous nous étions surtout rendus dans des attractions touristiques, et que Damian avait réussi à nous trouver des guides privés pour plusieurs de nos aventures londoniennes.

Damian lança à l'homme un regard noir qui aurait vraisemblablement fait reculer n'importe qui.

— Puisque je suppose que la caméra tourne déjà, oui, mais faites vite. Madame Ashworth et moi sommes épuisés. La journée a été longue.

Et… cela débuta. Le journaliste débita question après question. Damian répondait quand cela lui convenait ou quand les interrogations n'étaient pas du tout personnelles.

Je gardai un sourire figé sur mon visage et mon attention sur l'expression de Damian.

Même s'il paraissait plus ennuyé qu'énervé, je savais qu'il n'aimait pas ce genre de publicité intrusive. Damian avait réussi à rester loin de la lumière des projecteurs une grande partie de sa vie.

À présent, son beau visage devenait familier non seulement pour les journalistes, mais aussi pour le public puisqu'il avait été obligé de jouer toute cette farce. Au bout du compte, ce serait impossible pour lui de quitter sa propre maison sans avoir un garde du corps.

Et il détesterait ça.

Tous ses efforts, et ceux de sa mère plus tôt, pour que ses enfants n'apparaissent pas au journal, seraient totalement gâchés par un seul incident qui avait catapulté Damian en une de la presse.

Maintenant, après une photo scandaleuse, c'était comme si les médias venaient de réaliser combien de personnes voulaient entendre parler de Damian Lancaster.

Bien sûr, nous leur avions offert une romance de conte de fées à suivre.

Et Damian avait commencé tout ça avec le piège de l'orgie.

Mais si je savais que Damian détestait être dans l'œil du public, tout ce que j'avais à faire, c'était regarder son visage actuellement.

Il détestait ça

— Devrions-nous nous attendre à un mariage prochainement ? demanda le journaliste avec ruse. Est-ce que toutes les femmes célibataires de Londres vont devoir vous éliminer de leur liste de partenaires potentiels ?

— Je doute sincèrement d'avoir un jour été sur ces listes, déclara Damian d'une voix charmeuse. Maintenant, si vous voulez bien nous excuser, messieurs, j'aimerais ramener madame Ashworth à la maison. Il se fait tard.

Il n'attendit pas de savoir si ces hommes acceptaient son départ. Damian avança, et je restai dans son sillage en sortant du théâtre.

Je titubai sur une grande fissure sur le chemin avant que nous ayons pu atteindre le trottoir.

— Aïe ! Merde alors !

Damian s'arrêta instantanément et se retourna.

— Nicole. Tu vas bien ?

— Oui, déclarai-je, les dents serrées. Mais ce foutu bout de ciment vient de sauter sur mon gros orteil.

Sans parler du fait que je suis une immense empotée parce que je ne mets jamais d'escarpins ouverts avec des talons de sept centimètres !

Il ne comprit pas ma blague. Au lieu de ça, il me prit dans ses bras et me porta sur le trottoir, où sa limousine attendait.

— Je suis désolé, dit-il d'une voix rauque en baissant les yeux vers moi.

J'avais passé mes bras autour de son cou quand il m'avait soulevée, et je le regardais fixement, mon cœur fondant.

— Ne sois pas désolé. Ce n'était pas ta faute. Je suis navrée que tu sois assailli par les journalistes, maintenant.

Il se pencha et m'embrassa, une douce étreinte à laquelle j'eus à peine le temps de répondre avant que le chauffeur de Damian ouvre la portière à l'arrière du véhicule.

Mes fesses retombèrent sur le cuir doux et clair, et je me décalai sur la banquette afin que Damian puisse monter derrière moi.

— Maintenant, laisse-moi voir ce pied, déclara Damian d'une voix bourrue.

Il attira mes deux pieds maladroits sur ses cuisses.

CHAPITRE 29

Nicole

— C'EST UN ORTEIL sur le pied droit, et tout va bien, dis-je à Damian, me sentant maladroite avec mes deux pieds dans leurs chaussures sur ses cuisses.

Il retira doucement mes escarpins et les laissa tomber sur le tapis. Après avoir regardé la blessure de près au travers du collant, il dit :

— Pas de sang. Ça m'a l'air pas mal.

— Tout va bien. Vraiment. Je me suis simplement cogné l'orteil.

Je m'attendais à ce qu'il abandonne et pousse mes pieds.

Mais il en saisit un dans ses grandes mains et commença à le masser.

Après avoir passé des heures à porter ces escarpins, mes pieds étaient un peu douloureux, et ce qu'il leur faisait était comme un mini-orgasme.

— Oh mon Dieu. C'est bon.

Il appuya sur un point de pression avec son pouce.

— Seulement bon ? se moqua-t-il.

Il ne me fallut pas longtemps pour me rendre compte qu'il me taquinait comme il l'avait fait après notre premier baiser. Il voulait évidemment entendre que ce qu'il faisait était mieux que juste… bien.

— Génial, gémis-je lorsqu'il prit mon autre pied. Fantastique.

J'étais à bout de souffle tandis qu'il me massait le pied gauche.

— Peut-être même orgasmique.

Ce n'était pas comme si j'avais un fantasme sur les pieds, mais les mains de Damian étaient magiques alors qu'il massait les crampes sur ma voûte plantaire et l'obligeait à se détendre.

Je m'étirai sur la longue banquette en cuir, et m'appuyai sur mes coudes, observant Damian alors qu'il apaisait la douleur dans mes deux pieds.

— C'est mieux ? demanda-t-il en caressant lentement mes mollets.

La sensation de ses beaux doigts effleurant la soie pure de mes bas m'envoya un frisson de désir dans tout le corps.

Il toucha mes genoux, puis remonta lentement jusqu'à mes cuisses.

— Je suis plus qu'enclin à apaiser *toute* partie de ton corps qui s'avère douloureuse, ma belle, dit-il d'une voix rauque et délicieusement obscène.

Je m'effondrai sur la banquette, relâchant une respiration refoulée alors que ma tête heurtait doucement le siège.

— Damian, chuchotai-je.

Ses doigts arrêtèrent leur progression lorsqu'il toucha ma peau nue.

— Merde ! Comment ai-je pu ne pas savoir que tu portais ça ?

Il avait trouvé le bord en dentelle de mes bas, maintenus en place par un porte-jarretelles, en dentelle également.

— Parce que je ne te l'ai pas dit, répondis-je d'une voix soyeuse. J'allais te laisser le découvrir plus tard.

— Il est vraiment sexy, m'informa-t-il.

Je fermai les yeux. Mon Dieu, j'adorai la nervosité à peine contenue que je pouvais entendre dans ses mots. Il donnait l'impression d'avoir hâte de me baiser, comme s'il allait complètement perdre la tête s'il ne le faisait pas.

— Je les porte pour toi, Damian. Je pensais que tu pourrais les aimer.

— Mission accomplie si ton but était de me rendre fou, répondit-il d'une voix ferme. Ma queue est dure comme de la pierre.

J'ouvris la bouche pour émettre un commentaire malicieux, puis la refermai alors que ses doigts commençaient à explorer sous la dentelle.

— Nom de Dieu, Nicole. Tu es si mouillée.

Je gémis alors qu'il aplatissait un doigt sur ma peau humide. Il ne fallait pas grand-chose pour que Damian mouille ma culotte. Cela était arrivé dès qu'il avait commencé à me masser le pied.

— Oui, sifflai-je pour confirmer.

— Il va falloir que tu sois très, très discrète, me conseilla-t-il d'une voix basse et obscène. La séparation entre mon chauffeur et nous est très fine.

Je soupirai. Ce n'était pas comme si je pouvais me mettre à califourchon sur lui, maintenant, et le chevaucher pour nous procurer à tous les deux un orgasme génial. La banquette était immense, et les fenêtres teintées, donc ce serait *physiquement* possible, mais je doutais qu'il ait un préservatif sur lui.

Je sentis l'air froid sur la peau en haut de mes cuisses alors qu'il levait ma jupe.

— Très joli, remarqua-t-il d'un ton appréciateur.

L'ensemble de lingerie était vraiment sympa. La dentelle était noire, mais il y avait de minuscules nœuds rouges à l'extrémité de chaque bas, et sur la ceinture de la culotte. Je les avais jetés dans ma valise sur un coup de tête. Je ne les avais jamais portés. Kylie me les avait offerts pour plaisanter, à mon anniversaire, il y a quelques années, et je les avais planqués dans mon tiroir, supposant qu'ils ne verraient plus jamais la lumière du jour.

Je n'étais pas le genre de femme à porter quoi que ce soit de sexy.

Ou, du moins, ce n'était pas le cas… jusqu'à ce que je rencontre Damian.

Peut-être que je n'avais simplement jamais été inspirée comme je l'étais actuellement.

Ses doigts continuèrent à jouer dans la chaleur glissante, et j'émis un galpissement alors qu'il cherchait puis trouvait mon clitoris.

— C'est bon, chérie ? demanda-t-il d'un ton presque poli.

— Mon Dieu, oui, répondis-je.

Il roula à nouveau ses doigts sur la boule de nerfs et continua à la caresser paresseusement jusqu'à ce que je sois prête à bondir de mon siège.

— Damian, gémis-je quand mon corps se prépara pour le sien.

— Tu veux ma queue ? demanda-t-il d'une voix tout aussi contrôlée.

— Oui, oui, oui, criai-je avant qu'il claque une main sur ma bouche.

— Doucement. Tu te souviens ? me sermonna-t-il.

Son torse était collé à ma poitrine.

J'acquiesçai, et il retira sa main de ma bouche.

— C'est dur, gémis-je doucement.

— Ma chérie, tu n'imagines même pas à quel point c'est vraiment dur, là. Je vais te faire jouir, mais je ne veux vraiment pas partager ton plaisir avec mon chauffeur.

— Dis-moi que tu as un préservatif, le suppliai-je doucement.

Mon corps implorait d'être soulagé.

— Non. Mais il ne sera pas nécessaire, là.

Je haletai tout en essayant de contrôler ma déception. J'avais besoin de Damian, vite et violemment pour satisfaire le besoin qu'il avait fait monter en moi.

Tout son prélude autoritaire de « fais ce que je dis » me faisait haleter encore davantage.

Il aimait probablement tout ça, mais j'étais dans un sale état.

Je vais te faire jouir.

Ah ! Il n'avait pas mentionné qu'il ne pouvait pas le faire avant que nous retournions chez lui.

Je commençai à me relever, mais Damian me poussa fermement en arrière, puis saisit ma jambe droite et l'étira par-dessus le siège de la banquette, jusqu'à ce que mes jambes soient ouvertes en grand.

Il me regarda et posa un doigt sur sa bouche en faisant attention avant que sa tête disparaisse entre mes cuisses ouvertes.

Un cri étranglé franchit mes lèvres alors que je sentais sa langue palpiter et caresser la dentelle fine de ma culotte.

Oh merde !

Je me mordis la lèvre inférieure, essayant de retenir le miaulement de plaisir qui montait jusqu'à mes lèvres.

Damian me taquina, sa langue glissant sur les côtés de ma culotte, mais n'alla jamais vraiment où j'en avais besoin.

Je claquai une main à l'arrière du siège et griffai le cuir alors que Damian faisait tout ce qui était en son pouvoir pour me rendre folle.

— S'il te plaît, le suppliai-je d'une petite voix, en essayant de ne pas être trop bruyante.

Alors que je pensais que j'allais crier, purement à cause de la frustration, il s'agrippa à l'entrejambe de la culotte sexy et tira brusquement.

Elle s'éloigna de mon corps à cause de cet assaut brutal, et j'entendis Damian grogner alors que sa bouche couvrait mon sexe.

— Oui, oui, oui, oui, oui, fredonnai-je alors qu'il me léchait avec une intention sérieuse.

On ne jouait plus.

Damian Lancaster était apparemment déterminé à me faire jouir, ou à mourir en essayant.

Je rejetai la tête d'un côté et de l'autre en haletant, attendant qu'il m'apporte la libération que mon corps exigeait.

C'était tellement difficile de rester silencieuse, d'étouffer les cris qui s'élevaient dans ma gorge en réponse à ce que sa bouche et sa langue obscènes faisaient entre mes cuisses.

— Oh mon Dieu, sifflai-je.

J'étais incapable de rester complètement silencieuse plus longtemps.

— Oui, Damian. S'il te plaît. Fais-moi jouir.

Je ne pouvais en supporter davantage. Je réprimai un cri exalté quand ses doigts m'emplirent, travaillant au même rythme que cette langue incroyable sur mon clitoris.

Mon corps commença à imploser quand je sentis mon orgasme grandir.

Je me fichais de savoir qui écoutait.

Je *devais* crier.

Je claquai une main sur ma propre bouche et me contentai de gémir contre ma paume alors que mon orgasme me frappait avec violence.

Tout ce que je pouvais faire, c'était rester allongée sur le canapé en cuir et trembler en conséquence de la jouissance.

— Tu m'as… encore dévastée, lui dis-je une fois que j'eus repris ma respiration.

Il m'attira contre lui quand je me remis de mon orgasme et me berça sur ses genoux.

Il se blottit contre mon oreille en disant :

— Si je continue de te dévaster, il va peut-être falloir que je t'épouse, femme.

Je savais que c'était une plaisanterie, mais mon corps se tendit tout de même légèrement.

Je ne trouvai pas une seule remarque malicieuse à lui donner en retour.

Vraiment ? Comme si Votre Grâce allait se marier à *une Américaine inconnue comme moi, que ce soit à cause d'un mariage forcé ou non.*

Peut-être que j'aurais ri de son commentaire s'il ne m'avait pas fait aussi mal au cœur.

CHAPITRE 30

Nicole

— VOUS ÊTES VRAIMENT belle, Nicole, me dit Bella en entrant dans le salon de l'aile est de la demeure Hollingsworth.

Je vérifiai une dernière fois mon allure dans le miroir.

— Grâce à vous, lui rappelai-je.

J'avais parlé à Bella, ce matin, nerveuse parce que je n'étais pas certaine d'avoir de tenue formelle et appropriée pour son gala.

Elle avait insisté pour que je vienne après le déjeuner.

Qui aurait pu savoir que nous pouvions simplement regarder des photos sur Internet et se faire livrer une robe de bal quelques heures plus tard ?

— Je ne m'accorde aucun mérite pour votre apparence de ce soir, ma chère. Tout ce que j'ai fait, c'est vous montrer une façon d'obtenir une robe. La maquilleuse et la coiffeuse étaient déjà là pour moi.

Oui, mais… elle m'avait prêté ces ressources sans scrupules. Je n'avais jamais eu un maquillage aussi élaboré ni une coiffure avec des nœuds si élégants.

Sans parler de la belle robe assez longue pour toucher par terre que Bella m'avait convaincue de prendre.

J'avais trouvé la robe un peu trop chargée quand j'avais vu les photos pour la première fois, mais je ne regrettais pas de l'avoir choisie, maintenant. Les simples manches serrées qui se terminaient en boucle sur mon pouce avaient des broderies délicates et fragiles que je n'avais pas remarquées sur les photos. Le corset serrait mon corps, la jupe était plus bouffante au niveau de la taille et retombait avec grâce au-dessus de mes chaussures à talon.

J'avais l'impression d'être une princesse. D'accord, peut-être plus comme Cendrillon quand elle s'était transformée pour le bal. Peu importait, je *me* sentais belle.

Il y avait également le petit (ou peut-être pas si petit que ça) problème d'apprendre à valser. Bella avait ouvert sa salle de bal pour l'événement et elle avait embauché un petit orchestre pour qu'il joue.

Leo était venu à ma rescousse avant que je parte à l'étage pour commencer à me préparer. Il m'avait montré les pas, avait dansé avec moi jusqu'à ce que je ne craigne plus de me ridiculiser.

Je regardai Bella avec gratitude.

— Vous êtes également très élégante, Votre Grâce, lui dis-je.

Elle grimaça en répondant :

— Peu importe ce à quoi je ressemble. Je suis une vieille femme qui a déjà trouvé l'amour de sa vie et l'a perdu. Je suis parfaitement satisfaite de rester sur le côté, ma chère, à regarder la nouvelle génération faire connaissance.

Je ricanai.

— Vous ne serez jamais sur le côté, Bella, et vous le savez.

Elle me lança un petit sourire.

— Vous avez peut-être raison. Je suis probablement un peu trop entêtée pour ça.

La vieille femme ressemblait à… une duchesse. La robe d'un bleu glacial qu'elle portait faisait ressortir son teint, et les bijoux sertis de saphirs et de diamants qu'elle avait autour du cou, du poignet et sur ses oreilles étaient les accessoires parfaits.

Enfin, si je pouvais *vraiment* appeler une fortune de pierres précieuses un « accessoire ».

Je tendis la main et touchai délicatement son bracelet.

— Ils sont magnifiques.

— C'était un cadeau du père de Damian pour notre vingt-cinquième anniversaire de mariage. Je suis née en septembre, donc les saphirs sont mes pierres de naissance. Il me les a offerts avec tant d'amour que c'était difficile de les porter jusqu'à ce soir, déclara-t-elle mélancoliquement.

— Vous l'aimiez énormément, n'est-ce pas ?

Elle acquiesça.

— Plus que je n'aurais pu imaginer aimer quiconque. Je n'ai jamais regretté une seule seconde de quitter mon propre pays, jeune femme, pour adopter l'Angleterre comme ma seconde maison.

— Était-ce étrange ? lui demandai-je. De passer de l'Espagne à l'Angleterre ?

— C'était un tout nouveau monde pour moi, mais ce n'était pas à cause du pays, c'était la différence brutale de classe sociale qui rendait mon adaptation difficile. Je viens d'une famille de pauvres fermiers. Je voulais plus, ce qui est la raison pour laquelle je vivais en ville pour être éduquée. J'en voulais plus, mais je n'aspirais certainement pas à devenir duchesse ou à être soudain si riche que je pouvais acheter tout ce que je voulais. La plupart des femmes donneraient n'importe quoi pour ce genre de vie, mais j'étais… mal à l'aise.

J'acquiesçai.

— Je comprends pourquoi.

Bon sang, c'était déconcertant pour moi d'être habillée comme une princesse allant à son premier bal. Je ne pouvais imaginer ce que Bella avait ressenti en essayant de faire de cette vie son quotidien.

Il y eut un éclat dans ses yeux sombres quand elle répondit :

— Je m'y suis habituée, mais ce qui rendait ma vie géniale, c'était l'homme avec qui je la partageais, et la famille que nous formions ensemble. Tout l'argent du monde n'aurait rien voulu dire si je n'avais pas été avec un homme que j'avais choisi. Le père de Damian valait tout le travail nécessaire pour essayer de correspondre à son statut social.

— Mais pourquoi le système de classe n'a-t-il pas disparu ? Nous sommes au vingt et unième siècle. Est-ce vraiment important ? l'interrogeai-je. Même la famille royale est plutôt là pour la représentation. Ce n'est pas comme s'ils avaient un véritable pouvoir dans le gouvernement.

Elle agita un doigt dans ma direction en disant.

— N'imaginez pas ça, ma chère, m'avertit-elle. Les gens peuvent dire que le système de classe dans la société est mort, mais ce n'est vraiment pas le cas. Les vieilles fortunes et les titres distingués ont toujours de l'importance, et les *nouveaux riches* sont perçus comme des arrivistes. Cela s'est amélioré au fil des ans, mais l'Angleterre est coincée dans des siècles de tradition, et les Anglais adorent leur héritage, surtout les vieilles fortunes et les titres. Personne n'ose leur dire que, s'ils se coupent, leur sang ne sera pas bleu.

— Damian n'est pas comme ça, songeai-je. Ni Leo.

Et je n'allais certainement pas la contredire. J'avais rencontré suffisamment de membres de l'élite pour savoir qu'elle avait raison.

Bella sourit.

— Mon mari et moi avons élevé nos enfants de cette façon. Nous les avons gardés loin des caméras et des ragots ridicules de la classe supérieure. Je ne peux cependant pas m'attribuer tout le mérite de ce qu'ils sont devenus. Ils ont choisi leur propre système de valeurs en tant qu'adultes, mais je ne peux pas me dire désolée qu'ils aient plus ou moins rejeté l'élite snob. Ils travaillent, comme leur père, parce qu'ils se rendent compte qu'ils s'ennuieraient incroyablement s'ils ne le faisaient pas. Damian a pris toutes ses responsabilités un peu trop à cœur, mais je préfère le voir aller dans cette direction, plutôt que de devenir un crétin insensible de la haute société.

— Il travaille trop dur et se sent responsable du bien-être de tout le monde, déclarai-je en soupirant. Mais au moins, ses migraines semblent avoir cessé, pour le moment.

Bella me jeta un vif coup d'œil.

— Vous êtes au courant pour ses migraines.

— Bien sûr. Comment pouvais-je ne pas le remarquer ? Je vois les marques de stress sur son visage quand il a mal à la tête, et il devient blanc comme un linge. Il n'en a pas eu une seule depuis que nous sommes arrivés en Angleterre. Il travaille de la maison, donc il semble un peu plus détendu, et je l'oblige à manger et à dormir quand je suis dans le coin. Il sera probablement heureux que je parte.

Je m'obligeai à sourire, même si je n'en avais pas envie.

— Il serait bien mieux si vous restiez, déclara Bella d'une voix catégorique. Mais j'imagine qu'il n'a pas encore réussi à vous parler de ça.

— Je ne peux pas rester, Bella, dis-je nostalgiquement. Je suis Américaine. Toute ma vie est en Californie. Mon entreprise y est aussi. En plus, Damian ne m'a pas demandé de rester plus longtemps. Tout ce que nous devons faire, maintenant, c'est signer un contrat pour Lancaster International, et j'en ai fini.

— Oh, il le demandera, déclara Bella d'un ton ironique. Je n'ai jamais vu Damian aussi fou d'une femme qu'il l'est de vous. Il n'est pas le genre d'homme à chercher une relation, Nicole. Il a juré qu'il ne se marierait jamais, mais je savais qu'il changerait d'avis en trouvant la femme idéale. Je savais que, quand mon aîné tomberait amoureux, ce serait brutal, et j'avais raison. Il ressemble à son père, sur ce point-là. Il n'y avait qu'une seule femme pour mon mari, et cette femme, c'était moi. Comme son père, Damian vous pourchassera jusqu'aux confins de la terre s'il le doit avant que vous acceptiez de l'épouser. Figurez-vous que ce genre d'amour est assez intense, mais il est également grisant. Vous n'accepterez jamais rien de moins une fois qu'un homme vous aura aimée de cette façon.

Malheureusement, j'avais bien conscience de l'euphorie qui allait avec le fait d'aimer Damian Lancaster. Je savais ce que c'était d'avoir cette intense attention masculine focalisée sur moi.

— Je suis amoureuse de lui, Bella, lui confiai-je avant de réfléchir.

Je n'avais plus de mère, et elle était la personne la plus proche d'une figure parentale que j'avais.

— Mais Damian n'a jamais prétendu qu'il voulait quelque chose de permanent. Il n'a jamais dit qu'il m'aimait. Tout ça est un jeu auquel nous jouons pour améliorer sa réputation, ainsi qu'un bref interlude touristique. Soyons honnêtes. C'est un duc milliardaire. Sa vie est ici, en Angleterre.

Bella me lança un regard méfiant.

— C'est étrange de voir comment tout cela peut fonctionner quand il y a des sentiments en jeu, déclara-t-elle d'un ton gentillet. Ne l'abandonnez pas, Nicole. Il sera peut-être un peu lent pour prononcer ces mots, mais Damian est fou de vous. Il est seulement un peu embrouillé à cause de ce qu'il ressent, donc il n'a pas les idées claires. Il va vous demander de rester. La question est : est-ce que cela vous importe suffisamment pour le faire ? Si vous ne dites pas oui, j'ai peur qu'il finisse par déménager aux États-Unis pour camper sur le pas de votre porte.

Je laissai échapper un rire étranglé.

— J'en doute vraiment, Bella. Damian a sa place ici.

— Peut-être que vous devriez envisager de faire de l'Angleterre votre maison, en définitive. Comprenez que ces jets privés sont bien pratiques si vous voulez passer du temps aux États-Unis avec votre famille.

Je secouai lentement la tête.

— Je n'ai plus vraiment de famille. Ma mère est morte il y a un peu plus d'un an. Elle était plus ou moins tout ce que j'avais. En revanche, j'ai de bonnes amies, là-bas.

— Elles ne sont qu'à un vol en avion, et ça ne doit pas faire de mal d'avoir la fortune Lancaster à disposition.

Bella leva une main comme je commençai à protester en disant ne pas vouloir l'argent de Damian.

— Je sais déjà que vous n'en avez pas après son argent, Nicole. Tout ce que je dis, c'est qu'il s'agit d'un bel avantage qui va de pair avec le fait d'aimer un milliardaire et le duc de Hollingsworth.

Puisque j'étais certaine que Damian et moi ne nous marierions jamais, je la calmai en murmurant :

— J'en suis sûre.

— Enfin, on papote, on papote, alors que j'étais venue vous donner cela.

Je remarquai, pour la première fois, la boîte qu'elle tenait et qu'elle m'offrit sans aucune explication.

— Damian m'a appelée. Il est bloqué à cause du travail, donc il n'est pas sûr d'arriver avant le gala pour vous donner ça.

La boîte en bois rectangulaire était plus lourde que je m'y attendais quand je la saisis.

— Qu'est-ce que c'est ? demandai-je curieusement.

Elle hocha la tête vers le cadeau.

— Vous verrez. Ouvrez.

Je tâtonnai avec l'attache vieillotte de la boîte avant qu'elle s'ouvre enfin et que je puisse soulever le couvercle. Mes mains commencèrent à trembler quand je vis ce qui était caché à l'intérieur.

— Oh mon Dieu. Ils sont magnifiques.

Je devinai immédiatement que le collier, le bracelet et les boucles d'oreilles assorties valaient une somme d'argent extraordinaire.

Ils devaient être vintage, mais les diamants étincelants étaient intemporels. Le collier était constitué d'une série de petites marguerites délicates ornées de diamants. Le bracelet et les boucles d'oreille étaient assortis au collier. Dans l'ensemble, la parure était extrêmement tape-à-l'œil, tous les diamants brillant dans un nid de velours rouge.

— Damian voulait que vous les ayez.

Elle prit une voix quelque peu arrogante, avec un ton qui rappelait un « je vous l'avais dit ».

— Ils appartenaient à la mère de mon mari, la grand-mère de Damian.

— Alors ils sont vraiment inestimables, je ne peux pas les accepter, dis-je d'une voix légèrement paniquée.

— N'importe quoi, répondit Bella en secouant la boîte.

Elle la posa sur la petite table et en sortit le collier pour l'attacher autour de mon cou.

— Ces bijoux sont parfaits avec cette robe, et chaque femme présente à la fête aura sa propre collection de diamants. Vous ne les aimez pas ?

— B-bien sûr que j-je les aime. Mais ils ressemblent à des bijoux de la couronne. Je ne peux pas les porter. Je vais être terrifiée toute la soirée à l'idée de perdre quelque chose. Ils ne vous appartiennent pas ?

— C'était le cas, avant, reconnut-elle. On me les a donnés quand j'étais plus jeune, et je les ai offerts à Damian. Le design est trop juvénile pour moi. J'ai arrêté de les porter il y a des années. Mon fils a de la chance que je les ai gardés pendant si longtemps pour lui. Il n'a jamais eu envie de les donner à une femme jusqu'à votre arrivée.

Je restai figée, incapable de bouger alors qu'elle attachait le bracelet autour de mon poignet, puis me tendait les boucles d'oreille pour que je les mette moi-même.

Elle agita la main pour marquer son insistance, et je dus à nouveau me tourner vers le miroir pour enfiler les pendants sur mes oreilles. Ils étaient lourds, mais pas insupportables, et quand je me tournai vers Bella, elle me lança un sourire radieux et approbateur.

— Magnifique ! s'exclama-t-elle joyeusement. Ils sont très beaux avec cette robe. Vous scintillez, maintenant, ma chère.

Bella avait raison. Je me jetai un coup d'œil dans le miroir. Mais…

— Bella, je ne peux pas faire ça. Je ne peux pas les porter. Je ne suis pas l'une de ces femmes qui peuvent afficher des bijoux comme s'ils n'étaient rien de plus qu'un symbole de leur statut, et sans penser au fait que je porte des bijoux grâce auxquels je pourrais probablement acheter une belle maison à Newport Beach.

Elle ricana.

— Loin de là. J'ai une bonne amie qui a une maison de vacances là-bas, et cette parure de bijoux suffirait tout juste à payer l'acompte. Ne pensez pas au prix, Nicole. La fortune Lancaster est immense. Pour mon fils, ils valent une bouchée de pain. Songez aux sentiments. Damian veut que vous les ayez.

Je gigotai nerveusement.

— Je sais qu'il est attentionné et adorable. Mais nous n'avons pas ce genre de relation. Il n'est pas censé m'offrir de cadeaux fastueux. Je ne veux pas qu'il le fasse.

J'étais tellement déchirée. La dernière chose dont j'avais envie, c'était de faire du mal à Damian en ne portant pas quelque chose qu'il m'avait donné. D'un autre côté, tout ça était beaucoup trop.

Bella saisit mes épaules et me tourna vers le miroir.

— Regardez-vous, Nicole. La parure vous va à ravir. N'est-ce pas mieux si les bijoux sont portés et appréciés au lieu de rester dans une boîte qui prend la poussière ?

Eh bien, quand elle le formulait comme ça, oui.

Je posai un doigt prudent sur les diamants brillants autour de mon cou.

— Je suis toujours terrifiée.

— Ressentez la peur et apprenez ensuite à l'ignorer, me conseilla Bella. C'est ce que j'ai fait. Prenez le cadeau de Damian dans l'esprit avec lequel il vous l'a offert.

Je soupirai longuement.

— Je vais les porter, mais je vais convaincre Damian de les reprendre une fois que le gala sera fini.

Il allait reprendre la parure de sa grand-mère, mais je ne voulais pas traîner Bella dans la dispute.

Bella haussa les épaules.

— Alors mon travail est terminé. Vous êtes ravissante. Mon fils peut prendre la suite à partir de maintenant. Il peut être très persuasif.

Je surpris son regard dans le miroir.

— Autoritaire, vous voulez dire ?

Elle me fit un clin d'œil.

— Parfois, les hommes Lancaster ont tendance à être un peu dominants, mais ce n'est pas si mal.

Mon cœur loupa un battement quand je pensai à la façon dont Damian avait pris le contrôle complet de mon corps la nuit précédente, après le théâtre.

Ça ne me dérangeait certainement pas de m'abandonner à lui au lit quand il était d'humeur à être autoritaire.

Mais était-ce vraiment ce que Bella avait voulu dire ?

Alors que je regardais l'éclat dans ses yeux sombres, j'étais presque sûre que c'était exactement ce qu'elle avait voulu dire, mais elle ne l'avait pas prononcé franchement.

— Prêtes à commencer la fête ? tonna Leo en franchissant la porte ouverte.

Il offrit un bras à sa mère et me donna l'autre.

— Aussi prête que jamais, marmonnai-je en le saisissant.

— Attention aux femmes qui ressemblent à des chatons sans défense, dit Leo en inclinant la tête vers moi. Elles griffent, en fait.

— Miaou, répondis-je avec un petit ronronnement.

Je lui fis donc savoir que moi aussi, j'avais des dents bien tranchantes.

— Ça, c'est ma Nicole, dit-il en souriant.

CHAPITRE 31

Damian

— VIENS DANSER AVEC moi, ma belle, exigeai-je en posant doucement les mains sur les épaules de Nicole.

J'avais été un peu en retard parce à cause de la circulation en revenant dans le Surrey depuis Londres, mais j'étais désormais présent pour réclamer la possession de cette femme.

Quand j'étais entré dans la résidence, quelques instants plus tôt, j'étais parti directement vers la salle de bal, et j'avais trouvé un grand nombre de personnes remplissant la pièce, presque au maximum de sa capacité.

Nicole me tournait le dos, et il y avait une abondance de jolies blondes, mais je l'identifiai immédiatement. J'aurais reconnu cette femme dans une foule à n'importe quel moment, dans n'importe quelles circonstances. J'avais l'impression de graviter naturellement autour d'elle.

Peut-être que c'était sa taille qui la trahissait, finalement, mais je n'y avais pas vraiment fait attention. Les nuances plus subtiles étaient ce qui semblait me plaire.

La façon dont ses épaules bougeaient légèrement quand elle utilisait ses mains pour parler.

L'inclinaison de sa tête quand elle écoutait.

La façon dont elle se tenait toujours avec un talon légèrement relevé au-dessus du sol.

La courbe gracieuse de son cou et de son dos.

Je ne pouvais manquer le fait que le baron Whitewood paraissait captivé par Nicole, et peut-être qu'il avait besoin d'un peu d'aide pour remettre sa langue dans sa bouche.

Les deux hommes à côté de lui semblaient tout aussi épris.

Alors je me frayai un chemin au travers de la foule pour affirmer ma possession.

Ces trois salauds pouvaient regarder ailleurs.

Nicole Ashworth était déjà mienne.

Je dus littéralement reprendre mon souffle lorsqu'elle se tourna vers moi, souriant largement en me voyant.

— Damian. Je m'inquiétais, dit-elle.

Elle semblait aussi essoufflée que je l'étais actuellement.

— Je suis désolé, dis-je avec des remords sincères. J'étais coincé dans la circulation.

— Tu es là, maintenant, dit-elle doucement. Et je suis contente que tu ailles bien.

Elle entrelaça son bras avec le mien.

— Gentlemen, si vous voulez bien nous excuser, je dois danser avec Nicole.

Honnêtement, je me fichais totalement d'avoir leur approbation ou non. Je l'éloignai des trois hommes.

Le baron Whitewood claqua une main sur son torse d'un air dramatique.

— Je ne suis pas sûr de pouvoir supporter la déception de perdre la compagnie d'une femme aussi spectaculaire. Ramène-la quand ta danse sera terminée, Damian.

Ouais, il faudra me passer sur le corps pour être à nouveau à portée de voix de Nicole, baron.

J'étais un homme, et il était parfaitement évident qu'il essayait de charmer Nicole au point de lui faire tomber sa culotte. *Salaud.*

— C'était très sympa de tous vous rencontrer, leur dit Nicole avec un sourire gracieux.

— Ce n'était pas si sympa que ça, grognai-je à son oreille en l'accompagnant jusqu'à la piste de danse.

La seule chose pour laquelle j'étais reconnaissant, à ce moment-là, c'était que maman l'ait laissé avec trois personnes qui ne mentionneraient jamais le nom de Dylan.

Autrement, je ne voyais aucune autre qualité chez eux, et il était clair que je n'avais pas apprécié la façon dont ils avaient regardé Nicole.

Elle fronça les sourcils en me scrutant.

— Ils étaient tous très agréables. Je pense que je préfère la compagnie de ces gentlemen à celle des femmes. Elles ne sont pas ouvertement malpolies, mais certaines d'entre elles sont très hypocrites. Elles veulent savoir qui est mon peuple (elle mima des guillemets) et d'où ils viennent. On aurait dit des dames du dix-neuvième siècle ou quelque chose dans le genre.

Je souris à cause de son jugement en passant un bras autour de sa taille.

— Elles le sont, confirmai-je rapidement. Pas toutes, mais certaines sont coincées dans un petit monde qui tourne autour de leur propre statut, et elles adorent mépriser ceux qu'elles ne considèrent pas comme leurs égaux pour s'élever elles-mêmes. C'est assez tordu.

J'avais grandi dans ce monde, mais ça ne signifiait pas que je l'aimais.

— Ta mère a vraiment invité ces gens ? demanda Nicole en me prenant la main quand je débutai la valse.

J'étais surpris de voir qu'elle suivait parfaitement mes pas.

— Techniquement, non, elle ne les a pas invités. Crois-moi, elle a déjà enlevé une longue liste de parasites. Mais certains sont les filles et fils de plusieurs de ses amis, donc elle ne veut pas vexer la vieille génération qu'elle apprécie.

Nicole acquiesça légèrement.

— Je vois bien pourquoi ça pourrait être un problème, et ces femmes ne comptent pas. Je pense que certaines d'entre elles sont peut-être jalouses parce qu'elles pensent que je leur ai volé un célibataire accessible.

— Aucune d'entre elles ne m'intéressait.

— Peut-être pas, mais elles devaient avoir de l'espoir. Tu es l'homme le plus beau que j'ai vu à ce gala, répondit-elle sincèrement.

— Cet homme serait plutôt Leo, la corrigeai-je.

Néanmoins, mon cœur chanta des petites mélodies joyeuses parce qu'elle pensait ça de moi.

Elle tituba légèrement.

— Oups. Pardon.

Elle se remit facilement en rythme.

— Leo m'a appris à valser tout à l'heure, donc je me plante encore parfois et, pour info, je ne pense pas que ton frère soit le plus beau, ici. Peut-être qu'il l'était *avant* que tu arrives. Mais, maintenant, non. Désolée. Loin de là.

Nom de Dieu ! Elle savait exactement comment me faire perdre mes mots avant même que j'aie la chance de devenir jaloux.

— J'espère que Leo a été un gentleman, marmonnai-je.

— Il l'a été, répondit-elle joyeusement. Il était même poli à chaque fois que je lui écrasais le pied. En fait, je suis surprise qu'il puisse encore marcher.

— Je n'arrive même pas à décrire à quel point tu es belle, ce soir, lui dis-je honnêtement.

J'aurais aimé pouvoir trouver les mots afin de lui dire qu'elle surpassait toutes les femmes présentes, qu'elle était comme une lumière brillante que je ne pouvais m'empêcher de pourchasser.

J'ignorais totalement quel genre de charme m'avait lancé Nicole, mais j'avais arrêté de m'inquiéter à l'idée de trouver une réponse à cette question.

Elle me donnait l'impression de me sentir vivant après avoir passé la majeure partie de ma vie d'adulte à essayer de vivre en accord avec mon rôle d'aîné des garçons Lancaster.

Je ne pouvais simplement pas redevenir l'homme que j'étais avant de la rencontrer. Je ne voulais pas le redevenir.

Je *la* voulais simplement.

— Nous devons parler après le gala, lui dis-je solennellement.

Je me sentais sacrément coupable parce que je n'étais pas entièrement l'homme qu'elle croyait. Je ne pouvais plus lui mentir, ou éviter la vérité. Je ne pouvais pas la garder à mes côtés alors qu'elle n'était pas au courant à propos de Dylan. J'étais vraiment chanceux que personne n'ait gaffé ou mentionné son nom, encore, mais cela arriverait forcément à un moment, et je souhaitais que la vérité sorte de ma bouche.

Dylan était une grande partie de ma vie que j'avais réussi à garder cachée jusqu'à maintenant, et, honnêtement, je n'avais plus peur de lui dire. Je voulais que Nicole me connaisse. Totalement.

Son visage s'adoucit.

— Tout va bien ?

Je déglutis l'énorme boule que j'avais dans la gorge, celle qui menaçait de m'étouffer à mort.

— Oui. Il faut que je te dise quelque chose dont j'aurais dû te parler il y a longtemps.

J'avais fait mon choix.

Et je me détestais parce qu'il m'avait fallu tant de temps pour le faire.

Et si je devais au final choisir entre protéger Dylan ou cette femme que j'aimais plus que tout au monde, Nicole gagnerait haut la main.

Mon jumeau se créait ses propres problèmes, maintenant. Je l'aiderais avec tout ce dont il aurait besoin à l'avenir et je le soutiendrais quand et s'il décidait de retrouver sa vie. Mais je n'étais pas prêt à risquer ma relation avec Nicole en assumant la responsabilité de toutes les choses idiotes qu'il faisait à partir de maintenant.

— Ça me semble un peu menaçant, observa Nicole.

La valse prit fin, et je saisis sa main pour la mener loin de la piste de danse.

— Ça ne l'est pas, lui assurai-je. En fait, nous devons discuter de beaucoup de choses. Comme le fait que tu décides de vouloir rester ici, en Angleterre, avec moi, plutôt que de retourner aux États-Unis.

Merde ! Pourquoi avais-je évoqué ça maintenant ?

Je trouvai un coin silencieux et l'y attirai. J'avais besoin de m'expliquer et je ne voulais pas l'effrayer. Je lui pris la main.

— Je veux que tu restes, Nicole. Nous pouvons signer l'accord avec Lancaster, et tu pourrais travailler à développer davantage ton entreprise ici, au Royaume-Uni.

Je ne le dis pas à voix haute, puisque je savais déjà qu'elle protesterait, mais voyons les choses en face, il était impossible qu'à la fin de ce marché, je puisse la renvoyer chez elle. J'avais beaucoup de relations, à la fois au Royaume-Uni et en Europe.

Elle écarquilla les yeux et s'appuya contre le mur.

— Tu veux vraiment que je reste ?

J'acquiesçai.

— Oui.

— Mais toute ma vie est aux États-Unis. Je sais que tu ne me demandes pas de rester pour toujours, mais je ne peux pas rester très longtemps loin d'ACM.

Oh, bien sûr que si, je lui demandais de rester pour toujours. C'était exactement ce que je voulais, mais je n'étais pas vraiment certain de pouvoir l'avouer maintenant. Elle semblait déjà sacrément confuse. Voulais-je vraiment lui donner une chance de me rejeter purement et simplement ?

— Alors, reste encore un mois ou deux, suggérai-je. Je ne veux pas que tu partes tout de suite.

Ni jamais ! Clairement jamais.

— Kylie fait un excellent boulot en s'occupant des affaires américaines, poursuivis-je. Reste et travaille sur l'expansion ici.

J'allais me contenter de quelque chose de temporaire si cela me menait à l'éternité. J'avais besoin de plus de temps et de faire table rase une fois que je lui aurais parlé de Dylan.

Si elle pouvait se remettre du fait que je ne lui avais pas raconté toute la vérité à propos de l'orgie et de la photo nue, je ferais tout ce qui était en mon pouvoir pour m'assurer qu'elle tombe amoureuse de moi.

Mon estomac me fit mal quand je vis l'expression sur son visage. Il y avait beaucoup d'incertitude dans ses beaux yeux bleus, et je n'étais pas sûr de savoir comment l'interpréter.

— Je ne pense pas pouvoir ouvrir un bureau à Londres. C'est trop cher.

J'avais une pléthore de propriétés commerciales dans la ville que je lui céderais sans problème, mais je répondis prudemment :

— Tu peux régler ça plus tard. Tu peux te créer un bureau temporaire à l'étage de la maison et rester avec moi.

Elle écarquilla les yeux.

— Tu veux que je reste dans ta demeure immense ? Que je convertisse l'une des chambres d'en haut en bureau ?

— Bien sûr. Je viens de te dire que je voulais que tu restes.

Je me fichais totalement de ce qu'elle faisait dans ma maison. Elle pouvait la faire exploser tant qu'elle nous laissait une chambre avec un lit.

— Damian… Je… Je ne…

Je posai un doigt sur sa bouche pour l'empêcher de répondre.

— Ne réponds pas tout de suite. Réfléchis-y, Nicole. Nous parlerons quand ce gala ridicule sera terminé.

Pour le moment, il fallait que je trouve une façon de l'empêcher de dire *non,* comme elle avait failli le faire une seconde plus tôt.

Elle acquiesça lentement.

— D'accord. Je vais y réfléchir. Pour le moment, il faut vraiment que j'aille faire pipi.

Je jetai un coup d'œil aux toilettes pour dames que ma mère avait installées pour les invités.

— Il y a une file d'attente pour les toilettes, ici. Tu veux que je t'emmène à l'étage ?

Elle sourit.

— Je sais où c'est. Je pense que tu devrais aller retrouver ta mère pour lui montrer que tu es là.

— Je le devrais, confirmai-je. Je te retrouve dans quelques minutes.

— Damian ?

Je levai brusquement la tête, et mon regard se riva sur le sien.

— Je ne veux pas que tu penses que je n'ai pas envie de rester…

Elle marqua une pause.

— Peu importe. On en discutera plus tard.

Je voulus la rappeler en la regardant quitter la salle de bal. Son commentaire inachevé me mettait sur les nerfs, je fus inquiet à l'idée que ses mots soient un prélude à un « non » largement réfléchi.

Je secouai la tête en cherchant ma mère.

Laisser Nicole dire non à l'idée de rester ici n'était pas une option.

Enfin, à moins qu'elle n'ait aucune objection à ce que je reste aux États-Unis avec elle.

Toute cette histoire de géographie n'avait pas vraiment d'importance tant que Nicole finissait quelque part avec… *moi.*

CHAPITRE 32

Nicole

APRÈS AVOIR UTILISÉ les toilettes de l'aile est, je fouillai dans le frigo du salon et trouvai une bouteille d'eau fraîche.

Je transpirais un peu, donc je pris le temps de me rafraîchir et d'arranger mon maquillage.

Honnêtement, j'avais besoin d'un petit moment loin de la foule pour digérer tout ce que Damian m'avait dit.

Il veut que je reste. Il ne veut pas que je parte. Et qu'avait-il besoin de me dire et qu'il ne m'avait pas encore expliqué ?

Je bus plusieurs gorgées d'eau et pris quelques inspirations.

Mon cœur avait fait une petite danse de la joie quand Damian m'avait demandé de rester ici, mais mon cerveau m'intimait de retourner en Californie avant que Damian Lancaster ait l'occasion de me briser le cœur.

— De qui je me moque ? dis-je à voix haute dans une pièce vide. Ça me brise *déjà* le cœur de le quitter.

Et ça n'allait certainement pas devenir plus facile, si je restais un mois ou deux supplémentaires, parce que j'allais *savoir* que la fin arriverait. J'allais probablement faire un compte à rebours pour mon cœur brisé, chaque jour.

À quoi est-ce que je m'attends ? *À une déclaration d'amour indéfectible et à la confession qu'il ne peut pas vivre sans moi* ?

Je laissai échapper un long soupir, me détestant d'avoir autorisé Damian à se rapprocher suffisamment de moi pour me briser le cœur.

J'aurais dû savoir que je n'étais pas le genre de femmes à pouvoir m'engager dans une aventure sauvage. Pas avec quelqu'un comme lui, en tout cas.

J'aimais tellement Damian que cela allait me briser le cœur en des milliers de minuscules morceaux quand je devrais lui dire au revoir, que cela se produise demain ou dans un mois ou deux.

Je bus le reste de la bouteille avant de la mettre à la poubelle, me demandant si Damian voulait que j'évite d'éprouver un sentiment erroné de gratitude.

Est-ce qu'il veut simplement aider mon entreprise à grandir parce que je l'ai sorti d'une mauvaise passe ?

C'était possible, bien que je doive admettre que je ne pensais pas que ce soit l'entière raison pour laquelle il m'avait demandé de rester.

Il y avait une passion et des ébats époustouflants impliqués dans notre relation, et je ne doutais pas que Damian tienne à moi.

Malheureusement, ce n'était pas suffisant.

Il fallait que je redescende. Rien n'allait être résolu avant que Damian et moi ayons la chance d'en discuter, plus tard.

Je repartis vers la porte quand j'entendis un bruit étouffé venant de la suite que Damian avait utilisée pendant son séjour ici.

Cela ressemblait presque à… un rire féminin.

Je secouai la tête et fus déterminée à l'ignorer quand j'entendis une profonde voix masculine, également.

C'est quoi ce délire ?

Je m'arrêtai plus près de la porte fermée, me demandant si cette vieille bâtisse avait un ou deux vieux fantômes, et j'écoutai.

Il y eut un gloussement.

Puis un gémissement.

Suivie d'une voix profonde.

Je ne pouvais distinguer des mots, rien que des bruits étouffés.

Je devrais y aller. Ça ne me regarde pas si quelqu'un a décidé de s'isoler en haut, n'est-ce pas ?

Le problème était que personne ne devrait être *ici*. Les escaliers étaient bloqués, et seule la famille avait le droit de se rendre à l'étage.

Enfin, et moi. J'avais l'autorisation de franchir la chaîne uniquement parce que Barnaby me connaissait et que j'avais déjà été invitée ici.

Je me glissai un peu plus près, assez pour mettre mon pied en bas de la porte et y appliquer une légère pression.

Je devais savoir si quelqu'un s'était glissé ici pour dérober quelque chose. Il y avait des meubles inestimables partout.

Si je pouvais faire en sorte de protéger la maison de Bella, je le ferais.

La porte n'était pas complètement fermée, donc je la poussai légèrement.

Autant aller jusqu'au bout.

J'attrapai la poignée et ouvris la porte en grand, prête à courir si je voyais quelque chose que je ne pouvais supporter.

Il n'y avait qu'un homme et une femme dans la pièce et visiblement, ils ne volaient rien.

Si c'était le cas, ils le faisaient à moitié nu sur le lit.

La jolie brune s'était à moitié dégagée de sa robe de bal rose, tandis que l'homme était torse nu. Le bas de son corps était couvert d'un drap, donc je ne savais pas s'il était complètement nu.

Et je ne voulais vraiment pas savoir.

J'avais évidemment interrompu quelque chose de très intime et je rougis en attrapant la poignée pour refermer la porte.

Je pouvais le dire à Damian et le laisser décider s'il voulait enquêter.

J'étais bien trop mortifiée à l'idée d'avoir interrompu un moment privé pour m'occuper de *cette* situation.

La porte grinça quand je commençai à la fermer et je grimaçai lorsque le mec sur le lit fit volte-face pour me voir.

Grillée !

— Eh bien, bonjour, ma belle. Entre. On n'est jamais trop de trois dans mon lit, déclara-t-il d'une voix accueillante.

Oh mon Dieu !

J'ignorai suffisamment longtemps mon embarras pour me rendre compte que je connaissais ce visage.

Je connaissais ce corps magnifique.

Impossible de ne pas reconnaître ces yeux caractéristiques, d'un vert péridot.

Et je reconnaissais *clairement* cette voix profonde à l'accent britannique, même si le ton était curieusement différent.

— Damian ?

Je n'étais pas certaine de savoir pourquoi je le demandais, parce que je savais exactement qui était allongé dans ce lit avec une main sous la jupe rose de la femme.

Tout mon monde fut bouleversé, puis commença à tourbillonner.

— Pourquoi ? hurlai-je comme un animal blessé.

Je m'obligeai à sortir ce simple mot alors que les larmes inondaient mes yeux.

Damian me fixa en retour avec un regard vide que je n'avais jamais vu auparavant.

Pas d'embarras.

Pas de remords.

Pas d'affection.

Aucune émotion n'émanait de ces beaux yeux pour le moment, et cela me brisa totalement.

Décidant que je n'avais pas besoin de savoir *pourquoi*, je fuis.

Je claquai la porte, partis et saisis mon sac ainsi que mes vêtements sur le canapé avant de détaler dans l'aile est, la vision d'un Damian arrogant et détaché hantant toujours mon cerveau.

— Non ! Attends une minute !

J'entendis l'appel de Damian depuis la chambre alors que je fuyais. Je l'ignorai. Pensait-il *vraiment* qu'il allait me convaincre de me lancer dans un plan à trois ?

Salaud !

— Ce n'est pas comme s'il m'avait déjà promis l'exclusivité ou quoi que ce soit, chuchotai-je brusquement en me précipitant dans le couloir et vers les escaliers. Il ne m'a jamais rien promis. Rien.

Mon cerveau essayait de convaincre mon cœur de ne pas se briser. Malheureusement, ça ne fonctionnait pas.

Ma vue se brouilla à cause des larmes coulant sur mon visage, et je décidai de faire plus d'efforts.

C'était mon problème, pas le sien. Il était libre de se taper toutes les femmes qu'il voulait. Il n'y avait aucun engagement entre nous deux. Il n'y en avait jamais eu. J'avais toujours été consciente qu'il ne s'agissait que d'une aventure, n'est-ce pas ?

Peut-être bien, mais… Je ne le voyais simplement pas comme le genre de mec qui ferait ça dans la maison de sa mère ou pendant l'un de ses événements.

Ou pendant qu'une femme qu'il se tapait aussi était au même endroit !

Il avait eu la même allure que sur cette foutue photo d'orgie, ses yeux affolés par ce qui était, selon moi, du désir.

— Ma mère a toujours dit que, si on chassait le naturel, il revenait au galop. J'imagine qu'elle avait raison, haletai-je en courant dans les escaliers.

Qu'est-ce qui clochait chez moi ? Avais-je vraiment cru que cette histoire à propos de l'orgie était un piège ?

Oui. Oui, je l'avais cru et je n'étais pas une femme stupide. J'avais cru Damian Lancaster parce que je l'avais *voulu*, et non pas parce que cela était vraiment logique.

Bon sang ! jurai-je quand je ne pus défaire la chaîne en bas des escaliers. Donc je me baissai simplement sous la barrière et me précipitai au travers de la foule pour rejoindre la porte.

Tout ce que je voulais, c'était m'échapper.

De cette maison.

Des souvenirs de Damian et moi ensemble.

De chaque riche snob présent qui ne comprendrait jamais de quel genre de douleur je souffrais actuellement.

— Nicole. Attends ! Où est-ce que tu vas ?

Pendant un instant, je crus que c'était Damian qui m'appelait, mais il s'agissait de Leo. Il me rattrapa au moment où je sortais.

— Nicole !

Il me saisit par les épaules pour m'arrêter.

— Mais qu'est-ce qui ne va pas ? Tu cours comme si la maison était en feu.

Je pouvais difficilement lui mentir. J'étais probablement dans un sale état. Mes larmes coulaient à flots et précipitamment, donc je savais que je ne pouvais arranger mon maquillage, et il s'étalait probablement partout.

— Je dois aller à Heathrow, Leo. Il s'est passé quelque chose. C'est une urgence. Je t'expliquerai plus tard. Tu peux m'aider ?

Ma voix était pathétique, même à mes propres oreilles.

Ma seule pensée était de mettre autant de distance que possible entre Damian Lancaster et moi pour le moment. J'avais mon passeport et ma carte d'identité dans mon sac, ainsi que les vêtements que j'avais portés chez Bella, ce matin.

Damian pouvait m'envoyer le reste de mes affaires. C'était le moins qu'il pouvait faire. Je ne voulais plus jamais mettre un pied dans ce château ridicule.

Leo acquiesça solennellement.

— Bien sûr. Je suis désolé, Nicole, peu importe ce qu'il s'est passé. Tu n'as vraiment pas l'air bien. Tu veux que j'aille trouver Damian ? Il voudrait être là avec toi.

Je secouai vigoureusement la tête.

— Non ! Il le sait déjà. Il faut simplement que j'aille à l'aéroport.

Leo fit un signe vers le chauffeur de Damian, et la voiture avança.

— Damian ne part pas avec toi ? demanda Leo alors que je me précipitai vers la limousine.

— Pas cette fois, bredouillai-je. Il doit travailler, et c'est... personnel, pour moi.

Eh bien, ce n'était pas *exactement* un mensonge, mais mon explication était probablement aussi claire que de la boue.

Heureusement, Leo ne me posa pas davantage de questions.

— Prends soin de toi, Nicole. Damian peut me raconter le reste.

Je me jetai dans ses bras, parce que je ne pouvais pas partir sans dire au revoir à Leo. Il avait été bon avec moi, et j'avais commencé à être suffisamment idiote au point de le considérer comme le frère que je n'avais jamais eu. J'appellerais Bella plus tard et la remercierait pour tout ce qu'elle avait fait pour moi. Je n'étais pas assez forte pour lui parler maintenant, sans me jeter dans ses bras maternels et sangloter comme une gamine de cinq ans.

— Oh, attends ! dis-je à Leo en m'éloignant de lui.

J'enlevai les boucles d'oreille, puis le bracelet et enfin le collier.

— S'il te plaît, redonne ça à Damian. Ce n'était qu'un prêt pour la nuit.

Je posai les diamants dans sa main avant de sauter à l'arrière de la voiture.

— Fais attention à toi, Nicole, m'intima Leo avant de fermer la portière.

— Où allons-nous, mademoiselle Ashworth ? demanda poliment le chauffeur.

— L'aéroport d'Heathrow, s'il vous plaît, dis-je d'une forte voix.

Je commençai à chercher mon téléphone dans mon sac.

J'ignorais totalement comment j'allais pouvoir quitter l'Angleterre ce soir, mais j'allais chercher un vol et mes différentes possibilités pendant mon trajet pour Londres.

Les larmes brouillaient ma vue, et je tendis rapidement la main vers le bouton pour fermer la vitre de séparation entre le chauffeur et moi alors que nous roulions.

Puis, enfin, je relâchai les sanglots qui mouraient d'envie de couler depuis que j'avais trouvé l'homme que j'aimais au lit avec une autre femme.

Peut-être que je n'avais pas le droit d'avoir le cœur brisé, puisque Damian ne m'avait jamais rien promis de plus que ce que nous avions.

Mais c'était le cas.

J'étais dévastée et je sanglotai jusqu'à mi-chemin de Londres, que j'aie le droit de souffrir ou non.

CHAPITRE 33

Damian

— J'AIMERAIS ALLER RETROUVER Nicole.

Maman avait essayé de me tirer vers *un autre groupe* de gens que je n'avais pas vu depuis des années, mais je ne la suivis pas, cette fois-ci.

Nicole était probablement redescendue depuis un long moment, et j'en avais assez de saluer les gens sans elle.

Je fus soulagé en voyant Leo marcher vers nous. Peut-être qu'il pouvait prendre la suite pendant que j'allais chercher Nicole.

— Je te cherchais, m'indiqua Leo. Je voulais savoir si tout allait bien avec Nicole. Je déteste dire ça, mais elle n'avait pas l'air bien quand elle est partie.

— Partie ? l'interrogeai-je. Et où est-elle allée ?

Leo me lança un regard confus.

— Je croyais que *tu* le savais. Elle a dit que tu étais au courant. Elle est partie pour Heathrow il y a presque une heure. C'est moi qui l'ai mise dans la limousine. Elle pleurait, Damian, et elle avait l'air assez affolée. Elle a dit qu'il y avait une urgence. Que quelque chose de mal était arrivé. Mais elle a dit que tu le savais déjà. Pour une raison ou une autre, elle a enlevé les bijoux qu'elle portait et m'a demandé de te les redonner. J'ai demandé à Barnaby de les mettre dans le coffre.

Merde !

— Je ne suis au courant de rien. Elle est allée à l'étage pour utiliser les toilettes, et je ne l'ai pas vue depuis. J'ai supposé qu'elle se mêlait à la foule puisqu'on s'était vu avant. Pourquoi pleurait-elle ?

Tous mes sens étaient en alerte alors que j'avançais vers les escaliers, passais sous la chaîne et montais quatre à quatre.

Je me dis de ne pas paniquer en entrant dans l'aile est, mais ma voix de la raison ne répondait pas.

— Peut-être qu'elle a laissé un petit mot, alors, dit raisonnablement Leo.

Maman et lui me suivaient.

— Tu penses qu'elle a appris l'existence de Dylan ?

— Merde ! Je n'espère pas.

— J'en doute, commenta Bella. Elle serait en colère, mais pas autant.

Tous les trois, nous cherchâmes brièvement dans le salon et la suite qu'elle avait utilisés quand elle était restée dans la demeure Hollingsworth.

Il n'y avait aucun signe d'elle, nulle part.

Maman n'essaya pas de dissimuler son inquiétude.

— Elle a pris son sac et les vêtements qu'elle portait ce matin.

— Merde !

Frustré, je passai une main dans mes cheveux.

— Pourquoi est-elle partie sans rien dire ? Ça ne lui ressemble pas. Elle n'est pas du genre volage ou dramatique, et elle ne partirait pas comme ça.

— Peut-être qu'elle a eu une urgence familiale, Damian, suggéra Leo.

Je secouai la tête.

— Elle est fille unique, et ses parents sont décédés. Elle n'a plus de famille proche. Des amies, oui. Mais pas de famille.

— Elle a dit que c'était personnel, déclara Leo d'un air pensif. Alors peut-être qu'il s'est passé quelque chose avec l'une de ses amies.

— Ça n'a aucune logique, dis-je d'une voix rocailleuse. Elle m'aurait parlé en premier. Personne ne peut aller plus vite en Amérique qu'avec un jet privé.

— Elle ne te le dirait pas si elle croyait que tu étais un véritable salaud, déclara une voix profonde derrière nous.

Je fis volte-face et vis Dylan s'appuyer nonchalamment contre le cadre de la porte de la seconde suite de l'aile est. La pièce que j'avais utilisée ici, avec Nicole.

— Mais qu'est-ce que tu fous là ? grognai-je en avançant vers Dylan. Je croyais que tu étais en Californie.

— Quel accueil chaleureux de la part de mon frère jumeau, déclara sèchement Dylan. C'est bon de te voir, aussi, Damian.

— Ce n'est probablement pas le moment de l'emmerder, Dylan, le prévint Leo. On cherche Nicole. Tu l'as vue ?

— Grande, belle blonde avec une robe rouge, qui portait les bijoux de grand-mère ? demanda Dylan.

— Oui, grinçai-je.

Il fallait que je sois poli avec Dylan jusqu'à ce qu'il me dise tout ce qu'il savait.

Il poursuivit.

— Elle est entrée pendant que j'avais une… brève liaison avec une ancienne petite amie. J'ai invité Nicole à se joindre à nous, mais j'imagine qu'elle n'est pas du genre à jouer.

Le ton de Dylan était trop difficile à supporter pour moi.

Je craquai et empoignai le t-shirt qu'il portait.

— Elle pense que tu étais *moi*, c'est ça ? Nicole croit que je me tapais une autre femme alors qu'elle était juste ici, dans cette maison ?

Le fait que Nicole ait cru que mon jumeau était moi semblait presque inconcevable, mais qu'était-elle censée imaginer d'autre ? Elle ne soupçonnait pas du tout que j'avais un jumeau identique.

Dylan haussa les sourcils.

— Techniquement, on ne s'envoyait pas en l'air. Ce n'étaient que des préliminaires.

Il hésita avant d'ajouter :

— Apparemment, cette femme est importante pour toi.

— Oui, elle est importante pour moi, connard, crachai-je. Je l'aime, et rien qu'imaginer qu'elle a fui la maison en larmes, en colère et seule me rend totalement fou.

Dylan attrapa mes mains, et je le relâchai. Peut-être que j'avais envie de le tuer, mais j'étais plus intéressé à l'idée de retrouver Nicole. Je pourrais m'occuper de lui plus tard.

— Elle a cru que j'étais toi, confia Dylan. Elle a dit ton nom en me voyant. C'était comme si elle ne savait pas que tu avais un jumeau identique.

— Elle n'en sait rien, dis-je d'une voix rauque. Elle n'en a aucune idée. Si je le lui avais avoué, elle n'aurait pas fui de cette façon. Elle aurait compris que ce n'était pas moi. Mais je ne lui ai pas dit à cause de la foutue promesse que je t'ai faite.

Je ne doutais pas du tout que, si Nicole avait su que j'avais un jumeau, elle aurait instantanément deviné que ce n'était pas *moi* dans le lit.

Je me détestais de ne jamais le lui avoir confié, de l'avoir laissée penser une seule seconde que je me taperais une autre femme alors qu'elle était tout ce que je voulais.

— Dylan, je veux que tu partes, annonça sèchement maman. Récupère tes affaires et sors d'ici avant que Damian ne te frappe et que je l'y encourage.

Dylan fronça les sourcils.

— Tu m'as invité ici.

Maman lui lança un regard dégoûté.

— Pas pour que tu puisses faire des galipettes avec des femmes. Ou gâcher la meilleure chose qui soit jamais arrivée à ton frère.

— Tu l'as invité ici ?

Je fusillai ma mère du regard.

— Oui, mais il est arrivé plus tôt que je ne m'y attendais. J'espérais qu'il était prêt à rentrer à la maison. Il ne l'est évidemment pas. Je suis désolée, Damian. J'ai demandé à Dylan de rester hors de vue.

— Je l'ai fait, rétorqua Dylan. Elle est entrée dans une chambre privée.

J'ignorai Dylan et jetai un coup d'œil à maman, puis à Leo.

— Je dois trouver Nicole. Elle devrait se rapprocher d'Heathrow, maintenant. Je ne vais pas la laisser quitter l'Angleterre à moins qu'elle connaisse toute la vérité et sache exactement ce que je ressens pour elle. Une fois qu'elle le saura, elle pourra prendre sa propre décision en toute connaissance de cause et choisira de me vouloir ou non.

— Laisse-moi l'appeler, proposa Bella.

— Je vais essayer de la retrouver pendant qu'elle va à l'aéroport, lui aboyai-je en me dirigeant vers la porte.

— Je vais essayer de savoir si elle y est déjà, et si elle a un vol ce soir, me cria Leo. Tu vas devoir conduire. J'ai envoyé Nicole dans la limousine.

Je cherchai mon téléphone dans ma poche en descendant les escaliers.

Je jurai et rangeai à nouveau mon portable quand elle ne décrocha pas.

Évidemment, je tombai sur répondeur. J'étais probablement la dernière personne à qui elle voulait parler pour le moment.

Elle me détestait et, pire encore, elle avait l'impression que je l'avais trahie en me tapant la première femme disponible de ce gala et en l'emmenant dans mon lit.

Nicole devrait savoir que ce n'était pas moi, mais pouvais-je vraiment lui en vouloir ?

C'était ma faute parce que j'étais aveugle quand il s'agissait de mon frère.

Je saisis mes clés en sortant de la demeure Hollingsworth, heureux d'être venu ici avec ma Ferrari.

Il allait falloir que j'utilise une voiture de sport italienne pour rejoindre Heathrow et rattraper la femme que j'aimais avant qu'elle s'enfuie en Amérique avec mon foutu cœur.

— Damian !

J'entendis Dylan crier mon nom, mais je ne m'arrêtai pas.

Il me rattrapa juste avant que j'atteigne ma voiture.

— Je suis désolé.

Il haletait à cause de l'effort qu'il avait fait pour me rattraper.

— Ce n'est pas suffisant.

Nom de Dieu ! Dylan pensait-il que j'avais envie de lui parler, actuellement ?

— Tu as fait du mal à la femme que j'aime, et, si tu le refais, que tu sois mon frère jumeau ou non, tu finiras à l'hôpital. Et, juste pour information, j'ai tenu ma promesse, mais deux ans, ça suffit.

— Tu l'aimes vraiment, déclara Dylan d'un air étonné.

Je me tournai pour lui faire face.

— Plus que n'importe qui dans le monde, et ça *t*'inclut, mon frère. J'en ai assez de couvrir tes arrières. J'en ai assez de m'inquiéter que tu rejoignes à nouveau notre famille. Tu as franchi la limite avec moi, ce soir, Dylan. Tu ne t'attends quand même pas à ce que je t'accueille à bras ouverts à moins que tu arrêtes de te comporter en salaud et que tu redeviennes un frère pour moi, si ? Même dans ce cas-là, je ne te le pardonnerais pas si je perdais Nicole. Je me foutrais de tout.

Chaque parole que j'adressais à Dylan était vraie. J'avais aimé l'homme qu'il était avant, mais je méprisais ce qu'il était devenu, et si Nicole décidait de me pardonner, je ne ferais jamais passer les besoins de ce salaud avant les siens. *Jamais.*

— Que puis-je faire pour t'aider ? demanda Dylan d'une voix morose.

— Reste hors de mon chemin.

Je me moquais totalement des problèmes de mon frère pour le moment.

Je le poussai, entrai dans ma voiture et ne regardai pas le visage triste de Dylan alors que je me focalisais sur le fait d'arriver à Heathrow avant que Nicole puisse embarquer dans un avion qui la ferait sortir de ma vie pour toujours.

CHAPITRE 34

Nicole

J'AVAIS TROUVÉ UN siège en classe éco pour un vol Transatlantic Airlines qui partait tôt le lendemain matin.

Et bonus ! C'était un siège côté allée, donc je n'aurais pas à grimper sur les genoux de mon co-passager à chaque fois que je devais aller faire pipi.

J'essayai de me mettre à l'aise sur la chaise que j'avais trouvée non loin de ma porte d'embarquement. Il n'y avait aucun vol en particulier prévu à cette porte, donc tout était calme, et il n'y avait aucun autre passager.

C'est l'endroit parfait pour passer la nuit à me morfondre dans mon apitoiement et ma misère.

J'avais passé plus d'une heure à parler à Kylie au téléphone après avoir réservé mon vol. J'avais plus ou moins pleuré toutes les larmes de mon corps, et il ne me restait que ma désolation et mon désir de rentrer en Californie afin de pouvoir retrouver une vie normale.

Néanmoins, je savais que rien ne serait plus jamais pareil pour moi.

Damian Lancaster avait si profondément changé la façon dont je me voyais que je savais que je ne pourrais probablement plus jamais me regarder dans le miroir.

D'accord, peut-être que c'était une bonne chose. Après avoir rapiécé mon cœur, peut-être que je pourrais trouver du positif dans mon aventure avec Damian Lancaster.

Je bus une gorgée du café immense que j'avais acheté. Je ne dormirais pas ce soir. Malheureusement, j'allais avoir beaucoup trop de temps pour réfléchir, puisque je n'avais pas mon ordinateur portable ni rien d'autre pour occuper mon cerveau.

Peut-être que je pouvais trouver quelque chose à faire sur mon téléphone, mais il était actuellement à côté de moi, en train de charger.

Alors que je jetais un coup d'œil à la table sur laquelle était posé mon portable, un journal abandonné attira mon regard. Je le saisis, espérant que les membres de la famille royale avaient causé un certain scandale pour me distraire.

Mon souffle se coupa quand je vis la première page du quotidien du jour et que j'y lus alors le titre.

Y A-T-IL DE L'AMOUR DANS L'AIR AU HER MAJESTY'S THEATER ?

J'ignorai ce titre niais. Je me fichais de l'article, aussi, mais mon regard fut instantanément attiré par les deux photos de Damian et moi côte à côte.

Un photographe avait saisi le cliché du moment où Damian m'avait pris dans ses bras, quand je m'étais cogné l'orteil. La première image était presque hypnotisante. Avec un petit coup d'obturateur, quelqu'un avait capté l'inquiétude dans les yeux de Damian alors qu'il les baissait vers moi dans une expression si emplie d'affection et de chaleur qu'il faisait battre mon cœur à toute vitesse.

La seconde nous figeait, Damian et moi, alors que nous partagions un baiser bref, mais incroyablement tendre avant qu'il me pose à l'arrière de la limousine.

Mes canaux lacrymaux, que je pensais complètement vides, me firent soudain monter les larmes aux yeux, et ma vision se brouilla.

Je n'imagine rien. Il me regarde vraiment comme dans mon souvenir. Je ne comprends pas comment il pouvait tenir à moi et tout de même agir comme il l'avait fait dans l'aile est.

Deux énormes gouttes guidèrent la marche sur mes joues, et le reste suivit comme si un foutu barrage s'était brisé.

Je claquai le journal sur la table, m'assurant que les images étaient tournées vers le bas.

Peu importe à quoi il ressemble quand il baisera toutes les femmes qu'il trouvera après ça.

J'étais en colère contre moi-même et je fus brutale en essuyant les larmes sur mon visage, comme si j'essayais d'éliminer tous les souvenirs que j'avais de Damian.

Tentant désespérément de le repousser loin de mon esprit, je regardai les passagers se précipiter dans l'allée depuis mon siège loin de la foule.

Je trouvais ça intéressant que les gens dans les aéroports aient toujours l'air si pressés, essayant d'aller là où ils se rendaient en aussi peu de temps que possible, seulement pour arriver à la sécurité ou à leur porte et… attendre.

Je fermai les yeux et tentai de *tout* effacer de mon esprit. Je pris une lente inspiration, puis soufflai.

Même si je ne serais jamais capable de méditer comme Kylie, j'étais prête à essayer presque n'importe quoi pour effacer de mon esprit l'image de Damian, nu et au lit avec une autre femme.

Je n'arrivais pas à croire qu'il avait eu l'audace de me dire que j'étais *belle* alors qu'il avait la main sous la jupe d'une brune magnifique.

Avais-je commencé à oublier que sa photo avait été prise avec toute une bande de magnifiques femmes nues lors d'une orgie ?

Comment m'étais-je autorisée à oublier ça ou à me laisser croire que tout était un coup monté ?

Pourquoi ? *Pourquoi* ? *Pourquoi* ?

C'était la réponse que j'avais voulu *immédiatement* après avoir vu Damian à moitié nu, en train de séduire une femme qui n'était pas… moi.

À mon avis, je désirais *toujours* cette réponse.

Enfin, sérieusement, cet homme devait être un genre de nymphomane ou d'accro au sexe. Damian et moi ne pouvions pas nous empêcher d'avoir une quelconque relation sexuelle toutes les deux heures. Pour être honnête, nous nous étions envoyés en l'air comme des lapins pendant toute la semaine parce que, visiblement, nous n'arrivions pas à nous lasser du corps de l'autre.

— Bon sang ! dis-je à voix haute.

Toute cette méditation ne semblait pas fonctionner. Du tout !

— Je déteste te déranger, peu importe ce que tu es en train de faire, dit une voix douce de baryton sur la chaise à côté de moi. Mais il faut vraiment que je te parle, mon amour.

J'ouvris les yeux. Je tournai ensuite la tête et grognai. Enfin, j'avais *reconnu* la voix exacte que j'avais entendue, mais la confirmation fut douloureuse.

— Eh bien, je ne veux pas te parler.

Je détestais parler comme un enfant méchant.

— J'ai un vol à prendre. J'apprécierais si tu pouvais simplement… t'en aller.

Damian portait toujours son costume, tout comme j'arborais encore ma robe élégante. Je prévoyais d'enfiler mon jean et le haut que j'avais portés ce matin avant d'embarquer.

— Je ne peux pas te laisser partir avant que tu sois au courant de tout, Nicole, et ensuite, je te laisserai prendre ta propre décision.

Je ne te promets pas que je ne vais pas essayer de te faire changer d'avis, si ce n'est pas le résultat escompté, mais si tu as vraiment envie de monter dans ton avion, je te laisserai faire.

— Tu *me laisseras faire* ? Excuse-moi d'avoir l'impression que l'Angleterre est encore un pays libre.

Ma voix suintait de sarcasme, mais la colère était la seule chose qui m'empêchait de fondre en larmes, donc je préférais l'indignation.

Il haussa les épaules.

— Je suis propriétaire de la compagnie aérienne que tu prends, alors je pourrais facilement t'empêcher d'embarquer sur ce vol.

Venait-il vraiment de dire ça ? M'avait-il vraiment menacée pour que je l'écoute ? Salaud !

Je lui lançai un regard noir.

— Oh mon Dieu. Tu es tellement un… peigne-cul.

Son sourire se tordit tristement.

— Bien joué, ma belle.

Pff !

— Ne m'appelle plus jamais comme ça. Pas après avoir utilisé ce surnom ridicule pour m'inviter dans un plan à trois.

— J'ai fait ça ?

Il semblait troublé.

— Oui ! crachai-je. Tu as déjà oublié ?

Il secoua la tête.

— Alors je ne l'utiliserai plus jamais, mon amour. Je te le promets.

Je laissai échapper un soupir exaspéré, ne sachant pas vraiment si le surnom actuel était mieux que le précédent. Il ne *m'aimait pas*, donc c'était aussi artificiel que son inquiétude apparente.

— Je vais t'accorder cinq minutes, mais seulement parce que je veux monter dans cet avion, et, ensuite, ce sera terminé. Si le fait de me parler te permet de partir, alors je t'en prie. Mais j'irai probablement trouver la sécurité quand tes cinq minutes seront écoulées.

— Pour faire quoi, ma chérie ? Je suis propriétaire de la plus grande compagnie aérienne de cet aéroport.

Il n'y avait rien dont j'avais plus envie que de lui mettre une claque pour lui enlever cet air narquois, maintenant. Il était tellement chanceux que je n'aie pas assez de problèmes de gestion de la colère pour faire appel à la violence physique, mais ça ne signifiait pas que je n'étais pas tentée.

Le truc qui m'agaçait vraiment, c'était… qu'il avait raison. Ce serait ma parole contre celle du PDG et propriétaire de Transatlantic Airlines. La sécurité allait plus probablement me virer moi d'Heathrow que *Damian*.

Et mon Dieu, rien que l'idée qu'il avait autant d'influence et de pouvoir faisait sortir la vapeur de mes oreilles.

— Ça ne veut pas dire que tu as le droit de me harceler.

Mon ton cachait plus de fureur et d'amertume que je n'en avais jamais entendu dans ma bouche de toute ma vie.

Bon sang !

— Je n'ai pas dit que j'en avais le droit, reconnut-il.

Je croisai les bras sur ma poitrine.

— L'horloge tourne. Quatre minutes.

— Ne me pousse pas à me dépêcher. Je veux le dire comme il le faut. J'ai le sentiment que je vais n'avoir qu'une chance, dit Damian d'une voix rauque et inhabituellement hésitante. J'ai l'impression que toute ma vie dépend du fait que tu me croies ou non, Nicole.

— Pourquoi tu n'essaierais pas d'être honnête ? suggérai-je ironiquement.

Il y avait quelque chose de désespéré dans son expression qui *faillit* m'atteindre, mais je repoussai rapidement cela.

— Alors je vais être honnête, répondit-il sombrement. J'aurais dû être *complètement* honnête avec toi depuis le moment où l'on s'est rencontré. Je ne sais pas grand-chose de cette rencontre dans l'aile est parce que l'homme que tu as vu dans le lit, ce n'était pas moi, Nicole. C'était mon frère jumeau, Dylan.

Alors que j'essayais de digérer son explication ridicule, Damian tendit la main vers son portefeuille, en sortit plusieurs choses, puis me les tendit.

— Voilà des photos que Barnaby a prises à la soirée d'anniversaire de ma mère, il y a trois ans. J'en ai plus, mais pas avec moi. Je te donnerai toutes les preuves que tu veux. Nos certificats de naissance, davantage de photos, même des vidéos de famille de nous deux ensemble.

Mes mains commencèrent à trembler alors que je regardai les petites photos. Aussi incroyable que semblait son scénario, j'avais effectivement sous les yeux des photos de Bella, Damian, Leo et de l'homme qui devait être Dylan *juste à côté* de lui.

Damian avait les cheveux plus courts que Dylan, mais autrement, tous les deux, ils étaient comme le reflet l'un de l'autre.

— Ça n'est pas possible, chuchotai-je en traçant le contour de Damian sur la photo.

— Tu sais où je suis sur la photo ? demandai-je curieusement.

— Oui, maintenant que je sais que quelqu'un te ressemble comme deux gouttes d'eau.

Je montrai Damian sur la photo.

Je ne pouvais dire *pourquoi* je le savais, mais j'étais presque sûre que c'était dans le regard que je reconnaissais Damian. Il avait l'air si sérieux à côté de son jumeau, qui avait plutôt un air je-m'en-foutiste sur le visage.

Damian souriait sur la photo, mais son regard était pensif, comme s'il avait la responsabilité de sauver le monde entier de ses problèmes.

Dylan donnait exactement l'impression contraire, comme s'il ne s'inquiétait de rien dans l'univers.

— Ma mère et Leo sont les seuls à pouvoir nous distinguer.

Damian me prit les photos des mains et les rangea.

— Je suis plus vieux que Dylan de quelques minutes. Nous avons toujours été très différents, mais il est tout de même resté mon meilleur ami. Jusqu'à il y a environ deux ans. Quelque chose est arrivé à Dylan. Il a perdu quelqu'un qu'il aimait. Mon frère a soudain abandonné sa vie, il est devenu imprudent et a commencé à faire des choses folles qu'il n'aurait jamais envisagées auparavant. Il est ivre mort la plupart du temps. Au début, je lui ai laissé de l'espace, je l'ai laissé agir sans qu'il en subisse les conséquences. Il voulait que je l'aide à disparaître complètement de l'œil du public, et j'ai fait tout ce qui était en mon pouvoir pour que ça arrive.

J'étais étourdie, essayant de comprendre tout ce que Damian me disait.

Pourquoi mentirait-il à propos d'une telle chose ? Je savais pourtant qu'il ne mentait pas *actuellement*. Toutes les informations étaient trop facilement vérifiables pour ne pas être vraies.

Et pourtant, mon cerveau avait du mal à l'accepter.

— Alors tu essaies de dire que la photo de l'orgie, c'était Dylan, pas toi ?

Je scrutai son expression, essayant de déchiffrer son regard.

Il acquiesça.

— Oui. J'ai promis à Dylan que je le garderais loin du feu des projecteurs. Je pensais qu'il pouvait s'améliorer quand je l'ai vu à notre résidence de Beverly Hills, donc je ne voulais pas révéler son existence pour l'instant. Ce Dylan, ce n'est pas le frère que je connaissais, Nicole. Dylan était auparavant un homme que je respectais, un homme qui méritait la confiance de tout le monde. Je voulais que mon jumeau revienne, l'homme qu'il était *avant* de piquer une crise.

Je haussai un sourcil.

— Alors tu as accepté la responsabilité de tout ça et tu n'as pas eu l'impression de pouvoir me faire confiance avec la vérité ?

— Oui… Non… Merde ! Je ne savais pas à quoi je pensais, Nicole. Toi et moi, nous nous connaissions à peine. Et j'avais donné ma parole à Dylan de faire tout ce qui était en mon pouvoir pour le faire disparaître pendant qu'il essayait de reprendre ses esprits.

Je comprenais plus ou moins ce qu'il disait. Damian n'avait aucune raison de me faire confiance, à l'époque. Une gaffe auprès des médias, et les journalistes se seraient jetés sur Dylan comme des chiens de chasse.

— Pourquoi tu ne m'as pas tout dit dès qu'on est arrivé ici ? Ou une fois qu'on s'est plus ou moins envoyés en l'air de toutes les façons possibles ? demandai-je, incapable de ne pas me sentir blessée.

Je connaissais Damian et je comprenais pourquoi il ne voudrait jamais trahir sa promesse. Pour un homme comme lui, sa parole était encore plus sérieuse qu'un contrat écrit, surtout quand elle était faite envers quelqu'un qu'il aimait.

— Je pense que mes motivations étaient totalement égoïstes, cette fois, me dit Damian, morose. J'avais peur que tu t'en ailles. Peu importait le nombre d'excuses que je trouvais, c'est la vérité.

Le mur glacial que j'avais érigé autour de mon cœur ces dernières heures se craquela légèrement. Je savais que Damian me disait forcément la vérité à propos de Dylan. C'était la *seule chose* qui avait un sens, même si l'histoire semblait complètement folle.

J'avais été confuse en voyant Dylan au lit avec cette femme, parce que j'avais pensé que je *connaissais le* vrai Damian. Qu'il saute dans un lit avec une autre femme pendant le gala de sa mère avait été si contraire à l'homme que j'avais appris à connaître et à aimer. Si je ne l'avais pas vu de mes propres yeux, je ne l'aurais jamais cru.

*Je ne croyais aucun des mauvais agissements de Damian. Enfin, à part son mensonge. Ça, c'*était *assez mauvais.*

J'avais l'impression que la dernière pièce du puzzle Lancaster se mettait en place. Tous les actes qui ne m'avaient pas donné l'impression d'être digne de Damian *n'étaient pas* commis par Damian. C'était un homme qui n'était pas du tout *Damian.*

Je pris une profonde inspiration et soufflai avant de demander.

— Pourquoi n'ai-je jamais vu la preuve que tu avais un jumeau ? Rien ? J'ai cherché loin sur Internet, à propos de ces dernières années, et il n'a jamais été mentionné.

— J'ai payé une énorme somme d'argent à une entreprise bien calée pour le faire disparaître d'Internet il y a deux ans.

Chaque mot qui retentissait dans la voix de Damian palpitait de regret.

— Je savais que t'amener ici était un risque, mais j'ai essayé de m'assurer que tu ne parles à personne qui pourrait mentionner le nom de Dylan lors de ces galas de charité auxquels on a assisté. Je t'ai dit au gala que nous devions discuter une fois que ce serait terminé. Je sais depuis un moment que je ne pouvais pas prendre le risque que tu découvres la vérité de la bouche de quelqu'un d'autre.

Je restai assise là, en silence, pendant un moment, à essayer de comprendre la masse de travail qu'il avait fallu pour créer toute cette ruse.

— Alors l'agente des relations publiques s'est fait berner, dis-je d'une voix rauque.

— Pas intentionnellement, se dépêcha de dire Damian pour me rassurer. Tout ça a commencé bien avant toi, Nicole. J'ai fait une promesse à mon frère quand il était au plus bas dans sa vie, et je comptais bien la garder. J'ai éteint des incendies pour Dylan, ces deux dernières années, en annulant tous les articles de presse avant qu'ils sortent ou en faisant penser aux gens que c'était moi, et non Dylan, qui faisais des choses idiotes. Si j'assumais la responsabilité, ces petits articles de presse étaient finalement effacés. Mais je savais que je ne pouvais pas résoudre l'histoire de l'orgie aussi facilement. Elle est arrivée en une de la presse trop rapidement, et on la lisait même sur les réseaux sociaux à la fin de la journée.

Nom de Dieu ! Il allait me falloir un long moment pour réfléchir à tout ça.

— Je te crois, dis-je en soupirant. Honnêtement, aussi incroyable que cela paraisse, c'est la seule chose qui a vraiment du sens. J'aurais juste aimé que tu me fasses suffisamment confiance pour me le dire une fois qu'on est arrivé en Angleterre. Je comprends que Bella et Leo étaient aussi impliqués dans la tromperie ?

Il gigota sur son siège, mal à l'aise.

— Oui, je suis désolé. Tout le monde dans la demeure Hollingsworth savait qu'il ne fallait pas mentionner le nom de Dylan, mais ils ignoraient pourquoi. S'il te plaît, ne leur en veux pas. Maman t'adore, et Leo aussi. Pour leur défense, ils détestaient que tu ne connaisses pas l'existence de Dylan.

— En fin de compte, ils sont *ta* famille, Damian. En fait, j'ai clairement découvert que la famille Lancaster était loyale à son propre sang.

Damian en était le parfait exemple. Il avait soutenu Dylan en sacrifiant sa propre réputation, et je savais à quel point c'était agaçant pour lui d'être sous le feu des projecteurs, même pour une bonne publicité.

— Pourquoi personne n'a soupçonné Dylan ?

Damian haussa les épaules.

— Je pense que tout le monde a supposé qu'il faisait profil bas pour faire son deuil et le traverser. C'était probablement beaucoup plus facile de croire que c'était moi.

— Même si tu n'avais jamais rien fait de tel avant ?

— Honnêtement, Dylan n'a jamais fait ça non plus. Du moins, il ne l'a pas fait, d'après ce que le public sait. Je te dois beaucoup pour tout ce que tu as fait, Nicole. Je préfère tellement être un duc milliardaire heureux qu'un coureur de jupons.

Je rivai mon regard sur le sien et, même s'il me souriait d'un air contrit après cette blague, je vis la blessure inhérente à ces yeux verts expressifs.

— Dylan t'a fait du mal. Beaucoup de mal.

Il acquiesça, n'essayant même pas de cacher la vérité.

— Oui, mais il a franchi la limite, cette fois. Il *t*'a fait mal, et c'est totalement inacceptable pour moi. J'en ai assez de le couvrir et d'essayer de le protéger. Ça fait deux ans. Je lui ai laissé de la place et du temps pour tout régler. Il se retrouvera tout seul s'il veut continuer d'agir comme un con. Je dois accepter que j'aie fait tout ce que j'ai pu. La balle est dans son camp, maintenant.

Il y eut un silence gênant pendant quelques secondes avant que je le brise.

— Merci d'être venu ici pour tout expliquer. Ça n'arrange pas ce qui est arrivé, mais ça m'aide à mieux comprendre. Je suis ravie d'apprendre que je ne couchais pas avec le diable.

Damian se leva.

— Ne pars pas comme ça, Nicole. Pas maintenant. Et, nom de Dieu, pas dans la classe éco de ma compagnie aérienne. Les sièges ne sont vraiment pas faits pour les grandes personnes comme nous. Rentre à la maison avec moi. *Je vais* te raccompagner moi-même de l'autre côté de l'Atlantique, si c'est ce que tu veux vraiment, mais tu as l'air épuisée, pour l'instant. La nuit portera conseil. Laisse-moi te montrer toutes les photos et les vidéos que j'ai de ma famille, et te donner une chance de retrouver maman et Leo. Mon petit frère insiste en disant qu'il ne partira pas avant de t'avoir parlé et s'être assuré que tu allais bien.

Alors que je levais les yeux vers l'expression tourmentée de Damian, je fus tentée d'accepter. Je me sentais physiquement et émotionnellement exténuée et je n'étais pas sûre d'avoir toutes les informations que je voulais pour tourner la page complètement.

Peut-être que je n'oublierais jamais Damian, mais il fallait que j'essaie. Si je ne le faisais pas, je serais complètement marquée, à vie.

J'hésitai. Peut-être que je devais aller avec lui. J'avais laissé toutes mes affaires chez lui, y compris mon ordinateur portable.

— Viens. Avec. Moi.

Sa voix était un peu plus grondante alors qu'il tendait la main.

— S'il te plaît.

Ce fut ce fichu « s'il te plaît » qui me poussa à prendre la main de Damian. C'était un homme qui n'avait probablement pas besoin de demander quoi que ce soit, mais il l'avait fait. Pour… moi.

Je le laissai me relever.

— Je ne vais plus coucher avec toi, Damian. Notre aventure est officiellement terminée.

Il sourit, et mon cœur se retourna dans ma poitrine.

— Tu occupes techniquement la seconde suite de ma maison. Mais je dois te prévenir que la douche n'est pas aussi bien que la mienne.

Je levai les yeux au ciel.

— Il faut que tu me promettes de ne pas essayer de me charmer au point que j'en enlève ma culotte.

— Puisque je continue à être totalement honnête avec toi à partir de maintenant, je dois te dire que je ne vais pas insister terriblement, mais ne t'attends pas à ce que je n'essaie pas de te faire changer d'avis.

Je récupérai mon téléphone et mon chargeur. Je pris ensuite mon sac contenant les vêtements que j'avais rangés précipitamment plus tôt dans la journée, puis… je paniquai.

Je ne peux pas faire ça ! *Je ne peux pas faire ça* ! Peu importait à quel point j'avais besoin de tourner la page, je ne pouvais plus passer un moment seule avec Damian.

Être avec lui pour ne serait-ce qu'*un jour de plus* allait probablement me détruire complètement.

Je l'aimais beaucoup trop, et mon cœur était trop fragile, actuellement.

— Je suis désolée.

Ma voix était crue, et le barrage qui retenait mes larmes douloureuses s'ouvrit encore largement.

— Je ne peux pas faire ça. Je ne peux pas aller avec toi. Je suis déjà brisée.

— *Nom de Dieu* ! Ne pleure pas, Nicole.

Le ton de Damian était à la fois tendre et brusque.

— Rentre simplement à la maison avec moi. Je vais tout arranger. Tu n'es pas brisée, mon amour.

— Je le suis, déclarai-je alors que ma voix sortit dans un sanglot étranglé. Je ne peux pas venir avec toi. Il faut que je sois dans ce vol, demain matin.

Damian passa une main dans ses cheveux, dans un signe apparent de frustration.

— Je ne peux pas te laisser partir. Pas comme ça, et probablement jamais. Je sais que j'ai dit que je le ferais, mais je mentais. Pas envers toi, mais envers moi-même.

— Tu n'as pas d'autres choix que de me laisser monter dans cet avion.

Je ne pouvais pas lui céder.

Son regard devint sauvage lorsqu'il répondit :

— Tu penses que tu es brisée ? Merde, alors, je vais te réparer. Je réassemblerai chaque magnifique morceau de toi, Nicole. Je te le promets.

Ma poitrine était si serrée que je pouvais à peine respirer. Damian Lancaster venait de me faire une promesse, mais peu importait à quel point il essayait de la tenir, je savais que j'avais besoin de bien plus que ce qu'il pouvait me donner.

Avant que je puisse ouvrir la bouche pour dire autre chose, Damian jura.

— Merde ! Mais qu'est-ce que je fais ?

Je le regardai alors que son expression passait de la détermination tenace à une désolation totale avant de continuer sur un ton résolu.

— Je suis venu ici pour te supplier de me pardonner, Nicole. Au lieu de ça, je suis en train de t'obliger à te soumettre. Venir avec moi doit être ton choix, pas le mien. Ça ne me semblerait pas correct, de toute façon, pas à moins que tu aies vraiment envie d'être avec moi. Je te donne ma parole que je n'interférerai pas du tout. Tu connais la vérité, maintenant. La balle est dans ton camp, mon amour. Je ferai tout ce dont tu as besoin. Tu peux partir sur ce vol, demain matin, mais viens avec moi pour la nuit, ou peu importe combien de temps tu supportes d'être près de moi. Je m'assurerai que tu rentres chez toi, en sécurité dans mon jet, quand tu souhaiteras t'en aller.

Il se leva.

— Mais ne t'attends pas à ce que j'aille trop loin jusqu'à ce que tu sois en sécurité sur cet avion, demain matin, et s'il te plaît, sache que je suis prêt à prendre tout ce que tu veux me donner. Selon tes conditions, cette fois-ci.

Sans un autre mot, Damian Lancaster se tourna et avança vers la foule avant de disparaître.

Il n'était pas encore parti que je jetai un dernier coup d'œil à son visage. Il semblait complètement anéanti, détruit et vaincu.

Je fermai la bouche puisque ma mâchoire touchait presque le sol.

Que venait-il de se produire ?

Damian venait-il de partir après s'être rendu aussi vulnérable que possible ?

Il avait expliqué clairement ce qu'il voulait, pourtant, il s'était éloigné de moi sans une seule de ces choses.

Je pouvais donc décider ce qui était bon pour moi.

Pour un homme aussi résolu que Damian, je savais à quel point il était difficile de céder son pouvoir à quelqu'un d'autre.

Mais il l'avait fait.

Pour moi.

Je restai les fesses plantées sur cette chaise pendant près d'une heure, mon esprit essayant d'absorber l'existence de Dylan et, plus important, l'enfer qu'il avait fait traverser à Damian.

Finalement, je ne pouvais reprocher grand-chose à ce dernier. Il avait été coincé entre sa loyauté envers un frère qu'il aimait bien sûr profondément et moi. Et il *avait* prévu de me le dire, même s'il prenait tout de même un risque.

J'essuyai les larmes qui avaient coulé sur mon visage pendant ma crise de nerfs de ces soixante dernières minutes.

Soudain, je me rendis compte que je ne pouvais simplement plus prendre ce vol demain matin et oublier que ces dernières semaines s'étaient produites. Je ne pouvais pas laisser Damian éprouver ce qu'il ressentait actuellement. Oui, je me rendis compte qu'il ne pouvait pas tout me donner, mais *bon sang* ! Cet homme avait été enclin à me faire confiance, ce n'était simplement pas arrivé aussi tôt que je l'aurais aimé.

Mon cœur souffrait toujours à cause de son expression quand il avait pivoté et était parti. Il était évident qu'il pensait exactement ce qu'il avait dit.

Il ne reviendrait pas.

Il n'allait plus intervenir si j'avais besoin de m'échapper.

— Merde !

Je marmonnai anxieusement en récupérant mes affaires.

— Il faut que je lui parle. Je ne peux pas partir comme ça.

Peu importaient les différences qu'il y avait entre nous, je *voulais* redonner son pouvoir à Damian, parce que je n'en avais pas besoin. J'étais assez forte, seule. Il me l'avait appris, donc je ne comptais pas le laisser vulnérable et sans défense.

Je ne le pouvais pas.

Je me précipitai dans les allées, regardant chaque visage alors que je rejoignais la sortie à toute vitesse.

Je m'arrêtai enfin, haletant à cause de l'épuisement, au moment où je remarquai la personne que je cherchais, assise devant la toute dernière porte d'embarquement avant la sécurité et la sortie.

Damian avait les yeux baissés, ses coudes étaient posés sur ses cuisses, et ses larges épaules étaient avachies.

La douleur traversa tout mon corps alors que je l'observais, détestant qu'il souffre autant que moi, même si ce n'était pas pour les mêmes raisons.

J'avançai vers l'endroit où il était assis, puis touchai son épaule et tendis la main.

— Un lit confortable, ça pourrait être pas mal. Je suis éreintée. Je ne vais même pas faire semblant d'être passée à autre chose, mais on parlera quand nous serons tous les deux reposés, et ensuite, je m'en irai.

Lorsqu'il releva brusquement la tête, je sus que *jamais* je n'oublierais son expression alors que le soulagement inondait ses traits, chassant l'anxiété présente quelques secondes plus tôt.

Il se releva si rapidement que son corps apparut presque flou, et il saisit brutalement la main que je tendais.

— Tu ne le regretteras pas, Nicole.

Je déglutis difficilement alors que tous les deux, nous marchions vers la sortie.

— Tu m'as brisé le cœur, Damian.

— Alors je vais le réparer, bordel, grommela-t-il.

Et sur ces mots… Damian Lancaster reprit son pouvoir, comme s'il ne me l'avait jamais accordé.

Mon visage afficha un petit sourire de satisfaction.

J'étais tombée amoureuse de cet homme autoritaire, puissant, gentil et honorable. Peu importait à quel point c'était douloureux, je préférais qu'il reste ainsi.

CHAPITRE 35

Nicole

À MIDI, LE LENDEMAIN matin, j'avais l'impression que tout avait été complètement retourné.

J'avais longuement discuté avec Bella et Leo, et j'avais vu toutes les photos que Damian avait cachées. J'étais désormais complètement convaincue que Dylan était son jumeau identique, même si tout cela semblait fou.

Je soupirai, heureuse de me sentir un peu plus moi-même, aujourd'hui. Sauf lors de quelques interactions légèrement gênantes, quand Damian m'avait rapporté les preuves de l'existence de Dylan et que nous avions à peine parlé.

Nous n'avions pas beaucoup discuté sur le trajet entre l'aéroport et la maison, et je m'étais mise au lit dès que nous étions arrivés chez Damian, si mentalement et physiquement épuisée que je n'avais pas été prête à parler.

Le héros de mes pensées entra dans le salon quelques secondes plus tard.

— Je t'ai préparé un petit déjeuner. Tu n'as rien mangé, ce matin.

Je lui souris, méfiante.

— J'étais occupée. Qu'est-ce qu'il y a au menu ? Tu te rends compte qu'il est presque midi.

Il me tendit l'une des assiettes.

— Pancakes. C'est la seule chose que je sais vraiment cuisiner. Chaque dimanche, c'est journée en famille chez les Lancaster. Quand on était enfant, Dylan, Leo et moi, on passait la matinée avec nos parents dans la cuisine, et on préparait autant de pancakes qu'on pouvait en manger.

Je regardai l'assiette alors que Damian s'asseyait à côté de moi sur le canapé et commençait à dévorer sa propre part.

— Ils ne ressemblent pas à des pancakes, observai-je.

— Les nôtres ressemblent plus à des crêpes, expliqua-t-il entre plusieurs bouchées. Il n'y a pas de levain, et elles sont fines. On met tout et n'importe quoi dessus. Avec toi, j'ai opté pour du sirop d'érable pour que tu te sentes plus à la maison.

Je récupérai ma fourchette et essayai de ne pas sourire. Il avait *clairement* opté pour du sirop d'érable et il n'y était pas allé de main morte. La version anglaise des pancakes américains sur mon assiette se noyait nettement dans le sirop.

Je pris une grande bouchée.

— Oh mon Dieu. Ils sont fantastiques.

Ils avaient plus le goût de crêpes que de pancakes, aussi, mais il s'avérait que j'aimais ça, même si les calories partaient directement dans mes fesses quand je les mangeais.

Il acquiesça.

— Mange. À moins que je ne l'aie pas remarqué, tu n'as pas englouti grand-chose depuis hier matin.

Je mourais de faim et dévorai rapidement ce petit déjeuner.

Une fois que j'en eus terminé, je me levai pour aller rincer mon assiette et la mettre dans le lave-vaisselle. Damian juste à côté de moi, donc je fis de même avec la sienne.

Je ne pouvais dire qu'il avait totalement retrouvé son comportement d'avant. Il semblait toujours désolé de ce qu'il s'était passé, mais beaucoup moins brisé que la veille au soir.

Je me retournai quand j'en eus fini et regardai Damian.

— Je suis prête à rentrer à la maison, maintenant. Je pense que j'ai toutes les réponses dont j'avais besoin. Je vais essayer de trouver un vol ce soir, ou tôt demain matin.

J'avais obtenu les explications que je souhaitais, et Damian semblait de nouveau lui-même, mais être près de lui me tuait.

C'était la raison pour laquelle je *devais* partir aussi vite que possible.

— Je sais qu'il faut que je m'excuse à nouveau pour tout ce qu'il s'est produit.

La voix de Damian était basse et contrite.

— Hier soir compris. Je ne pensais pas au fait que je prenais le pouvoir sur toi ou que mes actions te donnaient l'impression d'être une moins que rien, jusqu'à ce que je sorte la tête de l'eau. Je n'avais pas le droit de t'obliger à rester, dans tous les cas. Je suis désolé, Nicole. Je voulais t'aider, pas te blesser. Tu avais l'air si fatiguée et découragée que j'ai temporairement perdu la tête.

Sur ces mots, mon cœur fondit. Je croyais plutôt qu'il n'avait *pas* pensé au fait qu'il profitait, parce qu'il n'avait jamais été *autre chose* que Damian Lancaster. Cet homme était du genre à réparer les problèmes, donc ses intentions étaient probablement bien placées, même si l'exécution avait été nulle pendant la première partie de la discussion, hier soir.

— Excuses acceptées. Essaie simplement de te souvenir qu'aucune personne au monde n'a les mêmes privilèges que toi.

— Dis-moi que tu ne me détestes pas pour ça.

Il s'agissait en fait d'une demande plutôt que d'une exigence.

Pour la première fois, je voyais vraiment la peur dans les yeux de Damian, et je me rendis compte que j'exerçais mon propre pouvoir sur lui. Pour une raison quelconque, il ne voulait pas que j'arrête de le respecter, et cela me rendait vulnérable, mais je n'allais pas profiter de cette susceptibilité.

Je secouai la tête.

— Non. J'étais seulement en colère.

— Et tu prévois de me pardonner d'avoir été un sale menteur ?

Sa voix était un peu plus légère, comme s'il était soulagé que je ne le déteste pas.

Je comprenais sa motivation et son désir de prendre soin de son frère jumeau. C'était ce que Damian faisait *tout le temps*. Cet homme aimait prendre soin des autres, et je ne pouvais pas lui reprocher un trait de caractère qui avait été en partie la raison pour laquelle j'étais tombée amoureuse de lui, au début.

— Je dois vraiment savoir si tu seras un jour capable de me pardonner, Nicole, déclara-t-il ; plus impatiemment ; cette fois-ci

— Je crois que je l'ai déjà fait.

Ma voix était triste et nostalgique.

— C'est douloureux que tu aies eu l'impression de *devoir* me mentir, et que tu aies empêtré ta mère et Leo dans ces tromperies, aussi. Mais je peux difficilement t'en vouloir d'avoir tant essayé de protéger un frère jumeau que tu aimes.

Damian se rapprocha jusqu'à être pile devant moi.

— Je t'ai dit que ce n'était pas à propos de ça, une fois qu'on est arrivé en Angleterre, Nicole. Tu m'as entendu, hier soir ? Mes motivations ont changé. À un moment, ce n'était plus à propos de Dylan. C'était à propos de nous. J'avais peur que tu t'éloignes. Je voulais du temps.

J'acquiesçai.

— J'ai vraiment beaucoup de mal à croire que tu as continué toute cette ruse rien que pour être avec moi. Je sais que c'était surtout pour Dylan, et ça ne me dérange pas.

Son expression se fit intense lorsqu'il claqua une main de chaque côté de mon corps, m'emprisonnant contre le plan de travail avec sa silhouette musclée.

— Bon sang ! *Moi,* ça me dérange, Nicole. Réellement. Tout ça me dérange terriblement. Peu de temps après notre arrivée en Angleterre, ça ne concernait que moi. *Mon* désir d'être avec toi. *Mon* besoin de te faire mienne. Parfois, je perdais la tête à cause de ce que je ressentais pour toi, et toi, ça ne te dérange pas de penser que ça ne concernait que mon jumeau ?

J'inclinai la tête et me perdis dans le regard sauvage de Damian. Il ressemblait à un animal féroce souffrant, et je dus réprimer mon envie urgente de l'apaiser.

Il n'arrêtait pas de parler, comme si les vannes étaient enfin ouvertes et qu'il ne pouvait empêcher de faire sortir les mots de sa bouche.

— Tu veux partir ? Tu es calmement en train de me dire que tu es prête à t'éloigner de moi, de nous, de cette folle attirance qui ne ressemble à rien de tout ce que j'ai ressenti dans ma vie ? Eh bien, ça n'arrivera pas. De combien de façons puis-je te dire que je t'aime, Nicole ? Que si tu partais, tu emporterais mon cœur avec toi et que je n'y survivrais probablement pas ? Je ne suis pas doué avec les mots, et Dieu sait que je n'ai pas l'habitude de m'exprimer, mais je suis prêt à trouver toutes les façons possibles pour te faire comprendre que je t'aime. J'ai besoin de toi, et il est impossible que je sois heureux si tu n'es pas avec moi. Accorde-moi seulement... un peu de temps. Je vais trouver une façon de te faire réaliser tout ça. Chacun. De. Mes. Mots.

Le torse de Damian se soulevait difficilement quand il eut terminé. Son regard était d'un vert tempétueux, et mon cœur loupa un battement quand je déclarai d'une voix essoufflée :

— Tu n'as jamais dit que tu *m'aimais*. Oui, nous avions toujours eu cette intense connexion sexuelle…

— Ce n'est pas que sexuel. Pas pour moi, grogna Damian. Admettons, il n'y a pas un seul jour où je n'ai pas envie de te baiser jusqu'à ce qu'on ne puisse plus bouger, mais ça va au-delà de ça. À la seconde où tu entres dans une pièce et que je te vois, j'ai l'impression que tout mon monde semble différent. Il est plus brillant. Plus joyeux. Comme si j'avais enfin trouvé quelqu'un qui me voyait pour de vrai, et pas en tant que Damian Lancaster, le duc milliardaire. Et il s'avère que tu aimes l'homme que tu vois. Aurais-je pu me tromper à ce point à propos de nous, Nicole ?

Les larmes commencèrent à me bloquer la gorge, et je ne pus contenir le flot infini qui coulait sans aucun contrôle sur mon visage.

Damian Lancaster m'aimait, et mon monde ne serait plus jamais le même à cause de ça.

Je détestais qu'il ait aussi mal pour le moment, mais il m'avait dévoilé son cœur, complètement vulnérable et à vif, pour tenter de m'expliquer à quel point il m'aimait.

Il avait mis son cœur à ses pieds pour moi, deux fois en moins de vingt-quatre heures, mais j'avais été bien trop prudente pour le voir.

Je secouai la tête.

— Tu n'avais pas tort, Damian. Je pense que je suis totalement amoureuse de toi depuis le moment où je suis tombée sur tes genoux, dans l'avion. Je pense que c'était *ce foutu baiser*. J'avais seulement eu si peur parce que je me sentais trop…

— Tu ne pourras jamais trop tenir à moi, Nicole, m'interrompit-il. Jamais. Je vais *toujours* en vouloir plus. Je suis horriblement avare quand il s'agit de toi.

Je commençai à sangloter tout mon soulagement contre la chemise qu'il portait, et Damian passa simplement ses bras autour de moi pour me laisser sortir toutes mes émotions.

— *Nom de Dieu* ! J'espère que ce sont des larmes de joie, marmonna-t-il contre mes cheveux. Mince ! Peu importe. Je pense qu'à chaque fois que tu verseras une larme, ça me tuera, que ce soit des larmes de joie ou non, mais je peux vivre avec ça. Épouse-moi, Nicole, et soulage mon agonie. Je ferai en sorte que tu ne sois plus *jamais* brisée.

Je sanglotai davantage.

Il me caressa le dos.

— C'est le mauvais moment pour te demander de m'épouser ? demanda-t-il d'une voix inquiète. On trouvera une solution, d'une façon ou d'une autre, mon amour. Je viendrai vivre aux États-Unis si tu ne veux pas rester ici. Ou bien on peut diviser notre temps pour être dans les deux pays une partie de l'année. On arrangera tout. Mais s'il te plaît, dis *oui*.

Il semblait si nerveux à l'idée que je le repousse que je reculai et commençai à essuyer le torrent de larmes sur mon visage.

— Oui. Bien sûr que je vais t'épouser, Damian. Maintenant que je sais que tu m'aimes, rien ne peut m'éloigner.

Je passai mes bras autour de son cou.

Le soulagement inonda son expression.

— Je ne sais pas vraiment comment tu as pu passer à côté de ça. Je pensais que c'était évident.

J'inclinai la tête pour le regarder. Peut-être que si j'avais assemblé tous les indices, j'aurais pu conclure qu'il y avait une possibilité pour qu'il soit amoureux de moi. Mais j'imaginai que c'était bien trop tiré par les cheveux d'imaginer que quelqu'un comme Damian Lancaster puisse être follement amoureux de moi.

— Tu es Damian Lancaster, milliardaire, duc de Hollingsworth. Et je ne suis qu'une fille normale de la classe moyenne américaine. Nous venons de deux mondes complètement différents, Damian. Honnêtement, dans des circonstances normales, nos deux mondes ne se seraient même jamais rencontrés.

Il me sourit en coinçant une mèche de mes cheveux derrière mon oreille.

— *Techniquement*, nos mondes ne se sont pas rencontrés. Tes fesses magnifiques et pleines de courbes ont rencontré mon érection douloureuse, et j'ai su que je ne serais plus jamais le même.

Je gloussai. Vraiment. À nouveau. Mais je m'en fichais. Je serais probablement toujours grisée quand Damian serait dans le coin. Savoir qu'il m'aimait et qu'il avait désespérément envie de m'épouser était sacrément entêtant et enivrant.

Je commençai à déboutonner sa chemise.

— Ah oui ? Et que vouliez-vous de ma part sur cet avion, Votre Grâce ?

— Tu sais exactement ce dont j'avais envie, femme, dit-il d'une voix rauque.

Je tendis la main vers la braguette de son jean.

— Je ne suis pas sûre de savoir quoi faire, le taquinai-je. Peut-être que tu devrais me le montrer.

L'exaltation emplit mon âme, et mon corps voulut se mettre en action. J'avais besoin d'être proche de cet homme, autant que possible.

Je ne voulais pas penser au fait que j'avais presque failli le perdre parce que cette fin de conte de fées ne m'avait pas paru possible.

Cela avait été une conception ridicule, vraiment, parce que les attributs qui, selon moi, faisaient de Damian un partenaire impossible n'étaient que de petites choses. Les circonstances. Son titre. Son statut social. Son immense richesse. Je n'étais pas tombée amoureuse de ça. Damian n'était qu'un homme. D'accord, c'était un homme *exceptionnellement torride* avec un accent britannique à m'en faire tomber la culotte, mais j'étais tombée amoureuse de l'*homme*, pas de sa richesse ni de son pouvoir.

Je retirai mon jean et ma culotte, puis il libéra sa verge.

Il m'embrassa avec une passion féroce qui nous laissa tous les deux haletants quand ce fut terminé.

— Prends-moi, Damian, murmurai-je contre la peau chaude de son cou. J'ai besoin de toi.

Après s'être précipité pour prendre un préservatif dans sa poche et le dérouler, il attrapa mes fesses et me posa sur le plan de travail.

— Qu'on ne dise jamais que je ne te donnerai pas *tout* ce dont tu as besoin, ma belle.

Je gémis alors qu'il s'enfonçait en moi jusqu'à la garde.

— Mon Dieu, oui.

— Merde, Nicole ! Tu es si mouillée. Tu es si bonne que je pourrais mourir heureux, ici et maintenant, dit-il en grognant.

Je haletai pour avoir de l'air alors que mes muscles s'ajustaient afin d'accepter le sexe immense et délicieux de Damian.

— Tu n'es pas en train de mourir, insistai-je. Prends-moi, Damian. Aime-moi. J'ai besoin de toi.

Il commença à bouger, et tous les deux, nous nous perdîmes complètement l'un dans l'autre. Damian me baisa comme un fou, violemment, rapidement, avec une urgence précipitée qui correspondait à la mienne.

Damian m'aime. Il m'aime vraiment.

Mon cœur décolla, et je m'accrochai à sa chemise quand mon orgasme me saisit.

— Damian ! criai-je.

Le bruit fit écho dans toute la maison.

— Je t'aime.

Lui dire ce que je ressentais à voix haute me provoquait une libération tout aussi hallucinante que mon orgasme.

— Je t'aime aussi, chérie.

La voix de Damian était rauque et gutturale.

— Ne l'oublie jamais.

Je resserrai mes jambes autour de sa taille, voulant savourer le moment. Le grand corps de Damian frissonna alors qu'il trouvait sa propre jouissance. Il appuya son front contre mon épaule, et je savourai chaque seconde de ce bonheur post-orgasmique.

Pendant quelques instants, les seuls bruits dans la cuisine furent ceux de nos respirations irrégulières alors que nous avions du mal à nous en remettre.

J'ignorais ce que j'avais fait dans ma vie pour mériter un homme qui m'aimait comme Damian, mais j'allais passer chaque jour du reste de mon existence à être reconnaissante du bonheur qu'il me procurait.

— Je ne veux pas avoir à attendre longtemps avant de pouvoir dire que tu es ma femme, Nicole.

La voix de Damian était rauque et insistante alors qu'il levait la tête de mon épaule.

— J'aimerais retrouver ma santé mentale dès que possible. Merde ! Oublie ça. Tu vas toujours me rendre fou, mais je préférerais perdre la tête en étant marié avec toi, si ça ne te dérange pas.

— Je n'ai pas une seule réserve, lui assurai-je avec un sourire béat. On peut rendre ça officiel quand tu veux.

Damian voulait me réclamer et j'étais tout aussi fébrile à l'idée qu'il devienne mien.

Il joua avec mes cheveux d'un air absent.

— Faisons-le ici. Nous ferons venir Kylie et Macy pour le mariage, si ça te convient. Je pense que je peux tout organiser en un mois ou deux, avec l'aide de maman.

— C'est rapide.

Non pas que cela m'inquiétait vraiment.

Il me lança un sourire malicieux.

— Je veux que ce soit fait avant que tu changes d'avis et ne m'acceptes plus pour le reste de ta vie.

Je levai les yeux au ciel.

— Ce sera une tâche monumentale, mais je pense que je peux le gérer, mon beau.

Comme si ce n'était pas le rêve de toutes les femmes d'épouser un homme comme Damian…

— Tu veux dire *me* gérer ? me taquina-t-il. Je crois que tu es devenue une adepte.

— Je t'aime, lui dis-je en frottant sa mâchoire forte avec ma paume. Je n'ai pas besoin de te gérer. Je vous aime exactement comme vous êtes, Votre Grâce.

— Je ressens la même chose, mon amour. Alors, épouse-moi dès qu'on pourra organiser le mariage. Mon jet et ma compagnie aérienne seront à ta disposition pour ramener tous ceux que tu veux depuis les États-Unis. On peut aller choisir des bagues plus tard dans la journée.

Il entrava une larme coulant sur mon visage et l'essuya.

— Les bagues peuvent attendre, l'informai-je en lui mordillant l'oreille. Pour le moment, je te veux simplement. Conduis-moi sur le lit, Damian.

— C'est scandaleux ! murmura-t-il d'un ton sexy et vraiment excité.

Il plongea son visage contre mon cou et me récupéra sur le plan de travail.

— L'après-midi ne fait que commencer, femme.

— J'aimerais que tu me prennes jusqu'à ce qu'il fasse nuit, que tu me fasses à manger et que tu me remmènes dans le lit. Avez-vous un problème avec ce plan, Votre Grâce ? demandai-je malicieusement.

— Pas du tout, Votre-future-grâce, rétorqua-t-il en me portant jusqu'à sa chambre.

Quoi ?

Attendez !

Merde !

— Est-ce que j'ai *obligatoirement* besoin de devenir une duchesse si je t'épouse ? m'enquis-je d'une voix paniquée. Je préférerais laisser tout ça à ta mère.

Damian me jeta sur le lit avec un rire tonitruant.

— Tu dois être la seule femme que j'aie jamais rencontrée qui ne *veut pas* devenir duchesse.

Il s'activa à enlever le reste de mes affaires, puis se libéra de sa chemise ouverte. Il continua jusqu'à être glorieusement nu, puis me rejoignit sur le lit.

— Je suis Américaine. Je me moque des titres. Vraiment. Genre, franchement. Sérieusement. Je ne plaisante pas, Damian.

Mes protestations devinrent plus faibles quand sa peau chaude et dénudée glissa sensuellement contre la mienne.

Ses lèvres et sa langue caressèrent le côté de mon cou et, soudain, toute pensée négative et nerveuse fut hors de mon cerveau.

— Oh, Damian, chuchotai-je.

Mon cœur déborda d'amour et de tendresse pour cet homme incroyable que j'adorais.

— Je t'aime, Nicole, déclara-t-il d'une voix rauque.

Je soupirai. Peut-être que devenir duchesse n'était pas si grave, après tout.

CHAPITRE 36

Kylie

— TU ES QUI et pourquoi tu es là, bordel ? Peu importe. Va-t'en simplement et arrête de taper à ma porte.

Je baissai le poing que j'avais utilisé pour frapper à la porte de cette immense maison, maintenant que Dylan Lancaster l'avait ouverte.

J'avais sonné pendant deux minutes, puis m'étais résolue à tambouriner pendant plusieurs minutes avant que Dylan ne passe enfin la tête dehors.

Je n'étais pas sur le point de… m'en aller.

Pas dans un futur proche, en tout cas.

Je passai à côté de lui pour rejoindre l'entrée de la demeure de Beverly Hills, roulant une valise derrière moi et mon beagle miniature, Jake, blotti contre mon corps.

Je pris une profonde inspiration en pivotant pour lui faire face.

— Je n'ai pas vraiment besoin de demander si tu es Damian Lancaster. Tu lui ressembles beaucoup. Même si je dois dire que ton frère semble… en bien meilleure santé.

Je fixai Dylan, avec ses yeux injectés de sang, son allure débraillée et son mal-être général.

Ses yeux étaient de la même couleur que ceux de Damian, mais Dylan ne semblait pas avoir un seul éclat de vie dans ses beaux iris. Quel dommage, parce que j'avais toujours pensé que les yeux de Damian étaient son meilleur atout.

Dylan claqua la porte.

— Je vais te le redemander. Qui es-tu ? Et que veux-tu dire par… en bien meilleure santé ?

Je lui lançai un sourire narquois parce que je savais que j'avais touché une corde sensible. Évidemment, Dylan n'aimait pas être comparé à son aîné.

Jake se tortilla dans mes bras, donc je le posai par terre. Il était propre et n'était pas du genre à tout mordiller.

— Je veux dire que tu ressembles à l'opposé de ton frère jumeau. Tes yeux sont injectés de sang, tu es bien trop maigre, probablement parce que tu préfères boire plutôt que manger, et ton sens général du style est horrible. Sans parler du fait que tu as besoin d'une coupe de cheveux, et peut-être d'une douche parce que je te sens d'ici.

D'accord, je ne pouvais pas vraiment le sentir, mais je préférais me débarrasser du sujet de la propreté dès le début. Il n'y avait absolument rien de pire qu'un homme qui empestait, et j'allais devoir être avec lui quotidiennement.

— Je ne pue pas. Je me douche tous les jours.

Ses réponses étaient hautaines, et il se trouvait curieusement vexé.

Puisque je n'allais pas suffisamment me rapprocher pour le renifler, j'ignorai son commentaire.

— Tu n'as pas de domestiques, ici ?

J'aurais pu jurer que Nicole avait mentionné un couple qui vivait là et s'occupait de la propriété.

Dylan me lança un regard noir.

— Ils sont en vacances quelque part dans les Caraïbes. Je ne m'attendais pas à revenir si rapidement. Maintenant, dis-moi qui tu es et ce que tu veux, sinon je te dégage de là.

— Oh, oui. J'ai oublié. Tu es resté à la demeure Hollingsworth jusqu'à ce que ta mère décide que tu n'avais pas un comportement approprié en te tapant une femme sous son toit pendant qu'elle organisait un gala. Sans mentionner le fait que tu as brisé le cœur de Nicole. C'est pour ça que tu es revenu ici au lieu de t'excuser auprès de Nicole ?

J'affichai un air innocent en attendant sa réponse.

Salaud !

Il ignorait totalement à quel point j'avais envie de lui enfoncer mon genou dans les couilles parce qu'il avait fait pleurer ma meilleure amie.

— J'étais dans une chambre privée, nom de Dieu. Ce n'était pas comme si je savais qu'elle allait venir nous regarder, répliqua-t-il d'un air agacé.

Je croisai les bras sur mon torse.

— Mais apparemment, tu n'avais pas de problème à ce qu'elle vous rejoigne, toi et ton petit jouet.

Dylan me jeta un regard noir.

— Ce n'était pas un petit jouet. C'était une *femme* de trente ans, et quant à Nicole, je me suis dit que plus on était de fous, plus on riait. Comment étais-je censé savoir que mon frère était follement amoureux d'elle ? Damian n'est jamais tombé amoureux d'une femme qu'il se tapait.

Ne le fais pas, Kylie. Ne frappe pas ce salaud si fort qu'il ne pourra plus parler.

Généralement, j'étais plus patiente, mais Nicole était ma meilleure amie, donc ça me trouait le cul d'entendre Dylan faire référence à elle comme si elle n'était qu'un autre coup d'un soir pour Damian.

Puisque nous ne commencerions pas sur de bonnes bases si je frappais Dylan, je me contentai d'insultes.

— Sérieusement ? Je doute que tu puisses gérer une femme dans l'état dans lequel tu es, alors encore moins deux. Et au fait, Nicole est ma meilleure amie, alors si tu redis quoi que ce soit de mal sur elle, je mettrai mon genou contre tes boules jusqu'à ce que tu chantes en soprano. On s'est bien compris ?

L'expression de Dylan devint sombre.

— L'état dans lequel je suis ? Mais qu'est-ce que ça veut dire ? J'ai trente-trois ans. Je suis parfaitement capable de m'occuper de plusieurs femmes en une nuit.

Je ricanai.

— Je remarque que tu ne dis pas à quel point tu pourrais les *satisfaire*. Tu es probablement capable de les tripoter, mais pas beaucoup plus que ça.

Le visuel de tout ce scénario n'était pas vraiment plaisant, donc je grimaçai et éliminai de mon esprit l'image de Dylan en train de se taper un harem de femmes.

Il laissa échapper un bruit grave et guttural en avançant vers moi.

— Tu ne sais rien sur moi. Je me fiche de savoir qui tu es. Je veux simplement que tu t'en ailles. Je ne sais même pas pourquoi j'ai cette conversation déplaisante avec toi. Je me fous de savoir ce que tu penses. Vas-y. Et prends ce sale cabot avec toi.

Je relevai le menton alors qu'il s'approchait pour me saisir.

— Je n'irai nulle part.

Dylan commença à me pousser, donc je reculai, même si je n'en avais pas vraiment envie.

Vraiment, il n'était pas *terriblement* maigre et il était extrêmement grand. Je faisais un mètre soixante-treize, ce qui était au-dessus de la moyenne pour une femme, mais Dylan me dépassait. Je n'aimais pas son expression menaçante non plus.

Avec mon dos contre le mur, je levai ma paume pour l'empêcher de se rapprocher.

— Recule.

Dylan me lança un sourire narquois en faisant un pas vers moi.

— Est-ce que tu n'es courageuse qu'à distance, la rouquine ?

Mon Dieu, je détestais quand les gens se moquaient de mes cheveux.

— Va te faire foutre, Lancaster.

— C'est une invitation ?

Sa voix devint basse et séductrice.

Je ne dirais pas que j'avais peur de Dylan Lancaster, mais j'étais plus mal à l'aise avec ce nouveau Dylan provocateur que je l'avais été avec le salaud.

Il essaie de me perturber. Le petit con essaie de me rendre nerveuse.

Je croisai son regard et refusai de détourner les yeux, même lorsqu'il posa ses paumes contre le mur, me piégeant entre ses bras.

— C'est loin d'en être une, ricanai-je. Je ne coucherais pas avec toi, même si tu étais le dernier homme sur Terre, et que mes hormones étaient en folie.

Je serais maudite si je m'abaissais face à quelqu'un comme Dylan Lancaster. C'était un coureur de jupons, un milliardaire pourri gâté qui traitait les femmes comme si leur seul but était le sexe, et pour faire gonfler son ego déjà surdimensionné.

— C'est vrai, la rouquine ?

Son ton de baryton était captivant.

Je pris une inspiration et soufflai lentement, déterminée à ne pas céder d'un pouce. Malheureusement, je me rendis compte que Dylan avait eu raison. Il ne *puait* clairement pas. Son odeur était musquée, masculine, et dégageait quelque chose qui me rappelait les ébats, le péché, les nuits transpirantes de plaisir charnel.

Merde !

— Lâche-moi, Lancaster, insistai-je en ne laissant jamais mon regard vaciller.

— Je ne te tiens pas, la rouquine, répondit-il d'une voix rauque.

J'avais tort à propos de ses yeux !

Je me figeai en remarquant que ses iris étaient sombres et remplis de quelque chose qui ressemblait à du désir pur et cru.

Oh merde !

— Dernière chance. Lâche-moi.

Je détestais le fait que ma voix paraisse légèrement paniquée.

J'étais suffisamment honnête avec moi-même pour admettre que ce n'était pas la peur qui me crispait.

C'était plutôt à cause des yeux de Dylan, de son accent britannique sexy et de la façon dont il me regardait actuellement.

Je pouvais gérer ce salaud.

Je n'étais pas aussi sûre de sa personnalité britannique sexy.

Je pris une profonde inspiration, puis ravalai un grognement quand je fus dépassée par le parfum promettant de multiples orgasmes de Dylan.

Il baissa la tête jusqu'à ce que je sente la chaleur de son souffle sur mes lèvres. Son haleine sentait la menthe fraîche, ce qui me donnait envie de le tirer par les cheveux pour lui mettre la tête en arrière et goûter cette menthe poivrée sur ma langue.

— Que vas-tu faire si je t'embrasse, la rouquine ?

— Ne le fais pas, l'avertis-je.

Peu importait à quel point mon corps réclamait le contact de Dylan, je n'allais pas laisser ce crétin me manipuler comme il l'avait fait avec d'innombrables femmes avant moi. Dylan Lancaster se jouait de moi. J'étais simplement son… amusement.

Il sourit, et l'action illumina tout son visage.

— Maintenant, ça ressemble à un défi, rétorqua-t-il.

Je poussai contre son torse.

— Ce n'est pas le cas, crachai-je.

Mon corps entier se tendit quand sa bouche atterrit sur la mienne et que ses lèvres me m'incitèrent de réagir.

Pendant un moment, je ne pus combattre l'attirance et je m'ouvris, permettant l'exploration paresseuse, mais totale, de Dylan.

Je passai mes bras autour de son cou et répondis à chaque caresse flagrante de sa langue.

Il me tenta.

Il me séduisit.

Il me fit saliver.

Et, oh mon Dieu, cet homme savait provoquer une réaction chez un objet inanimé avec un baiser aussi rempli de péchés que le sien.

Kylie ! Mais qu'est-ce que tu fous ? C'est un coureur de jupons, et tu le sais !

J'étouffai un cri en essayant de m'éloigner de la tentation, en tournant la tête et en brisant le contact avec ses lèvres.

— Lâche-moi.

Le corps de Dylan resta exactement où il était, et il essaya de reconnecter nos lèvres.

S'il ne bouge pas, je suis foutue. Je m'étais laissé charmer encore une fois.

Alors je fis ce à quoi j'avais pensé plus tôt.

Je relevai le genou dans un mouvement désespéré et le connectai directement avec ma cible.

— Merde !

Dylan laissa échapper un grognement en me relâchant.

— Nom de Dieu ! Pourquoi tu as fait ça ?

Je m'éloignai du mur et bougeai jusqu'à ce qu'il n'y ait plus que de l'air derrière moi. Je regardai Dylan s'accrocher à ses bijoux de famille et inspirer de l'air comme si c'était la chose la plus difficile qu'il avait jamais faite.

— Je t'ai dit de me lâcher.

Honnêtement, je me sentais légèrement coupable. Je l'avais mené à ça. Un peu. Sans faire exprès, toutefois mes hormones étaient passées de zéro à l'overdose en moins d'une seconde quand il m'avait embrassée.

Il avait fallu un peu de temps à mon cerveau pour le comprendre.

— Tu en avais autant envie que moi, m'accusa Dylan.

— Tu m'as prise par surprise, contre-attaquai-je. Et je me suis ensuite souvenue que tu étais un coureur de jupons et que je n'en avais *clairement* pas envie. Je ne t'ai pas mis un coup de genou si fort que ça. Ça aurait pu être pire. Tu es toujours baryton.

La respiration de Dylan se calma, mais sa main tenait toujours son paquet d'un air protecteur.

— Je me fiche totalement de qui tu es. Quitte cette maison. Maintenant.

Je secouai la tête.

— Ça n'arrivera pas, mon grand. On n'a pas fait les présentations, je suis Kylie Hart. Ma meilleure amie va épouser ton frère dans approximativement six semaines. Je suis là pour m'assurer que tout se passe bien et qu'il n'y aura pas de presse négative, ici ou au Royaume-Uni, avant que ça arrive. Damian et Nicole méritent de planifier leur union sans stress et de passer du bon temps ensemble sans devoir éteindre les incendies que tu allumes.

— Je ne prévois pas de gâcher leur petite fête, grommela Dylan.

Je lui lançai un sourire radieux.

— Bien. Alors on va s'entendre.

Dylan grimaça en frottant son entrejambe, comme s'il essayait de décider si oui ou non je lui avais cassé quelque chose de vital, avant de dire :

— Je n'ai pas besoin d'un foutu chaperon.

— Oh, je ne prévois pas de te chaperonner, Dylan.

Je tendis la main pour récupérer Jake.

— En six semaines, tu vas reprendre tes esprits, ensuite tu repartiras à Londres pour le mariage. Après ça, je me fiche de savoir ce que tu fais, puisque Damian et Nic seront en lune de miel.

— Je n'irai pas au mariage.

Oh que si.

J'enroulai mes doigts autour de la poignée de ma valise.

— Je suppose que les chambres sont à l'étage ?

— Tu ne vas pas à l'étage, grogna-t-il. Pars.

— Ce n'est pas ta maison, donc techniquement, tu es un squatteur, l'informai-je. Cet endroit appartient à Damian parce que tu lui as tout cédé. Et je doute vraiment qu'il *me* vire. Crois-le ou non, il m'aime bien.

Il haussa un sourcil.

— J'en doute sincèrement. Tu es une femme bien peu aimable.

Je ris.

— Je serais une femme totalement aimable si tu n'étais pas un crétin.

Je vis le muscle de la mâchoire de Dylan se contracter et je sus qu'il n'avait plus de patience, s'il en avait jamais eu un tant soit peu, en fait.

— Je vais monter toute seule à l'étage.

— Si tu penses que tu peux tolérer six semaines avec moi, tu te fais des idées.

Quelque chose dans sa voix m'empêcha de répliquer d'un air malicieux.

Quelque chose de désespéré.

Quelque chose de vulnérable.

Quelque chose de… tourmenté.

Je détestais ne pas pouvoir endurcir totalement mon cœur quand il s'agissait de Dylan Lancaster. Je ne l'aimais pas vraiment, mais il *avait* souffert d'une perte incroyable.

Je me dirigeai vers l'escalier avec ma valise dans mon sillage.

— On peut y aller doucement et amicalement, ou tu peux compliquer les choses. À toi de voir.

— Qu'est-ce que tu es ? s'enquit-il. Ma mère ?

— Non, je suis ta nouvelle baby-sitter pour les six semaines à venir.

Je continuai de me diriger vers les escaliers sans regarder derrière moi.

— Dans vingt-quatre heures, tu seras partie ! cria-t-il en direction de ma silhouette.

Mon cœur était douloureux parce que je pouvais entendre toutes les traces de la peur dans son ton, comme si tout le monde avant moi l'avait abandonné, donc il s'attendait à ce que les autres le fassent aussi.

Je n'irai nulle part, mon grand.

Je n'étais pas simplement là pour m'assurer que Dylan ne s'attire pas d'ennuis, même si c'était clairement l'un de mes buts.

Nicole m'avait offert un partenariat à ACM, même si je n'avais pas de fonds pour le payer.

En retour, je voulais faire quelque chose pour la remercier d'être plus une sœur qu'une amie pour moi. Et de me faire confiance pour prendre soin des affaires de sa mère. Je souhaitais vraiment que Damian retrouve son frère. Le *vrai* Dylan Lancaster. Pas le crétin qui habitait actuellement son corps.

C'était la chose qui signifierait tout pour Nicole et Damian.

Je souris en montant les escaliers.

Je ne pouvais trouver de meilleurs cadeaux de mariage que celui-ci.

ÉPILOGUE

Damian

Deux semaines plus tard…

PEUT-ÊTRE QUE CELA n'aurait pas dû être si facile pour deux personnes de pays différents de trouver comment ils allaient passer leur vie ensemble.

Mais ce n'était pas difficile du tout.

Mon incroyable femme aimait l'Angleterre. Bon sang, elle appréciait même la pluie, et ça ne la dérangeait pas qu'il fasse toujours sombre à Londres, contrairement à la Californie du Sud.

Nicole avait voulu céder ACM à Kylie, mais sa meilleure amie avait refusé d'accepter plus qu'un partenariat jusqu'à ce qu'elle puisse se permettre de racheter les parts de Nicole. J'étais émerveillé de voir que Nicole avait joyeusement accepté cette offre et avait même été prête à donner les rênes à Kylie pour gérer les affaires domestiques pendant qu'elle restait une partenaire silencieuse au Royaume-Uni. Non pas que

Nicole prévoyait de devenir une femme se consacrant aux loisirs. Elle souhaitait rallier plus d'entreprises internationales pour Kylie dès que ce serait possible, et elle prévoyait de retourner au droit des affaires.

L'une des choses qui avaient rendu Nicole extatique, ce fut de découvrir qu'elle pouvait trouver un boulot à Londres pour travailler en tant qu'avocate d'entreprise. En fait, elle pouvait pratiquer la loi américaine à Londres, donc ses CV étaient envoyés à toute société ayant une place disponible.

Je lui avais offert un poste à Lancaster International, mais elle avait levé les yeux au ciel et m'avait embrassé comme pour me dire « merci, mais non merci ».

Je comprenais que Nicole devait suivre ses propres buts, trouver sa propre voie, s'éloigner de moi, mais je ne voulais pas qu'elle aille trop loin. Pas étonnant qu'elle cherche un emploi lucratif à Londres. Elle avait trop d'expérience et d'éducation pour ne pas choisir son poste elle-même.

Le seul inconvénient au fait que Nicole restait en Angleterre était son amour de l'eau et le manque de plages paradisiaques, ici, au Royaume-Uni.

Heureusement, son futur mari avait le monde à ses pieds et un jet privé pour l'emmener où elle voulait.

Comme promis, Leo travaillait sur ma certification de plongée pendant ses brèves visites en Angleterre, afin que je puisse emmener Nicole n'importe où dans le monde, là où elle souhaitait se rendre.

— Est-ce que tout va bien, Damian ? Tu as l'air perdu dans tes pensées, dit Nicole alors qu'elle entrait dans le salon et se blottissait sur le canapé à côté de moi.

Je lui lançai un sourire coupable.

— J'imagine que je devais être en train de travailler, dis-je en posant mon ordinateur portable sur le côté. Mais mon esprit continue de me mener sur des terrains plus stimulants.

Elle se rapprocha, et je l'attirai sur mes genoux.

J'avais encore du mal à croire que cette femme était vraiment la mienne, donc toutes les manières physiques de me rassurer étaient utiles.

Elle grimaça.

— Ai-je *vraiment* envie de savoir où ton esprit obscène s'était perdu ces deux dernières heures ?

— Tu aimes mon esprit obscène. Admets-le, femme.

Elle sourit.

— D'accord. C'est parfois le cas.

Je haussai un sourcil.

— Parfois ?

— D'accord, peut-être souvent. Tu pensais vraiment à ça ?

— Non. Je songeais à nous et à ma chance de t'avoir.

Je ne voyais pas une seule raison de ne pas être totalement honnête avec Nicole à propos de tout ça.

Son visage s'adoucit.

— Tu sais que je ressens la même chose

Je le savais, et ce fait m'émerveillait encore chaque jour.

— Tu as décidé où tu voulais aller pour notre lune de miel ?

Je voulais que Nicole choisisse notre destination, puisque j'étais plus ou moins allé partout.

— J'ai envie d'aller dans tellement d'endroits que c'est difficile de prendre une décision finale.

— Nous irons partout, au bout du compte.

J'espérais qu'elle serait suffisamment libre pour voyager avec moi quand je devais partir. La laisser derrière moi serait un pur enfer.

Elle soupira.

— Je vais y réfléchir et je te le dirai. Tu as eu des nouvelles de Dylan ? Il vient au mariage ?

— Il a été invité.

Mon frère jumeau était toujours un sujet sensible pour moi.

— Je ne peux pas l'obliger à venir. J'imagine que, s'il se pointe, il se pointera. Ça ne va pas embellir ou briser le mariage. C'est pour nous, pas pour lui.

— Je le sais, dit Nicole d'un air songeur. Mais je sais que tous les deux, vous étiez proches.

— Je suis satisfait de savoir que j'ai fait tout ce que je pouvais, mon amour. Finalement, c'est à lui de décider ce qu'*il* veut.

Ça me tuait de ne plus intervenir auprès de Dylan, mais je n'avais pas le choix, si je souhaitais qu'il se remette sur pieds. J'avais mis une bonne somme d'argent sur son compte en banque, et elle lui servirait probablement pour plusieurs années.

— Je pense que tout ira bien pour lui, déclara doucement Nicole. Peut-être qu'il a simplement besoin de plus de temps.

J'étais prêt à lui offrir tout le temps dont il avait besoin. J'avais restructuré la direction de Lancaster afin de mettre mes cadres au travail et de me décharger d'une partie de mon boulot.

Je pouvais continuer d'avoir espoir, tout en me préparant au cas où Dylan déciderait de ne jamais revenir en tant que partenaire de Lancaster International.

Je resserrai mes bras autour de Nicole en disant :

— Ne t'inquiète pas pour Dylan. La situation est hors de notre contrôle.

— Je ne m'inquiète pas pour lui, me corrigea-t-elle. Je m'inquiète pour toi.

Bon sang ! Cette femme pouvait voir clair en moi. Je trouvais ça à la fois réconfortant et effrayant.

— Je suis l'homme le plus heureux du monde, mon amour. Dans un mois, je serai ton mari.

Je pris sa main gauche et embrassai la bague que je lui avais passée au doigt quelques jours après ma demande en mariage.

Nicole avait voulu un modèle simple, donc tout ce sur quoi j'avais insisté, c'était d'y mettre treize pierres.

C'était notre nombre porte-bonheur, après tout.

— J'adore ma bague, dit-elle quand je lui relâchai la main.

— Plus que tu ne m'aimes ? la taquinai-je.

D'accord, je plaisantais, mais peut-être que je partais aussi à la pêche aux compliments. Un homme ne pouvait jamais se lasser de ce genre de mots.

— Loin de là, m'assura-t-elle. Il n'y a rien ni personne dans ce monde que j'aime plus que toi, Damian Lancaster.

Et… voilà les quelques mots que j'aimais tellement entendre.

Nicole avait un petit sourire narquois sur le visage quand elle se pencha pour m'embrasser, dans un baiser qui m'indiquait exactement qu'elle savait ce dont j'avais envie.

C'était le problème quand on tombait amoureux d'une femme intelligente et sagace comme elle.

Je devais toujours être à l'affût.

— Embrasse-moi, exigeai-je quand elle hésita.

— Petit autoritaire, me réprimanda-t-elle. Tu penses que tu peux toujours obtenir exactement ce que tu veux ?

Je retins un grognement de frustration. Elle allait réprimer son envie uniquement parce que je ne le lui avais pas demandé gentiment.

Je tendis la main derrière sa tête.

— Oui. Oui, je le pense.

Je tirai, et ses lèvres se retrouvèrent sur les miennes sans un soupçon de résistance.

Puis j'eus tout ce que je voulais, et même plus.

~Fin~

Merci d'avoir lu l'histoire de Damian et Nicole !
L'histoire de Dylan Lancaster, Tell Me I'm
Yours, paraîtra en juin 2021 en anglais.

À PROPOS DE L›AUTEUR

J.S «Jan» Scott est une écrivaine à succès de romans torrides dans le domaine de la littérature sentimentale. Aux États-Unis, elle figure sur les listes des auteurs à bestsellers établies par le New York Times, le Wall Street Journal et USA Today. Elle est elle-même une grande lectrice de tous types d'ouvrages et de littérature variée. J.S écrit dans le genre de la romance contemporaine ainsi que de la romance paranormale. Ses histoires se caractérisent par la présence quasi systématique d'un mâle dominant et par une fin toujours heureuse, parce qu'elle refuse d'écrire ses livres autrement ! Elle vit dans la magnifique région des montagnes Rocheuses américaines aux côtés de son mari et de deux bergers allemands un peu trop gâtés.

Retrouvez-moi sur http://www.authorjsscott.com ou
http://www.facebook.com/authorjsscott
Vous pouvez également m'écrire à l'adresse suivante
jsscott_author@hotmail.com

Ou bien sur mon Tweeter @AuthorJSScott

DU MÊME AUTEUR

L'obsession du milliardaire :

L'obsession du milliardaire ~ Simon (L'obsession du milliardaire, tome 1)
Le cœur du milliardaire ~ Sam (L'obsession du milliardaire, tome 2)
Le salut du milliardaire ~ Max (L'obsession du milliardaire, tome 3)
Le jeu du milliardaire ~ Kade (L'obsession du milliardaire, tome 4)
L'éveil du milliardaire ~ Travis (L'obsession du milliardaire, tome 5)
Le milliardaire démasqué ~ Jason (L'obsession du milliardaire, tome 6)
Le milliardaire indomptable ~ Tate (L'obsession du milliardaire, tome 7)
La milliardaire libérée ~ Chloé (L'obsession du milliardaire, tome 8)

Les Sinclair :

Un milliardaire pas comme les autres (Les Sinclair t. 1)
Le milliardaire défendu (Les Sinclair t. 2)
La Caresse du milliardaire (Les Sinclair t. 3)
L'Appel du milliardaire (Les Sinclair t. 4)

Printed in France by Amazon
Brétigny-sur-Orge, FR

32731721R00207